Gallmeister

L'ANGE GARDIEN

Leo Giorda

L'ANGE GARDIEN

UNE ENQUÊTE DE WOODSTOCK

Roman

Traduit de l'italien
par Emeline Plessier

Gallmeister

Cet ouvrage a été traduit avec la contribution du Centre pour le livre et la lecture du ministère de la Culture italien.

CENTRO
PER IL **LIBRO**
E LA **LETTURA**

Titre original: L'ANGELO CUSTODE

ISBN 978-2-35178-342-9
ISSN 1956-0982

Conception graphique : Aurélie Bert

I

CETTE nuit n'était pas une nuit comme les autres au commissariat de San Giovanni. Ce quartier, qui reliait le centre de la capitale au sud de Rome, avait la réputation d'être habituellement tranquille, même entre chien et loup. La grande artère de l'Appia Nuova, qui s'étendait du talon de la botte italienne jusqu'aux portes historiques de la ville éternelle, devenait de moins en moins chaotique avec l'arrivée de la belle saison, en particulier durant les week-ends lorsque commençait l'exode estival vers les stations balnéaires du littoral. Pourtant, cette journée de la fin juin avait pris un tournant insolite dès le lever du soleil. À l'aube, un Tsigane qui fouillait dans les poubelles avait fait une découverte glaçante. Peu de temps après, le téléphone avait sonné au commissariat, les collègues du poste de police voisin demandaient des renforts pour gérer cette affaire macabre.

Le vice-questeur Giacomo Chiesa n'avait pas eu un seul instant de répit depuis qu'il avait ouvert les yeux ce matin-là. Mais maintenant, alors que la nuit était tombée depuis longtemps déjà, il avait l'impression que les choses commençaient à se mettre en place.

Quelques heures plus tôt, il avait donné l'ordre à deux agents d'appréhender à son domicile un homme. C'était un pianiste de bar et le vice-questeur l'avait laissé mariner dans la salle d'interrogatoire avant de passer à l'attaque. Malheureusement, il n'avait pas assez de preuves pour prolonger la garde à vue, mais il espérait qu'une confrontation en face-à-face suffirait à prouver sa culpabilité. C'était de toute façon la seule piste qu'il avait trouvée durant le peu de temps à sa disposition. Une telle atrocité ne devait et ne pouvait rester impunie trop longtemps. Il fallait surtout empêcher que cela puisse se reproduire.

Chiesa parcourut une énième fois le dossier. "Claudio Gatto", lut-il à voix basse. Il regarda la photo du suspect et sentit la colère monter en lui. Il essaya de se calmer, mais le souvenir de la scène de crime revint le hanter. *Quel animal est capable de commettre une horreur pareille?* Si cet animal était réellement l'homme assis à quelques mètres de lui, le vice-questeur avait hâte de l'envoyer croupir dans une cellule d'un mètre sur deux pour le restant de sa misérable existence. *Ou mieux encore: dans une cellule bien surpeuplée. Comme ça, ses nouveaux amis s'occuperont de lui et lui feront regretter d'être né.*

Cette pensée le réjouit. Le vice-questeur se fit couler un café à la machine, prit une grande bouffée d'air puis entra dans la pièce.

— Claudio Gatto, né à Trévise le 13 avril 1969, résidant au 18 de la rue des Equi, énonça Chiesa d'une voix martiale.

— Oui, c'est exact. Maintenant, pourriez-vous avoir l'aimable gentillesse de m'expliquer ce que je fous ici?

Chiesa leva les yeux pour étudier l'homme qui se tenait devant lui. Chauve, avec une épaisse barbe virant au gris, il avait un visage rond et son embonpoint gonflait sa chemise hawaïenne. Il lui suffit d'un regard pour effacer les doutes qu'il nourrissait encore à l'égard de la culpabilité de Gatto.

Le plus jeune vice-questeur de l'histoire de la police italienne à obtenir un poste dans la capitale se targuait de son sixième sens. Arrivé premier de sa promotion aux cours de spécialisation en psychologie et criminologie, il savait reconnaître un pervers. Et une puanteur de psychopathe suintait des pores de ce musicien minable. Son propre père, décédé quelques années plus tôt, était resté un simple agent de police à Pescara. Giacomo, lui, avait tout de suite gravi les échelons, se hissant d'un grade à l'autre passant outre les dizaines de candidats pistonnés, ces fils d'inspecteurs et de questeurs qui infestaient son bien-aimé corps d'arme. Il avait misé sur ses seules compétences et son dur labeur. C'est ainsi qu'il avait réussi à quitter sa ville natale et à obtenir un poste important. D'abord à Catane et, enfin, au cœur de la capitale.

Le questeur l'avait pris sous son aile et, approchant de la retraite, il paraissait décidé à proposer Chiesa pour lui succéder. Giacomo le considérait comme un mentor, parfois même comme un père adoptif. Il avait sué, travaillé et peiné plus que tous les autres, et il lui semblait juste que le Seigneur, dans son infinie bonté, le récompense. Inutile de préciser que des êtres comme Gatto le dégoûtaient profondément. Voilà ce qu'ils étaient : des ordures, des marginaux, des gens qui ne savaient pas ce qu'étaient l'honneur et le dévouement.

— Chaque chose en son temps, monsieur Gatto, lui répondit le vice-questeur en lui proposant un café. Il est amer, mais je ne sais pas comment vous le buvez.

— En général, je le prends avec deux sucres et demi, mais vu les circonstances… (Claudio avala le café d'un trait et Chiesa esquissa un sourire.) Loin de moi l'idée de vouloir profiter de la célèbre hospitalité des forces de l'ordre, mais est-ce qu'il serait possible d'avoir une cigarette, à tout hasard ?

— Il est interdit de fumer, malheureusement.

— Bien, bien, dit Gatto en tambourinant nerveusement des doigts sur la table. Excusez-moi, mais est-ce qu'il m'est au moins permis de savoir à qui j'ai l'honneur de parler ?

— Évidemment, monsieur Gatto. Je suis le vice-questeur Giacomo Chiesa.

La politesse et la courtoisie du policier étaient une technique qui avait fait ses preuves. Il y avait plus de chances que le suspect baisse la garde et laisse échapper un détail important s'il se sentait à l'aise. Dieu seul savait à quel point Chiesa avait besoin d'une preuve concrète s'il ne voulait pas le voir filer entre ses mains.

— Enchanté. Pouvez-vous me dire ce que vous me voulez, maintenant ? demanda Gatto, tirant le vice-questeur de ses pensées.

— Seulement quelques informations.

— Et pour *quelques informations*, vous venez me chercher chez moi et vous m'enfermez dans une pièce à peine éclairée pendant des heures ? Heureusement que je ne suis pas accusé de meurtre !

Le regard du vice-questeur s'illumina d'une lueur presque spectrale. Chiesa s'aperçut de sa réaction exagérée et tenta de rectifier le tir en plissant les yeux, jusqu'à les réduire à deux fentes.

— Y a-t-il des raisons qui pourraient nous faire croire que vous êtes coupable de meurtre, monsieur Gatto ?

demanda-t-il en masquant à grand-peine l'émotion dans sa voix.

— Non, non, non ! Absolument pas ! Vous ne m'aurez pas comme ça. C'était une façon de parler. Êtes-vous familier avec le concept d'ironie ?

Sans se démonter, le vice-questeur continua à sonder les micro-expressions du visage de Gatto, à la recherche de la moindre brèche dans laquelle s'engouffrer. La panique commençait à gagner sa proie. Chiesa le sentait clairement. C'était le moment de frapper un grand coup.

— Pouvez-vous me dire où vous étiez, dans la nuit d'hier soir ?

— Vous plaisantez, j'espère… Vous n'êtes pas sérieusement en train de m'accuser de meurtre ? balbutia Gatto, incrédule.

Chiesa ne réagit pas, mais continua de le fixer dans les yeux en attendant une réponse.

— Eh bien… J'étais au travail. Au bar lounge '54. C'est un bar du quartier des Prati. J'y joue du piano, vous pouvez demander au propriétaire, au barman, aux serveuses… À tout le monde.

La voix de Gatto suintait maintenant la peur, sans aucune trace d'aplomb ni de sarcasme.

— Nous ne manquerons pas de vérifier.

Chiesa écrivit le nom du bar dans son carnet. Ce n'était pas la réponse qu'il espérait. Bien sûr, il fallait vérifier l'alibi… Il ne connaissait pas le lieu, mais il savait comment fonctionnait ce type d'établissement. De vieux porcs pleins aux as dilapidaient leur salaire dans de coûteux cocktails qu'ils offraient à des jeunes filles à peine majeures. Il en eut la chair de poule. Quel genre de personne pouvait travailler dans un tel endroit ?

— Vice-questeur, s'il vous plaît. Je commence à m'inquiéter sérieusement, insista Gatto. De quoi m'accusez-vous ?

— Ce matin, nous avons trouvé un cadavre décapité dans les poubelles devant votre habitation. Nous avons été prévenus par un Tsigane qui fouillait dans les déchets.

Le visage de Claudio devint blême.

— Excusez-moi, mais je vis dans un immeuble, nous sommes bien cinquante personnes à utiliser ces poubelles. Pourquoi me suspecter, moi, en particulier ?

Le vice-questeur inspira profondément avant de répondre. C'était le moment d'assener le coup de grâce.

— La victime avait onze ans.

2

TOUJOURS la même histoire qui revenait le hanter. Un de ces malentendus qui vous pourrissent la vie. Un malentendu qui faisait maintenant de lui le suspect numéro 1 d'un crime horrible. Quand réussirai-je enfin à laisser cette histoire derrière moi, une bonne fois pour toutes ? se demanda Gatto en s'allumant une cigarette devant le commissariat.

Chiesa n'avait pas prolongé la garde à vue, pour le moment. La police n'avait aucune preuve, rien qui puisse l'inculper, et elle devait encore vérifier son alibi. Mais le vice-questeur lui avait laissé entendre, sans prendre de pincettes, que lui et ses collègues ne le lâcheraient pas d'une semelle et que, tôt ou tard, ils réussiraient à le mettre derrière les barreaux pour une raison ou pour une autre. Ils n'essayaient même pas de trouver le véritable coupable, ils avaient leur bouc émissaire, qui avait de surcroît un casier judiciaire. Chiesa était un dur à cuire, Claudio l'avait compris tout de suite. Il ne s'était pas laissé envoûter par son attitude mielleuse. C'était un fils de pute comme pas un.

Quand il rentra chez lui, au cœur du quartier de San Lorenzo, il était déjà midi passé. Claudio s'était installé ici en arrivant à Rome, adolescent. Connu pour les bombardements qui l'avaient dévasté pendant la Seconde Guerre mondiale, le quartier était devenu par la suite le centre de mouvements ouvriers et antifascistes de la capitale, notamment du fait de sa proximité avec la "Sapienza", l'université romaine la plus renommée.

Ils l'avaient laissé partir le temps de voir si son alibi tenait la route, mais il était certain que l'affaire ne s'arrêterait pas là.

Ella tourna à peine le museau et recommença immédiatement à somnoler. Elle était allongée sous la fenêtre, profitant des rayons du soleil de juin, et ne montrait pas un grand enthousiasme au retour de son maître.

Je sais ce qu'il lui faut, moi, pensa-t-il en prenant le sachet de croquettes pour chats. Dès qu'elle entendit le bruit familier, Ella sortit de sa torpeur et se rua faire la fête à Claudio en ronronnant.

— Ah, maintenant, tu t'intéresses à moi. Pétasse, va.

Gatto prépara une grosse gamelle de croquettes et une demi-boîte de thon avant de revenir à ses pensées. *J'ai passé une nuit blanche sur une chaise inconfortable de merde, je mérite bien un petit remontant.*

Claudio ne se considérait pas comme un drogué. Certes, cela faisait vingt ans qu'il se poudrait le nez, mais il ne faisait pas partie de ces toxicos qui vendraient père et mère pour une dose. Non, lui suivait une discipline très stricte. Il s'autorisait quelques lignes de coke seulement pour des occasions particulières. Quand il était très heureux (cas plutôt rare) ou très stressé (ce qui arrivait plus souvent). Par exemple, cela faisait presque un mois qu'il ne s'était pas détendu de cette façon. Suspecté du meurtre d'un mineur, il avait du mal à imaginer une situation plus stressante. Il s'approcha de l'armoire de sa chambre où il cachait ses réserves, dans la poche d'un vieux blouson qu'il ne portait jamais. Mais ce jour-là, la poche secrète était vide. Pendant un instant, Gatto resta paralysé par la peur et la colère. Puis, en jurant, il retira le blouson du cintre et le secoua sur le lit, dans le doux espoir qu'une dose puisse en tomber tout en sachant pertinemment que cela n'arriverait pas.

Ella risqua l'infarctus avant de s'échapper en feulant et de se recroqueviller sous la table. Gatto se souvint qu'il avait terminé son stock et qu'il avait repoussé au moins une dizaine de fois le moment fatidique de téléphoner à son fournisseur.

— Merde, merde ! Fait chier, Ella, maintenant il faut que je contacte ce fou furieux.

Ce fou furieux s'appelait en réalité Poda, nom d'artiste de Daniele Podavite, un petit dealer de Portonaccio convaincu d'être Al Pacino dans *Scarface*. Poda était une véritable armoire à glace, un mètre quatre-vingt-dix pour une centaine de kilos, un tas de piercings sur le sourcil, les cheveux rasés sur les côtés et une touffe sur le crâne. Le tout accompagné d'un cœur en or et d'un quotient intellectuel plutôt limité. Le téléphone sonna plusieurs fois avant qu'une voix ne résonne à l'autre bout du fil.

— Salut, Claudio. Je t'écoute.

Cette réponse traînante se termina par un long reniflement. Poda était, pour sa part, un vrai toxico, et Gatto se serait volontiers passé de tout type de relation avec un tel personnage. Mais par les temps qui courent, un bon dealer était aussi rare que l'eau dans le désert.

— Salut, Poda. J'en ai besoin pour cinquante euros.

— Je ne sais pas de quoi tu parles, Claudio.

Maudit soit-il! Cet abruti était persuadé que la DEA était à ses trousses et qu'ils avaient un dossier à son nom à la CIA.

— Allez, Poda, tu sais bien que je ne comprends rien à tes codes pourris.

Pour toute réponse, il obtint un silence résolu. Gatto dut se plier à la paranoïa du El Chapo romain, souffla bruyamment et essaya de passer commande d'une voix distinguée.

— Très cher docteur Podavite, comment allez-vous ? Je vous appelle concernant l'ordonnance pour ma gastro-entérite. Vous pouvez me confirmer les 50 milligrammes du médicament habituel ?

— Nan, Claudio, te fous pas de ma gueule, rugit Podavite.

Il détestait qu'on se moque de lui, et cette petite blague l'avait mis en rogne.

— OK, Poda. Calme-toi. Bon, pardon, je recommence depuis le début ?

— Ouais, c'est déjà mieux. T'as besoin de quoi ?

— Le délicieux jambon que tu m'as vendu la dernière fois. Le San Daniele. Tu peux m'en mettre cinquante grammes de côté ? Je passe les récupérer vers quinze heures ?

— Parfait, cinquante grammes de San Daniele à quinze heures. Salut, Claudio. On se voit au magasin.

Fils de commerçant, Poda avait mis au point depuis longtemps cette stratégie de commande. À chaque narcotique correspondait une charcuterie.

Ça, c'est fait. Il avait encore plusieurs heures avant le rendez-vous. Gatto décida de tuer le temps en décapsulant une bière et en écoutant un vinyle de Louis Armstrong.

Allongé sur son fauteuil, les jambes sur l'accoudoir, il dégusta ce premier moment de tranquillité depuis le début de la journée. Mais son esprit revint rapidement à ce que lui avait réservé la nuit.

Ils trouvent un garçon décapité dans les poubelles et ils pensent tout de suite à moi, ces connards ? Mais qui peut être aussi brutal pour commettre une atrocité pareille ? Mes voisins me tapent tous sur les nerfs ; mais à part quelques altercations pendant les réunions de copropriété, ils n'ont pas l'air de personnes capables de tuer. Le concierge ? Non, le pauvre, il est tellement aimable qu'il me donne même du "Monsieur" ! Bien sûr, on entend souvent des histoires qui commencent ainsi : "Il a tué femme et enfants. Les voisins : 'C'était une personne très aimable, il disait toujours bonjour. Une fois, il m'a même retenu la porte pour que je puisse entrer'". Ou bien il pourrait s'agir d'une affaire encore plus macabre. Peut-être que les punks qui fréquentent le bar à l'angle font partie d'une secte. Oui, et ce pauvre gamin serait la victime d'un rituel bizarre pour remercier Imhotep ou une autre divinité ancienne. Mon Dieu, je me fais peur tout seul.

Perdu dans ses conjectures, Gatto parvint à se distraire et à faire passer le temps qui le séparait de son rendez-vous avec le dealer. Vers 14 h 30, il sortit de chez lui et se rendit à l'arrêt de tram. Il alluma une cigarette et, comme cela arrive fréquemment, le 71 apparut après seulement deux bouffées.

Ce putain de tram ne passe jamais, mais il suffit que j'allume une clope et comme par hasard, il se matérialise devant moi…

3

Le "magasin" de Poda n'était rien d'autre qu'une allée crasseuse devant le Qube, une des plus célèbres discothèques de la capitale. L'odeur âcre d'urine se mêlait à celle, mordante, du haschisch dans un pot-pourri aigre-doux de relents nauséabonds. Sa position stratégique permettait à Poda de se remplir les poches en fournissant ecstasy et autres mélanges chimiques aux habitués, pour la plupart mineurs, qui s'agglutinaient aux portes de la boîte de nuit pendant les week-ends. La ruelle était fréquentée presque exclusivement par des lycéens qui se roulaient des joints assis sur les marches de l'école de danse, fermée depuis maintenant des années. Quand Gatto tourna à gauche depuis la rue de Portonaccio et s'engouffra dans l'ignoble allée, Poda était déjà là, en pleine transaction avec un étrange client d'au moins quatre-vingts ans. La frêle silhouette du vieillard, courbée sur elle-même comme si la force de gravité le faisait ployer, rendait par contraste l'apparence colossale du dealer encore plus impressionnante. Le vieux salua Poda et disparut. Quand il fut assez loin, Gatto s'approcha.

— Qu'est-ce qu'il se passe ? Ils organisent une rave party à la maison de retraite ?

Poda ne rit pas. Seule l'ombre d'un sourire empli de douleur effleura son visage.

— Laisse tomber. Une triste histoire. C'est le grand Gianni, le grand-père d'un ami. Une sorte de légende. Ça fait presque soixante ans qu'il est abonné à la Curva Sud de l'AS Roma* et il ne rate jamais un match, même aujourd'hui.

— Je comprends. Et la partie triste de l'histoire ?

— Sa femme est en train de mourir. Ils lui ont diagnostiqué une saleté aux intestins, il ne lui reste que quelques mois à vivre.

— Ah, pauvre homme. C'est bien triste pour lui. Mais excuse-moi, qu'est-ce que tu viens faire là-dedans ? Aux dernières nouvelles, on ne t'avait pas encore donné de diplôme de médecine *ad honores*.

La seule chose qui faisait vraiment sortir Poda de ses gonds était les allusions à son intelligence limitée. Mais, cette fois, peut-être à cause de la tristesse de la situation ou bien parce qu'il ne perçut pas l'ironie, la remarque glissa sur lui.

— La pauvre vieille souffre beaucoup. Ces enfoirés de l'hôpital l'ont abandonnée à son sort quand ils ont compris qu'il n'y avait plus rien à faire. Ils l'ont renvoyée mourir chez elle. Gianni m'a demandé un petit coup de pouce. Ça n'a pas été facile, mais je lui ai trouvé de la bonne came.

* La Curva Sud représente les supporters de l'équipe de football de Rome, l'AS Roma, et leur secteur dans le Stade Olympique ; opposé à celui de la Curva Nord, les supporters du Lazio, l'autre équipe de la capitale. (Toutes les notes sont de la traductrice.)

Il y a un docteur dans une clinique privée qui est toujours enrhumé, il me devait une faveur. C'est lui qui m'a fourni.

— On parle de morphine ? murmura Gatto.

— D'excellente qualité, répondit Poda avec une pointe d'orgueil.

— Excuse-moi, mais comment un retraité peut-il se permettre une telle dépense ?

— Qu'est-ce que j't'ai dit ? C'est le grand-père d'un ami se justifia Poda, mal à l'aise.

Ce geste de profonde humanité criminelle émut presque Claudio. Les yeux brillants du géant, d'habitude si attentif à maintenir une attitude de dur à cuir, le poussèrent à s'ouvrir et à raconter ses mésaventures de la nuit dernière, l'interrogatoire avec le vice-questeur et la découverte du cadavre décapité.

Poda écouta, intéressé, hochant la tête de temps à autre.

— Merde, Claudio, quelle situation pourrie !

Ce fut son seul commentaire à la fin du résumé de Gatto. Ce dernier y répondit par un signe du menton et un haussement d'épaules, comme pour dire : *Qu'est-ce que je peux y faire ?*

Ils restèrent silencieux quelques secondes. Poda était en pleine réflexion, les deux neurones qu'il avait dans le crâne s'agitaient à toute vitesse. Il attendait l'idée géniale, le proverbial *eurêka !* Et, comme par miracle, cela arriva. L'idée commençait à prendre forme dans sa tête, mais il devait d'abord vérifier son hypothèse.

— Donc, pour être sûr d'avoir bien compris : les flics sont persuadés que c'est toi et personne ne cherche le vrai coupable, c'est ça ? demanda-t-il d'un ton circonspect.

— Oui, c'est grosso modo ce qu'a laissé entendre le type au commissariat.

— Je connais une personne qui pourrait vraiment t'aider, alors.

Gatto leva les yeux au ciel.

— Non, je t'en supplie, Poda. J'ai déjà assez de problèmes comme ça. Je n'ai pas besoin que tu envoies un de tes gorilles menacer Chiesa.

— Non, pas du tout, qu'est-ce que tu crois ? C'est une sorte de hippie, il ne ferait pas de mal à une mouche.

— Un hippie, Poda ? Comment tu crois qu'un baba cool toxico pourrait m'aider ? Mais enfin ! répondit Claudio, de plus en plus désespéré.

— Tu me fais confiance, ou pas ? demanda Poda en sous-évaluant la valeur rhétorique de sa question.

— Tu veux que je te réponde honnêtement ?

— Va te faire foutre, Claudio. J'essaye de t'aider, et voilà ce que j'y gagne. J'avais eu une idée de génie, pour une fois, dit-il, visiblement offusqué.

Gatto s'efforça, plus pour alléger son sentiment de culpabilité que par réelle conviction, de vaincre son propre scepticisme et enjoignit au géant de lui faire part de son illumination.

— Nan, allez, excuse-moi. Je te fais confiance, promis. Dis-moi quelle est ton idée géniale, vas-y.

Un sourire éclatant égaya le visage du colosse, qui était maintenant presque ému, comme un enfant qui a droit à un dessert après avoir mangé tous ses légumes.

— Alors, ce hippie, tout le monde l'appelle Woodstock. Ne me demande pas pourquoi.

Gatto dut se retenir pour ne pas exploser de rire. *Je suis en train de faire confiance à quelqu'un qui ne sait pas pourquoi un soi-disant hippie est surnommé Woodstock.*

— Donc, Woodstock est un drôle de personnage, continua Poda. Je l'ai rencontré il y a un ou deux ans. Au premier abord, c'est tout à fait le genre de type qu'on imagine dans les manifs du 1er Mai, des cheveux longs attachés en queue-de-cheval, un sweat, un pantalon large. Bref, Woodstock vient me voir avec un de ses amis, un autre communiste à la petite semaine qui s'était fourni chez moi plusieurs fois. Je crois qu'ils voulaient vingt grammes d'herbe. Une belle commande, hein. Alors on s'installe sur les escaliers de l'école de danse et je leur laisse essayer la marchandise, tu vois ? Jusque-là, Woodstock avait à peine ouvert la bouche. Juste un bonjour, quelques mots sur Rome, c'est tout. On commence à fumer et il reste muet. Un quart d'heure plus tard, il me regarde et me demande pourquoi je suis allé à Fregene ce matin. Moi, je panique. J'étais vraiment allé à Fregene parce que je devais récupérer une grosse cargaison de pastilles d'un gars de Civitavecchia. Je me dis "Oh, mon Dieu, le hippie est un flic en civil". Je me redresse d'un bond, je l'attrape par le col et je le colle au mur. Son ami se lève, effrayé, et me supplie de le lâcher, il me répète que j'ai pas compris.

Poda alluma une cigarette pour se ménager un petit effet.

— En résumé, ce crétin n'était pas du tout un flic. Il a eu chaud aux fesses, j'ai failli le tuer de mes propres mains. Je le laisse partir, et pendant qu'il reprend son souffle, son pote m'explique que quand ce cher Woodstock se drogue, il active des zones spéciales de son cerveau. Je n'ai pas tout pigé, mais pour te la faire courte, il arrive à voir des choses que personne ne voit. Il remarque des détails qui échappent aux autres, tu comprends ? En deux secondes, il serait capable de dire que tu joues du piano à cause de la corne sur ton pouce, ou que tu as un chat parce qu'un poil est resté sur ton pantalon. Et il pourrait même te dire la race du chat et d'autres détails de ce genre.

— Une sorte de Sherlock Holmes toxico, tenta de résumer Gatto, en se retranchant comme à son habitude derrière son ironie.

Mais cette fois-là, il se servait de l'humour pour masquer la curiosité et le grand intérêt qu'un personnage comme Woodstock avait suscité chez lui.

— C'est ça, exactement, confirma Poda.

Gatto leva de nouveau les yeux au ciel : il était certain que son dealer n'arrivait pas à prononcer le nom du détective né de la plume d'Arthur Conan Doyle. Il laissa tomber et ne dit rien. Le géant poursuivit son récit :

— Bref, une fois la situation clarifiée, je m'excuse auprès de Woodstock et on se fume un deuxième joint. Au début, il était un peu apeuré, ton Machin Holmes toxico. Et puis il s'est détendu et m'a montré de quoi il était capable. Je te jure, un vrai phénomène. Il aurait presque pu deviner ce que j'avais mangé à Noël il y a deux ans. À partir de ce jour-là, on peut dire qu'on est devenus amis, on fume ensemble de temps en temps, on regarde des matchs de foot. Tu sais qu'un soir, chez lui, on était quatre ou cinq, quelqu'un avait apporté des plaquettes de LSD… Imagine Woodstock sous acide ! Il a commencé à étudier tous les mystères non résolus des cinquante dernières années, tous les complots. On l'a retrouvé le lendemain matin encore debout et il nous a dit qu'il pensait avoir découvert la vérité sur le monstre de Florence, que Pietro Pacciani était seulement une marionnette qui suivait les ordres d'un homme politique. Il avait même compris qui avait tiré sur le président américain. Il s'appelait comment, déjà ?

JFK. OK, Claudio, inspire, expire profondément. S'il te plaît, ne dis rien. Il essaye de t'aider.

— Après, il est tombé dans les vapes et quand il s'est réveillé, il avait tout oublié.

Poda éclata de rire. Choqué, Gatto ne savait pas ce qui le stupéfiait le plus : si c'était la bêtise du récit qu'il venait d'entendre ou le fait qu'il commençait à y croire. Une part de lui-même était-elle vraiment en train de donner du crédit aux superpouvoirs d'un camé ? Claudio connaissait déjà la réponse à cette question.

— Et tu penses que Woodstock pourrait m'aider à me sortir de ce bourbier ?

Gatto n'était pas encore convaincu, mais à bien y réfléchir, il n'avait plus d'autres saints à qui se vouer. Peut-être qu'un drogué était mieux que rien, après tout. La bouche de Poda se fendit d'un large sourire.

— Mais bien sûr qu'il peut t'aider, Claudio. Fais confiance à bibi. Il m'a déjà sorti d'affaire plusieurs fois quand j'ai eu des problèmes dans mon business. Dis-lui que c'est moi qui t'envoie.

— Et où est-ce que je le trouve ?

— Où tu le trouves ? À son QG habituel, au bar de la place Orazio Giustiniani, à Testaccio. Ce bon vieux Woodstock arrive là-bas à seize heures et il n'en bouge pas jusqu'à la tombée de la nuit.

4

Après avoir salué Poda, et surtout après avoir récupéré la cocaïne, principale raison de leur rendez-vous, Gatto enfonça ses écouteurs dans ses oreilles et se dirigea à pied vers l'arrêt du métro B, avec en fond sonore la playlist d'un jeune chanteur-compositeur italo-écossais dont il ne se rappelait jamais le nom. Ce n'était pas vraiment l'idée du siècle, d'entrer dans une gare avec cinquante euros de substances illicites dans la poche de sa veste. Surtout quand la police vous a dans le viseur. C'est ce que réalisa Claudio dès qu'il passa les tourniquets et qu'il repéra deux types en uniformes. Avant de quitter Poda, il avait essayé la marchandise, juste un sniff rapide. Mais son cœur battait maintenant à mille à l'heure et il avait les mains moites. Si les flics jetaient un regard vers lui, il aurait probablement une crise cardiaque. Mais rien ne se passa. Ces deux-là ne semblèrent même pas le remarquer et ils continuèrent à bavarder entre eux. Le sentiment d'angoisse et de danger ne quitta pas Claudio tout le trajet durant. Ce n'est qu'en sortant à la station Piramide et en s'engouffrant plus loin, rue Marmorata, que la peur s'atténua.

Il était 16 h 30 quand Gatto, arrivé au bout de la rue Galvani, se retrouva devant le bar de la place Giustiniani, au cœur du quartier Testaccio, entre le MACRO – le musée d'art contemporain – et l'école populaire de musique. Le bar se trouvait pile sous le mont Testaccio, la célèbre colline formée à partir de tessons d'amphores romaines. Une véritable décharge antique. Woodstock était exactement là où Poda l'avait prédit. Assis sur un tabouret en bois à une petite table, il se protégeait du soleil à l'ombre d'un arbuste, en sirotant un cocktail avec une tranche de concombre qui dépassait de la chope en cuivre. Il fumait un cigare toscan comme si c'était l'homme le plus tranquille au monde. Peut-être qu'avec cette boisson exotique (au nom clinquant de Moscow mule !) et son cigare, il s'imaginait sur une plage cubaine, à l'ombre d'un palmier, une bimbo à la poitrine généreuse à ses côtés qui le rafraîchissait avec un éventail. Un invité de Fidel Castro, évidemment. Gatto fut presque désolé de l'arracher à son rêve caribéen. Il n'eut aucun doute qu'il s'agissait bien de lui. Il fallait bien admettre que la description de Poda, aussi stéréotypée fût-elle, correspondait largement à la réalité. En effet, Woodstock donnait l'impression d'être un habitué des squats et autres centres sociaux autogérés*. Ses cheveux longs et ondulés, rassemblés en une queue-de-cheval, étaient noirs, mais comptaient déjà quelques mèches blanches, tout comme le bouc qui encadrait sa bouche. Malgré ses yeux vifs et son attitude décontractée, il ne s'agissait pas d'un jeune homme inexpérimenté. Il portait un jean large et déchiré aux jambes, un T-shirt où les légendes du rock étaient réunies

* En Italie, il existe des *Centri Sociali Autogestiti* (centres sociaux autogérés) où des personnes, souvent assez jeunes, se réunissent, créent et échangent dans un cadre anticapitaliste et alternatif.

dans *La Cène* de Léonard de Vinci et, bien que la température atteigne les 30°C, une veste en laine marron qui semblait cousue par de pauvres paysans péruviens.

Gatto s'approcha d'un pas hésitant.

— Excuse-moi, tu es bien Woodstock ?

L'autre émergea de son rêve éveillé et demanda effrayé :

— Vous êtes de la police ?

— Quoi ? Pas du tout, au contraire. Je suis un ami de Poda. Podavite.

Woodstock poussa un soupir de soulagement. Ses épaules se détendirent et il prit un ton poli et amical.

— Ce cher Poda ! Assieds-toi, prends à boire. Enchanté, Woodstock, à ton service !

— Enchanté, Claudio Gatto.

— Gatto… Gatto… Non, jamais entendu ce nom. Alors, tu bois quoi ?

— Rien, merci. Ou alors juste un café.

— Un café, répéta Woodstock, légèrement déçu de ce choix. Massimo, un café pour monsieur Gatto ! cria-t-il.

— Mais pourquoi tu hurles, putain ? J'arrive tout de suite, répondit une voix rauque de l'intérieur du bar.

Woodstock abandonna en souriant son cigare dans la noix de coco qui servait de cendrier et se roula une cigarette. Son rêve tropical était officiellement terminé.

— Alors, Claudio. Dans quelle embrouille a bien pu s'empêtrer notre ami Poda cette fois-ci ?

— En réalité, c'est moi qui suis dans la merde. Poda m'a dit que tu l'as aidé de temps en temps à sortir de situations épineuses.

Woodstock acquiesça distraitement en allumant sa cigarette.

— Je t'écoute.

Gatto se pencha vers lui, comme s'il devait lui confier un secret, et Woodstock fit de même. C'est ainsi que, pour la deuxième fois de la journée, Claudio raconta la triste histoire de ce jeune garçon de onze ans brutalement assassiné et de la nuit qu'il avait passée en compagnie du vice-questeur Chiesa, ne s'interrompant qu'à l'arrivée du serveur avec son café.

— Merci beaucoup.

Gatto attendit que Massimo soit de nouveau à l'intérieur du bar avant de poursuivre. Pendant son récit, Woodstock se tut, mais il laissa transparaître tout le dégoût qu'il éprouvait à l'égard de la personne qui avait commis une telle atrocité. À la fin du monologue, les deux hommes restèrent muets : Gatto dans l'attente d'une réponse ; Woodstock perdu dans ses pensées, les mains croisées et le regard baissé.

Puis il rompit le silence d'une voix qui n'était plus joviale, mais désormais basse et grave.

— Maintenant, il faut que je te pose une question, Claudio. Quels sont ces antécédents que tu as mentionnés ?

Pris au dépourvu par le changement de comportement de Woodstock, Gatto répliqua embarrassé :

— C'est une sale histoire qui date de plusieurs années et dont je n'aime pas me souvenir.

— Dans ce cas, il faudra te débrouiller seul. Je n'ai aucunement l'intention d'aider un pédophile, vois-tu. Donc soit tu réussis à me convaincre qu'il s'agit d'un malentendu, soit je mets fin à notre conversation.

Les lèvres de Gatto se pincèrent sous l'effet de la colère.

— Ne t'avise plus jamais de me traiter de pédophile chuchota-t-il, en prononçant les mots d'une voix cassée. Je t'ai dit qu'on m'a piégé, donc, putain, c'est qu'on m'a piégé. C'est clair ?

Woodstock répondit d'un simple geste de la main, comme pour inviter Gatto à lui démontrer qu'il ne mentait pas.

— D'accord, s'exclama Claudio, un peu apaisé. Je n'aime pas en parler, mais si c'est la seule solution… J'avais vingt-huit ans. À l'époque, j'étais un pianiste d'un certain niveau, une pépite de Sainte-Cécile, un des conservatoires les plus réputés de Rome. J'avais participé à des concerts à Londres et à Francfort, et même à une représentation à Hong-Kong. Je jouais principalement dans un orchestre, mais il m'arrivait de faire quelques morceaux comme soliste. J'étais jeune et une belle carrière m'attendait. J'avais même commencé à mettre un peu d'argent de côté. Évidemment, il me fallait encore de temps en temps donner des cours privés à deux ou trois petits cons pourris gâtés du quartier de Parioli. Un vrai cauchemar, je te jure. Pour jouer du piano, il faut une certaine profondeur, des sentiments. Ces gamins n'étaient que des morceaux de glace. Froids, superficiels, vantards. Pourtant, par rapport à leurs mères, c'étaient de vrais petits anges. Déjà à l'époque, la chirurgie esthétique était à la mode dans ces milieux aisés. Et, bien sûr, les épouses des grands noms de la société romaine s'en donnaient à cœur joie. L'une d'elles, je ne sais pas pourquoi, s'était entichée de moi. Dans sa jeunesse, elle avait sûrement été une très belle femme, et même à l'époque, pour être tout à fait franc, elle était encore désirable. Mais je ne voulais pas en entendre parler, j'avais une fiancée, nous voulions nous marier et fonder une famille. Je n'allais pas tout foutre en l'air pour une bourgeoise qui s'ennuyait. Cette femme, malheureusement, n'avait pas l'habitude d'essuyer un quelconque refus. Donc elle réagit à sa manière : blessée dans son orgueil, elle raconte à tout le monde que je suis gay. Et elle soutient que j'ai aussi essayé d'attirer dans mon péché son pauvre fils, qui n'a alors que treize ans, le pauvre enfant ! Le petit lord, ni une ni deux, s'empresse de répéter ce que sa maman lui a conseillé de dire. Le père, un expert d'assurance de merde ou un truc du genre, a remué ciel et terre pour détruire ma vie. Ils n'avaient pas de preuve que j'avais agressé sexuellement leur enfant, mais la parole de ces trois connards a suffi pour que je sois chassé de Sainte-Cécile et inscrit dans la base de données de la police comme maniaque sexuel. Ma fiancée est restée près de moi quelque temps, puis ma dépression et l'abus de cocaïne sont devenus insoutenables pour elle et elle aussi m'a abandonné.

Le regard baissé, Woodstock ne proféra pas un mot.

N'arrivant plus à retenir ses larmes, Gatto éclata en sanglots en cachant son visage dans ses mains.

— Et maintenant, cette histoire de merde revient me persécuter, conclut-il entre deux soubresauts.

Woodstock récupéra une serviette sur la table et la lui tendit.

— Comme on dit dans le jargon… J'accepte de m'occuper de ton cas.

5

DEBOUT, les mains dans le dos, le vice-questeur adjoint Giacomo Chiesa regarda par la fenêtre de son bureau Claudio Gatto sortir du commissariat et emprunter la rue de Santa Croce. Chiesa était certain de la culpabilité de Gatto.

Quand le suspect disparut de son champ de vision, il prit son téléphone et appela le concierge à l'entrée.

— Mario, envoie-moi Iafrate et Montaldo. Tout de suite.

Il raccrocha sans même attendre la réponse. Assis sur son fauteuil, il attrapa le premier dossier de la pile posée sur son bureau. Moins d'une minute plus tard, il entendit frapper à la porte.

— Entrez, hurla-t-il.

— Vous nous avez demandés, vice-questeur ? hasarda l'un des deux agents.

— Ah, Iafrate, Montaldo. Entrez, entrez, allez-y.

Malgré les deux chaises libres face à son bureau, Chiesa n'invita pas les nouveaux venus à s'installer et ces derniers restèrent debout, au garde-à-vous. Le vice-questeur, les yeux toujours rivés sur ses papiers, interrogea son subalterne :

— Alors, Montaldo, est-ce qu'on a découvert l'identité de la victime ?

— Pas encore, non, vice-questeur. (Montaldo s'interrompit un instant, puis ajouta d'un ton incertain :) C'est un John Doe.

Chiesa posa le dossier et, pour la première fois, lui accorda un regard. Il répliqua, sidéré :

— C'est-à-dire, Montaldo ?

— Un... John Doe, vice-questeur. C'est un terme qu'on utilise quand on ne connaît pas l'iden...

— Je sais ce que ça veut dire, Montaldo ! explosa Chiesa, qui se mit debout en un instant, rouge de colère, les poings serrés sur son bureau. Regarde par la fenêtre. Ça ressemble à Miami ? Non ? Alors, arrête de répéter les idioties que tu entends à la télé, putain ! Imbécile !

Montaldo acquiesça désespérément, toujours au garde-à-vous, les yeux rivés sur un point indéfini du mur derrière le vice-questeur. Il percevait le regard glacial de son supérieur encore pointé sur lui. Ce n'est qu'à l'instant où il sentit ce regard se déplacer sur son collègue qu'il se rappela de respirer.

— Iafrate, je veux une patrouille fixe devant la maison de Gatto.

— Oui, vice-questeur. Tout de suite, vice-questeur.

— Et n'envoie pas les deux premiers idiots que tu croises, poursuivit Chiesa en glissant un instant les yeux sur un Montaldo mortifié. (Chiesa se rassit et recommença à feuilleter ses documents.) Vous pouvez sortir. Ah, Iafrate, une dernière chose. Dis à Mario de me préparer une voiture. Je veux me rendre en personne vérifier l'alibi du suspect.

Quelques secondes plus tard, la porte s'ouvrit à nouveau et un agent passa sa tête par l'entrebâillement.

— Chef, je peux vous déranger ? Le médecin a estimé que la victime a été tuée entre vingt-trois heures et deux heures du matin. Aucune trace de violence sexuelle sur le corps de l'enfant. Ah, et la décapitation a eu lieu post mortem. La cause du décès est encore inconnue, on attend les résultats de l'autopsie.

— Excellent. Préviens-moi dès que le labo découvre autre chose.

L'agent se mit au garde-à-vous et referma la porte.

De nouveau seul, Chiesa s'étendit sur le dossier de son fauteuil. Penché en arrière, le regard au ciel, il secoua la tête d'un air découragé. *Un John Doe ! Un John Doe, putain de merde*, répéta-t-il pour lui-même. Il resta ainsi quelques minutes, absorbé dans la contemplation du plafond. La photographie de sa famille parfaite trônait sur son bureau, celle du président de la République était accrochée au mur derrière lui, près du crucifix et du calendrier des forces de l'ordre. Du plus loin qu'il s'en souvînt, Chiesa avait toujours rêvé de se trouver là où il se tenait actuellement. Sa femme Clara, aussi blonde que lui, était une présence constante à ses côtés. Ils avaient deux enfants, des garçons de neuf et cinq ans, beaux et blonds comme leurs parents. Sa propre vie semblait parfaite aux yeux du vice-questeur, au-delà de tout ce qu'il aurait pu imaginer.

Son esprit se recentra sur Claudio Gatto. Comment était-il possible de seulement imaginer agresser un enfant ? En pensant à la bande de délinquants sans foi ni loi que ce personnage pouvait fréquenter, il en avait des frissons.

Il était midi et demi quand les réflexions du vice-questeur Chiesa furent interrompues par la sonnerie du téléphone. Depuis sa cabine à l'entrée, Mario l'informait que la voiture était prête et que deux agents l'attendaient.

Moins de trente minutes plus tard, retardé par le trafic de Muro Torto d'abord, puis par celui du Lungotevere ensuite, Chiesa se tenait devant le bar lounge'54. Le café se trouvait rue Valadier, une rue parallèle à celle de Cola di Rienzo. Le vice-questeur eut l'impression de pénétrer dans un de ces lieux tendances et ultramodernes, à la décoration minimaliste, des divans blancs et des chaises design autour de tables en verre. Les murs étaient nus à l'exception de quelques tableaux d'art contemporain. Devant le bar, du côté opposé de la salle, une platine de DJ et un quadragénaire habillé comme un lycéen qui passait des musiques douces. Des musiques d'ascenseur. Près des tables de mixage, un piano. À l'heure du déjeuner, durant la semaine, le'54 se transformait en cantine pour les employés du quartier, des avocats, des notaires et autres professionnels variés qui se pressaient autour du buffet.

Chiesa se dirigea vers le DJ et se présenta à lui avec ses manières toujours courtoises.

— Bonjour. Savez-vous où je peux trouver le propriétaire ?

L'homme n'eut pas l'air de s'apercevoir de sa présence et continua de manipuler la table de mixage, d'une façon apparemment aléatoire. Le vice-questeur poussa un soupir et souleva une oreillette du casque du DJ.

— Eh oh, tu fais quoi, putain ? Mais regarde ce crétin ! grogna l'homme, en remettant son casque en place et en congédiant le policier d'un geste de la main, qu'il accompagna d'un claquement de langue sur son palais.

Chiesa poussa un autre long soupir, se frotta les yeux d'un air las avec le pouce et l'index de la main gauche. En un clin d'œil, le bras du DJ fut soulevé des platines et plié de façon peu naturelle dans son dos. D'une claque, Chiesa fit voler le casque par terre.

— Bonjour, tête de nœud. Police nationale. Tu sais où est le propriétaire de cet endroit de merde ?

— Il est... aïe... dans son bureau... ouille... au fond, réussit à balbutier le DJ entre deux gémissements de douleur, le bras toujours sur le point de se briser.

De sa main libre, il indiqua une porte derrière le comptoir. Le vice-questeur lâcha la prise.

— Merci beaucoup. Ce n'était pas si difficile, pas vrai ?

Silencieux, le DJ se borna à lancer un regard de pure haine au policier tandis qu'il massait son épaule douloureuse.

— Connard, marmonna-t-il dans sa barbe en ramassant son casque, et en prenant bien garde que Chiesa se soit éloigné.

Le vice-questeur frappa à la porte du bureau. Pas de réponse. *Ce bar me sort déjà par les yeux*, pensa-t-il en frappant plus fort. Toujours aucune réponse.

— Ouvrez, maintenant, police nationale !

Chiesa entendit des bruits de chaises qui crissaient sur le sol en provenance de la pièce.

— J'arrive tout de suite... Juste une seconde, cria une voix derrière la porte.

Quand, enfin, le propriétaire émergea de son bureau, Chiesa trouva devant lui un homme de petite taille, apeuré, presque chauve, avec une barbichette de satyre poivre et sel. Il était visiblement essoufflé. Le type renifla bruyamment, se frotta les narines du dos de la main d'un air coupable, et referma la porte derrière lui. Après quoi, il s'approcha du vice-questeur la main tendue en affichant un sourire qui se voulait rassurant et chaleureux, mais qui ressemblait plutôt à une grimace forcée et artificielle, et se présenta d'un ton affable :

— Bonjour, monsieur l'agent. Luca Beltramini, enchanté. Comment puis-je vous être utile ?

Le policier serra vigoureusement la main moite que l'autre lui tendait.

— Bonjour, monsieur Beltramini. Je suis le vice-questeur Chiesa, répondit-il en insistant sur son grade.

— Veuillez m'excuser, vice-questeur. Avez-vous déjà mangé ? Puis-je vous offrir une belle assiette de pâtes alla Norma ? C'est notre spécialité.

— Non, merci. Je désire vous poser quelques questions en privé, pouvons-nous nous installer dans votre bureau ?

Le sourire qui n'avait pas quitté Beltramini jusqu'alors s'éteignit peu à peu. D'une voix tremblante, il fit une dernière tentative :

— Vous êtes sûr, monsieur le vice-questeur ? Vous n'êtes pas même tenté par un café ?

— Merci.

Chiesa secoua la tête d'un air poli et invita d'un signe le propriétaire à le précéder dans son bureau.

Résigné, le petit homme essuya son front couvert de sueur avec la manche de son horrible veste violette et ouvrit la porte, révélant ce qu'il cherchait désespérément à cacher. Dans la pièce, une fille blonde, sans doute à peine majeure, ajustait avec empressement son uniforme de serveuse.

— Bonjour, s'exclama-t-elle d'une voix douce, en rougissant jusqu'à la pointe de ses cheveux lisses rassemblés en queue-de-cheval.

— Bonjour, mademoiselle.

Chiesa lui sourit avant de poser avec dégoût son regard froid et inquisiteur sur le propriétaire, qui tentait de maintenir un semblant de dignité.

— Caterina, tu pourrais aller contrôler la table 12 ? Le vice-questeur et moi devons nous entretenir de choses importantes.

La jeune femme ne se le fit pas dire deux fois et sortit de la pièce.

— Caterina... est vraiment extraordinaire... Nous étions en train de parler de possibles modifications sur le menu, se justifia Beltramini sans grande conviction, en réponse aux regards noirs du vice-questeur.

— Épargnez-moi ces histoires. Je ne suis pas là pour ça. J'ai quelques questions à vous poser sur un de vos employés.

Beltramini poussa un soupir de soulagement.

— Ils sont tous en règle, hein. Nous avons des contrôles régulièrement, tout est écrit noir sur blanc.

Ignorant ces excuses pathétiques, Chiesa poursuivit :

— Un pianiste du nom de Claudio Gatto travaille pour vous, c'est exact ?

— Gatto ? Bien sûr. Qu'est-ce qu'il a fait ? répondit Beltramini, légèrement surpris.

— Cela ne vous regarde pas. J'ai seulement besoin de savoir s'il se trouvait bien ici, avant-hier, entre vingt-trois heures et deux heures du matin.

— Eh bien, avant-hier soir, je n'étais pas là. Mais si vous me donnez deux minutes, je peux vérifier quels employés travaillaient.

Il farfouilla dans ses papiers, ouvrit un carnet :

— Voilà. Oui, Gatto était bien là. Si vous le cherchez, vous devriez revenir ici ce soir, vers 20 h 30.

— Est-ce qu'un des employés qui travaillait ce soir-là est ici aujourd'hui ?

— Malheureusement, non. Ceux qui sont du soir se reposent le midi. Mais je peux vous fournir l'adresse de Vincenzo, notre barman. De ce que j'en sais, Gatto et lui sont assez proches et Vincenzo était au comptoir avant-hier.

Beltramini avait hâte de se libérer du vice-questeur.

Chiesa nota les coordonnées du barman sur un calepin noir. Par chance, le témoin habitait à Trastevere. Il pouvait s'y arrêter sur le chemin du retour vers le commissariat. Sans remercier Beltramini, il ferma son carnet, quitta le bureau et se dirigea vers la sortie du bar. Alors qu'il était sur le point de pousser la porte en verre, il s'immobilisa soudain, attendit un instant, puis s'approcha de la serveuse blonde.

— Si jamais il venait à vous créer des problèmes, n'hésitez pas à m'appeler, lui proposa Chiesa en lui tendant sa carte professionnelle.

Caterina la fixa, puis posa son regard sur lui. Ses grands yeux bleus croisèrent durant une fraction de seconde ceux du policier, qui sentit exploser dans sa poitrine une chaude sensation d'affection presque paternelle.

— Merci, murmura-t-elle. C'est un porc, mais il n'est pas violent. Je gère la situation.

Chiesa acquiesça avec un sourire qui reflétait à la fois de la compassion et un brin d'orgueil. *Une fille intelligente*, pensa-t-il tandis qu'il s'éloignait du bar lounge '54 et entrait dans la voiture de police.

6

À L'HEURE du déjeuner, la route qui longeait le Tibre était prise d'assaut par une myriade de voitures.

— J'allume la sirène, chef? demanda l'agent au volant.

— Non, ce n'est pas la peine.

Distrait, Chiesa regardait par la vitre teintée de la banquette arrière. Les hordes de touristes des quatre coins du monde envahissaient les quais du Tibre, savourant la chaleur de l'été romain. Des familles d'Allemands, en sandales et débardeur, la peau écrevisse, cuisaient sous le soleil. Des groupes de Japonais aux chapeaux identiques suivaient, hypnotisés, l'ombrelle soulevée comme un trophée par leur guide, probablement en direction de la villa Farnesina pour admirer les fresques de Raphaël. De jeunes Américains profitaient de la législation italienne, plus indulgente que celles des États-Unis concernant l'achat d'alcool, pour s'enfiler une bière après l'autre, affalés sur les marches de la fontaine de la place Trilussa. Devant eux, un artiste de rue jouait ses chansons avec l'espoir de vendre quelques CD.

Après avoir dépassé l'île Tibérine, la voiture tourna à droite et se glissa sur la place des Ponziani. Le vice-questeur descendit et essaya de repérer le numéro 7. Il s'agissait d'un bâtiment historique. Son architecture du XVIIIe siècle, bien qu'elle ne soit pas parfaitement conservée, lui donnait un charme tout particulier. À côté se tenait un joli bar avec des tables en terrasse protégées par une pergola couverte de plantes grimpantes. Chiesa trouva sur l'interphone le nom qu'il cherchait : Cannizzaro. Il sonna et une voix féminine à l'accent méridional lui répondit :

— Oui ?

— Bonjour, est-ce que Vincenzo Cannizzaro est chez lui ?

— Qui le demande ?

— C'est la police nationale, mademoiselle.

Silence. Chiesa put entendre la femme qui hurlait quelque chose en couvrant le téléphone d'une main. Le vice-questeur réussit quand même à distinguer deux mots : "Vincenzo" et "police". Quelques secondes passèrent et la jeune femme reprit le combiné.

— Je vous en prie, vous pouvez monter. Troisième étage.

Évidemment, cet immeuble historique n'avait pas d'ascenseur. Le vice-questeur poussa un long soupir, il ne pensait pas que cette journée serait si fatigante. Au troisième étage, la porte de l'appartement était déjà ouverte. Son interlocutrice à l'interphone l'attendait. Petite, mince, mais toute en courbes. Les cheveux noir corbeau et bouclés, le front couvert par un bandeau vert à fleurs. C'était une beauté typiquement méditerranéenne, avec de grands yeux noirs comme la nuit. Les formes généreuses de sa poitrine se devinaient sous son débardeur vert pétrole. *Si seulement elle s'habillait un peu mieux et coupait ces dreadlocks...* Il la salua, surpris par la gêne qu'il éprouvait. Cela ne lui arrivait pas souvent, d'autant que la maîtresse de maison ne devait pas avoir plus de vingt-sept, vingt-huit ans. Mais qu'est-ce qui lui passait par la tête ?

— Enchantée, Marisa. Vincenzo est sous la douche, il ne va pas tarder. Je vous en prie, installez-vous dans le salon. Je peux vous offrir quelque chose ? Une limonade ?

— Non, merci. C'est gentil à vous.

Elle lui sourit en haussant les épaules et s'éclipsa tout en hurlant à Vincenzo de se dépêcher.

Le vice-questeur, resté seul, observa ce qui l'entourait. La décoration reflétait le style de Marisa : des statuettes indiennes, des bibelots tibétains, des prières bouddhistes et d'autres accessoires orientaux occupaient presque toute la pièce. Chiesa s'attarda sur deux statues en bois, stupéfait. L'une d'elles représentait un éléphant, et jusqu'ici, il n'y avait rien d'étrange, si ce n'était qu'elle était bien plus grande que lui. L'autre était la figurine d'un petit homme primitif avec une érection bien visible.

— Je suis là, excusez-moi pour l'attente.

Chiesa se retourna d'un coup et se trouva face à un homme d'une trentaine d'années, à la moustache très soignée comme c'est la mode de nos jours. Lui aussi avait un fort accent du sud de l'Italie.

— Vincenzo Cannizzaro ? interrogea le vice-questeur.

— Oui, enchanté. Désolé, je me suis réveillé il y a peu de temps. Une longue nuit de travail.

— Sicilien ?

— De la province d'Agrigente, confirma Cannizzaro avec orgueil.

— J'ai travaillé deux ans à Catane, j'ai des souvenirs merveilleux de votre île. Enchanté, je suis le vice-questeur Chiesa. Votre fiancée m'a ouvert.

Vincenzo rit en essuyant ses cheveux encore mouillés avec une serviette.

— Marisa est ma cousine, nous vivons en colocation.

Chiesa ne put retenir un sentiment de soulagement.

— Je souhaiterais m'entretenir avec vous de votre travail, dit-il en déviant sur un autre sujet.

— Écoutez, moi je n'ai rien à voir avec les affaires de Beltramini, mais alors rien du tout. Je ne fais que préparer les cocktails.

— En réalité, je souhaiterais vous parler de votre ami Claudio Gatto.

— Claudio ? Il a des problèmes ? demanda Vincenzo, surpris.

Avoir des problèmes est un bel euphémisme, pensa Chiesa. *Un enfant qui n'a pas fait ses devoirs aura des problèmes, pas un cinquantenaire suspecté de l'homicide d'un mineur.*

— Il y a deux nuits, vous vous trouviez au bar lounge '54, est-ce exact ?

Cannizzaro acquiesça.

— Pouvez-vous me confirmer que Gatto était bien là de vingt-trois heures à deux heures du matin ?

— Bien sûr, vice-questeur. Claudio est resté vissé à son piano toute la soirée. Un véritable artiste, vous devriez l'entendre jouer. Il ne s'est levé qu'une ou deux fois pour fumer une cigarette, jamais plus de dix minutes de pause. Pourquoi ? Qu'est-ce qu'il a foutu ?

Leur conversation fut interrompue par Marisa qui apportait un plateau avec deux verres. Elle tendit une des limonades au vice-questeur.

— Buvez, je vous en prie. Je la prépare moi-même avec les citrons que nous envoie notre tante de Sicile. Si vous ne la goûtez pas, je vais mal le prendre !

— Merci.

Chiesa rougit quand son regard croisa celui, jovial, de la jeune femme. Pendant un court instant, le vice-questeur crut la voir légèrement s'empourprer elle aussi. Mais ce n'était peut-être qu'une impression.

— Elle est vraiment délicieuse.

Marisa sourit, satisfaite, et offrit l'autre verre à son cousin avant de disparaître de nouveau en cuisine.

— Je serai un cas désespéré sans elle. C'est une sainte, croyez-moi, vice-questeur.

Chiesa opina du chef, songeur.

— Bien, monsieur Cannizzaro. J'ai eu toutes les informations que je cherchais. Je vous remercie, dit-il en serrant la main de Vincenzo.

— Au plaisir, monsieur. Et je vous le jure, Claudio est un brave homme. Je ne sais pas ce que vous pensez qu'il a fait, mais je suis certain qu'il n'a rien à voir avec votre affaire.

— J'essaye justement de m'en assurer, répliqua Chiesa.

Il se dirigea vers la porte, puis salua Marisa d'une voix légèrement plus forte.

Elle sortit la tête de la cuisine et lui promit que la prochaine fois, elle veillerait à avoir deux *cannolis* pour lui.

Le vice-questeur lui sourit, un sourire qui ne le quitta pas durant tout le chemin jusqu'à la sortie de l'immeuble. *La prochaine fois...*

Sa bonne humeur s'éteignit à la vue des deux agents qui l'avaient accompagné. Tranquillement assis à la terrasse du bar, ils profitaient de l'ombre créée par le lierre en sirotant un Crodino et en picorant à tour de rôle des chips dans un bol au milieu de la table. Ils ne se rendirent pas compte que

Chiesa, qui avait retrouvé son humeur habituelle, les fixait d'un air martial, les poings serrés sur les hanches. Quand l'un d'eux croisa le regard du vice-questeur, il bondit au garde-à-vous et essaya de se justifier avec un ton d'excuse :

— Désolé, vice-questeur, vous savez… avec cette chaleur.

— Je vous en prie, faites-vous plaisir. Vous voulez aussi une chaise longue ? On y va, maintenant !

Les agents laissèrent leurs verres à moitié pleins sur la table, ainsi qu'un généreux pourboire, et se pressèrent vers la voiture. Le vice-questeur les suivit calmement.

Sur le trajet du retour vers le commissariat, Chiesa examina de nouveau la situation.

L'alibi de Gatto a l'air de tenir. Même en cherchant d'autres témoins, je suis sûr qu'ils confirmeraient les déclarations de Cannizzaro…

(Marisa…)

Il chassa cette pensée malvenue en secouant la tête.

Ils semblent tous surpris que Gatto puisse avoir des ennuis avec la police. Les gens l'apprécient, ils lui font confiance. Cela dit, les pires monstres de l'histoire sont aussi les plus habiles à le cacher. Non, non, Gatto a un secret, j'en suis certain. Il n'a peut-être pas tué ce garçon, mais il n'est pas innocent pour autant.

(La prochaine fois, je veillerai à avoir deux cannolis *pour vous…)*

Bien sûr, il a peut-être agi avec un complice. C'est sûrement ça. Gatto et un autre pervers kidnappent l'enfant (John Doe) et, pendant que le pianiste se crée un alibi au bar, l'autre le tue. Mais alors, pourquoi laisser le corps dans les bennes en bas de chez lui ? Parce que ce sont des idiots. C'est bien possible…

(Je la prépare moi-même avec les citrons que nous envoie notre tante de Sicile…)

7

Woodstock observa Gatto s'éloigner sur la place Giustiniani et tourner rue Galvani. *Pauvre bougre*, pensa-t-il en terminant d'une gorgée son troisième cocktail de la journée (un White russian, cette fois). Les deux hommes s'étaient accordés pour se retrouver l'après-midi suivant chez Gatto afin de faire le point sur la situation et de préparer un plan de bataille. Woodstock, entre-temps, commencerait l'enquête de son côté, pour venir avec quelques résultats à ce rendez-vous. Claudio n'en finissait pas de le remercier depuis qu'il avait découvert que Woodstock n'acceptait pas d'argent pour ses prestations. Non, lui était convaincu de posséder un don et qu'il était de son devoir de le partager avec ceux qui en avaient besoin. À condition que ce soit pour une juste cause. Sa seule exigence était que la matière première nécessaire au déblocage de son potentiel déductif soit toujours à la charge du client. Notamment parce que ses réserves s'amenuisaient. Avec le peu d'herbe qu'il lui restait, Woodstock se prépara un joint à la petite table du bar et l'enfila dans la poche de son gilet péruvien. Il lui serait utile plus tard. Avant tout, il avait besoin de découvrir l'identité de la victime et, si le corps avait été retrouvé à San Lorenzo, une seule personne pouvait le savoir. Avant de partir, Woodstock ramassa son verre vide sur la table, entra dans le bar et le posa sur le comptoir.

— Je te dois combien, Massimo ?

— Trois cocktails, vingt et un euros. Tu y es allé mollo, aujourd'hui.

Le barman récupéra le verre et le plongea dans l'évier, en équilibre sur une pile d'assiettes et de couverts.

— Eh oui, il faut que je travaille aujourd'hui. (Woodstock regarda, désolé, son portefeuille en faux cuir.) Je peux t'en donner dix.

— J'ajoute les onze autres à ton ardoise. Au total, ça fait… Deux cent vingt-sept.

— "Mon cher… je m'en contrefiche", répondit Woodstock et il salua le barman en faisant semblant de retirer un chapeau imaginaire de sa tête.

— Arrête de me soûler avec tes citations, lui hurla Massimo.

Mais Woodstock était déjà dans la rue. Une fois dehors, il enfila son casque et enfourcha son scooter Scarabeo rouge des années 1990, direction San Lorenzo. Direction… *Truffaut.*

Truffaut était un vieux sans-abri, surnommé ainsi parce qu'il soutenait qu'il avait lui-même écrit *Les Quatre Cents Coups*, et que le réalisateur français dont le nom lui servait désormais de sobriquet lui avait volé son idée. Depuis des années, il dormait du côté du petit marché du largo degli Osci et se déplaçait de temps en temps sur la place San Lorenzo pour jouer du violon en échange d'un peu de monnaie. Les pièces remplissaient régulièrement jusqu'à ras bord son vieux béret qu'il posait par terre devant lui. Pas tellement pour ses talents de musicien, mais plutôt parce que, pour les habitués de la petite place, il était désormais devenu une figure légendaire. Personne ne savait rien de son passé. Selon certains, c'était un ancien étudiant en ingénierie qui avait sombré dans la folie et décidé de tout laisser tomber pour vivre dans la rue. Pour d'autres, il était vraiment Truffaut (le réalisateur, pas le sans-abri), qui avait feint sa propre mort et vivait en clochard depuis plus de trente ans dans le but de se révéler et de révéler au monde son chef-d'œuvre ultime, fondé sur ses expériences de vagabond. D'autres encore disaient qu'il s'agissait d'un fantôme ou d'un ancien flic qui errait en quête de rédemption après avoir compris l'erreur d'un tel choix de vie. Les théories sur l'identité de Truffaut allaient bon train, mais tout le monde ou presque s'accordait sur un point : Truffaut était San Lorenzo et San Lorenzo était Truffaut. Rien n'avait lieu dans le quartier sans que, d'une façon ou d'une autre, le vieil homme ne finisse par en avoir vent.

Il restait là, étendu sur les petites marches de la place, en train de boire une Peroni. Son chien Godard, aussi vieux que lui, dormait la tête sur les genoux de son maître. Woodstock se gara sur le trottoir et retira son casque.

— Woodstock !

Le vieux sans-abri cria son nom en agitant les bras. Ses gesticulations réveillèrent le pauvre Godard qui se leva d'un bond, la queue entre les jambes.

— Il me semblait bien avoir reconnu la vieille épave que tu persistes à appeler scooter.

Truffaut devait beaucoup à Woodstock. Il y a des années, quand notre Sherlock n'avait pas encore pleinement découvert son potentiel investigatif, le vieux clochard avait été agressé et presque tué sous les coups d'un baby-gang. À l'époque, Woodstock faisait partie des jeunes de la petite place qui considéraient Truffaut comme un grand-père adoptif. Il avait été lui rendre visite à l'hôpital et avait pleuré de le voir réduit à un tel état. Il s'était alors promis d'identifier les lâches qui l'avaient quasiment assassiné. Cela avait été sa première affaire pour ainsi dire. Après avoir fumé quelques joints, Woodstock était parvenu à remonter jusqu'aux bâtards du quartier de la place Vittorio et avait transmis l'information à qui de droit. À partir de ce jour-là, plus personne n'avait importuné le clochard.

— Ne l'appelle pas comme ça, dit Woodstock en indiquant son Scarabeo. Il est âgé, mais il fonctionne encore bien. Exactement comme toi, Truffaut.

Le vieux soupira pour seule réponse et Woodstock sortit le joint de sa poche. Il s'allongea à côté de lui sur les marches, tandis que Truffaut observait son manège.

— Je vois qu'une longue nuit de dur labeur t'attend.

Woodstock alluma son joint et acquiesça. Il aspira deux grandes bouffées et s'étira, en tendant une main pour caresser Godard. Le chien le renifla, suspicieux, puis s'approcha pour se laisser gratter le cou et la tête.

— Et comment le vieux Truffaut peut t'être utile ?

— La police a trouvé un cadavre hier matin, pas loin de chez toi. Tu en as entendu parler ? demanda Woodstock en continuant de fumer avidement une taffe après l'autre.

— Évidemment, dans les bennes à ordure de la rue des Equi. Une sale histoire. Il paraît que c'était encore un gamin. Imagine un peu, ils l'ont retrouvé décapité. Qui peut être aussi abject ?

— C'est ce que j'essaye de découvrir. (Woodstock passa son joint au vieil homme qui en aspira une bouffée d'un air absent.) T'en sais plus ?

— La police a arrêté un pauvre bougre. Un pianiste qui habite au-dessus de la scène de crime. J'te le dis, ils se sont plantés en beauté. Je le connais, ce gars, c'est un type bien, il m'offre un café à chaque fois qu'on se croise. Même Godard se laisse caresser, alors qu'il reconnaît toujours les salauds. Non, pour moi, la police avait besoin d'un bouc émissaire parce que les enquêteurs ne savent pas quelle piste suivre. Ils ne savent même pas le nom du gamin. Mais… Tu travailles pour lui ? (Woodstock acquiesça d'un air pensif.) Bien, c'est bien. Je suis content que ce pauvre type ait quelqu'un comme toi de son côté.

— Donc on ne connaît pas encore l'identité de la victime ?

— Non, tu m'as mal compris. J'ai dit que la police ne connaissait pas son identité. D'après les bruits qui courent, le petit venait de l'orphelinat des sœurs de la rue Merulana.

— Comment tu peux le savoir ? Si même la police n'est pas au courant…

— J'ai mes sources. Un *collègue* qui fait la manche devant l'église a entendu deux sœurs qui en parlaient. Et puis j'ai aussi quelques policiers de mon côté, des gars bien, des gens du coin. Si tu reviens demain matin, je pourrai te fournir des infos plus précises.

— "Louis, je pense que c'est le début d'une belle amitié", répondit Woodstock en imitant les mimiques de Humphrey Bogart.

— *Casablanca* répondit Truffaut, en faisant mine de bâiller. Trop facile !

— Tu as raison. Merci beaucoup, mon vieux. On se voit demain. (Woodstock se releva et offrit une ultime caresse à Godard, qui remuait gaiement la queue.) Salut à toi aussi, mon beau !

— À demain, Woody. Ah, j'ai failli oublier de te dire. Si ce gamin était vraiment un orphelin, ce n'est pas le premier qui disparaît. L'année dernière, au moins trois autres se seraient évaporés dans la nature.

8

QUATRE enfants disparus ? Quatre possibles victimes ? Et la personne capable de telles atrocités déambule dans les rues de Rome ? Si c'est le cas, éviter la prison à Gatto ne serait que la cerise sur le gâteau. Je ne suis même pas sûr d'être capable de résoudre l'enquête, pensa Woodstock.

La rue des Equi était déserte. Woodstock avait une dernière mission à accomplir avant de rentrer chez lui. Les bennes à ordures incriminées étaient au fond de la rue. Il les reconnut au ruban blanc et rouge de la police qui gisait, arraché, au niveau de leurs roues.

L'effet de la drogue était à son apogée. Woodstock voyait tout : tout ce qui aurait pu passer inaperçu à un regard moins attentif lui sautait aux yeux, de manière claire et évidente. Il remarqua les traces que la police scientifique avait laissées sur son passage. *Un travail bâclé. Je me demande comment ils espèrent trouver un indice au milieu de ce bazar.*

Les poubelles débordaient de déchets, les éboueurs n'étaient pas encore passés.

Bénis soient les éboueurs municipaux.

Faisant fi de l'odeur rance des détritus qui devenait quasiment insupportable pendant l'été romain, Woodstock commença à fouiller dans les bennes. Après un rapide coup d'œil, il remarqua une imperceptible tache de sang.

Ils l'ont sûrement trouvé ici.

Il passa une bonne demi-heure entre les couches, les bouteilles et les yaourts périmés. Rien. Pas un seul indice. Déçu, il remonta sur la selle de son bolide et reprit la route vers son domicile.

Woodstock habitait au début de la rue Tuscolana, près de la gare. Il laissa son scooter en bas de la maison. Sans antivol, sans bloque-disque. Qui le lui volerait, de toute façon ?

Une voix l'accueillit depuis la cuisine dès qu'il mit un pied dans l'entrée.

— Adriaaaano… C'est toi ?

— Oui, m'man, c'est moi.

Le vrai nom de Woodstock était Adriano. Adriano Scala. Détail encore plus déroutant : le jeune Adriano Scala, trente-huit ans, vivait encore avec sa mère. Même s'il serait plus exact de dire qu'il vivait *de nouveau* chez sa mère. C'était une situation temporaire… qui durait depuis environ deux ans, ou plus précisément depuis que son ex-compagne l'avait chassé de chez elle. Apparemment, elle avait besoin de quelqu'un de plus mature et de plus responsable à ses côtés. Maintenant, Giorgia sortait avec un architecte de quarante-cinq ans. Mais qu'espérait-elle d'un type qui, à vingt-neuf ans (c'était l'âge d'Adriano lorsqu'ils s'étaient connus), n'avait toujours pas fini sa licence de sciences de l'éducation ? Et, surtout, qu'attendait-elle d'un garçon de quatre ans son cadet qui, après à peine trois mois de relation, avait eu la brillante idée de la mettre enceinte ?

Neuf mois plus tard, la petite Gaia était née. Giorgia s'était rapidement rendu compte que tout ce qui l'avait fait tomber amoureuse d'Adriano – son innocence presque infantile, sa vivacité, sa certitude inébranlable que les rêves se réalisent tôt ou tard – était certes de belles qualités, mais pas de celles qui servent à élever une enfant. Ainsi, après une longue période de hauts et de bas, Woodstock s'était retrouvé à la rue. Il ne voyait la petite Gaia que le week-end, quand Giorgia était certaine qu'il n'oublierait pas de l'emmener à l'école ou, pire encore, d'aller la récupérer le soir. Quand la seule responsabilité du père de Gaia était de faire en sorte que la fillette survive. Ce rôle incombait souvent à la grand-mère, pour son plus grand plaisir. Avec son salaire d'instituteur qui couvrait à peine la pension alimentaire à verser pour Gaia, Woodstock avait été contraint de retourner vivre dans la maison de son enfance.

La mère de Woodstock, Rita, après le décès précoce de son mari, avait élevé seule deux fils que tout opposait. Adriano avait grandi et était devenu Woodstock. Valerio, l'aîné, avait lui aussi grandi, mais la comparaison avec son frère s'arrêtait là. À la mort de leur père, les deux hommes avaient cessé de se parler et, tout en partageant le même toit, ils menaient déjà des vies différentes.

Tandis que Woodstock découvrait la drogue, le rock'n'roll et la vie dans les centres sociaux autogérés, Valerio était le fils que toute mère désirait : des notes excellentes, capitaine de son équipe de foot, une petite amie douce et responsable. Oui, vraiment le fils rêvé. Rita l'aimait et était fière de son parcours sans faute, mais Adriano restait pour toujours son petit garçon. Peu importait les pépins dans lesquels se fourrait son Adriano, Rita le défendait bec et ongles même s'il avait complètement tort. Inutile de souligner qu'elle fut au septième ciel quand il lui demanda de revenir vivre chez elle temporairement. Valerio n'avait jamais pardonné, ni à sa mère ni à son frère, cette préférence si évidente.

— Mon chéri, Giorgia a appelé. Elle dit qu'elle nous amènera la petite mercredi cette semaine parce que ce week-end, elle va à Fregene. Chez l'architecte.

— Évidemment qu'il a une maison à Fregene, commenta Woodstock à voix basse. (Puis il haussa le ton pour que sa mère l'entende de la pièce à côté :) On mange quoi, m'man ?

— Du poulet au curry. Tu veux aussi du riz ?

— Quelle question !

— Ce sera prêt dans vingt minutes.

Woodstock retira sa veste en laine et son jean et les balança sur le lit, enfila un jogging et s'assit à son bureau Ikea. La pièce n'avait pas changé, elle était telle qu'il l'avait laissée la première fois, neuf ans plus tôt, pour aller vivre avec Giorgia. Elle était enceinte à l'époque et avait besoin d'aide. Sur les murs se trouvaient encore les posters qui l'avaient accompagné pendant ses années de lycée, puis pendant son interminable expérience universitaire. Uma Thurman dans la peau de Mia Wallace le fixait, aguicheuse, au-dessus de son lit. Rino Gaetano, à côté, portait son haut de forme, tandis qu'un Francesco Totti tout jeune donnait la réplique à Giuseppe Giannini juste devant lui.

Le désordre qui régnait conférait à la pièce une certaine intensité, les vêtements s'accumulaient sur le lit et sur le dossier de sa chaise. Le bureau était recouvert de papiers brouillon et autres feuilles volantes, de cartes de visite, de paquets de cigarettes vides et de mégots de joints. Sur la commode, une pile de livres penchait dangereusement. Il gardait là tous les ouvrages qu'il avait l'habitude de relire. Parmi les titres qu'il préférait, on trouvait des grands classiques de la littérature (*Siddartha, Cent ans de solitude, L'Appel de la forêt)*, les chefs-d'œuvre de la science-fiction dystopique (Philip K. Dick, Kurt Vonnegut et Orwell), quelques romans policiers de Joe Lansdale et l'incontournable recueil de blagues du footballer Francesco Totti.

OK, mon petit tour sur la scène de crime n'a servi à rien du tout, pensa Woodstock en se roulant une cigarette. *Au moins, Truffaut m'a donné quelques pistes sur lesquelles me pencher. La première chose à faire est de vérifier la possibilité qu'il y ait plus qu'une seule victime. Et si ce n'était pas la première ? Mon Dieu, et s'ils étaient déjà tous morts ? Mais dans quel pétrin je me suis encore fourré ?*

Il alluma une cigarette et attrapa son téléphone. Il fit défiler la liste de ses contacts et s'arrêta sur l'un d'eux. La seule personne qui portait un uniforme et en qui il avait confiance. Michele Martozzi était l'un de ses camarades de classe au lycée Newton. Une fois diplômé, il avait suivi son destin et était devenu sous-officier des carabiniers à tout juste vingt-deux ans. Si quelqu'un pouvait bien l'aider avec cette histoire d'orphelinats, c'était à coup sûr Michele. Le téléphone sonna.

— Allô, Michele ?

— Adriano ! Comment va mon révolutionnaire préféré ?

— Révolutionnaire, mais toujours chez ma mère.

Michele rit.

— Tu n'as pas encore trouvé de solution ?

— Oublie ça. Écoute… j'aurais besoin d'une grande faveur.

— Droit au but. Génial. De quoi s'agit-il ? Tu sais bien que je ne peux pas te récupérer la drogue saisie et mise sous scellés, n'est-ce pas ?

— Qu'est-ce que tu racontes ? Pour ça, je n'ai plus aucun espoir. Non, j'ai juste besoin que tu jettes un œil à la base de données des forces de l'ordre pour moi. Apparemment, il y aurait eu une épidémie de disparitions dans des orphelinats.

Il y eut un silence à l'autre bout du fil. Michele était sans nul doute en train de digérer l'information.

— OK, ça peut se faire. Demain matin, je vérifie les signalements de disparitions de mineur et je te rappelle.

— À taaaaaaable !

La voix de Rita résonna dans la maisonnée.

— J'arriiiive. Merci, Michele. Désolé, je dois filer, on se téléphone demain.

— Vas-y, vas-y, pas de problème. Quand le chef appelle… Passe le bonjour à ta mère de ma part, rétorqua Michele dans un fou rire incontrôlable.

— Je n'y manquerai pas.

Woodstock raccrocha.

— C'est prêeeet.

— Je viens, je viens, hurla-t-il à sa mère.

Mon Dieu, pensa-t-il en levant les yeux au ciel, *j'ai de nouveau seize ans.*

Gatto l'appela alors qu'il faisait la vaisselle. Woodstock retira un gant, récupéra le téléphone sur la table et le coinça dans le creux de son épaule.

— Allô ? répondit-il en reprenant le rinçage des couverts dans l'évier.

— Woodstock ? C'est Claudio. Il y a un problème.

— Qu'est-ce qu'il s'est passé ?

— Chiesa a rendu une petite visite au '54 cet après-midi. Ce connard de propriétaire s'est chié dessus et m'a renvoyé, il ne veut pas que je vienne travailler tant que l'affaire n'est pas résolue. Il dit que ça nuit à la réputation du bar d'avoir un suspect parmi les employés. La vérité, c'est qu'il a peur que Chiesa découvre ses magouilles.

— Tu es où, maintenant ?

— Je suis dans le métro à Lepanto.

— Parfait, alors continue un peu et descends à Ponte Lungo. On se prend une bière.

— Woodstock… J'ai besoin de travailler. Déjà que je n'ai pas un rond, je vais finir à la rue.

Il y avait quelque chose d'inquiétant dans la voix de Claudio, et cela le préoccupa. C'était le ton d'un homme anéanti, sur le point de perdre l'envie de se battre.

— Calme-toi, Gatto. Bipe-moi quand tu sortiras du métro.

Woodstock raccrocha. *Merde. L'enjeu est énorme, dans cette enquête. S'il y a vraiment un psychopathe qui traîne et décapite des orphelins, je dois le découvrir au plus vite. Et Gatto… Ce désespoir dans sa voix…*

Dans sa chambre, il remit les mêmes vêtements qu'il avait jetés un peu plus tôt sur son lit, prit un casque de réserve dans son armoire et descendit au salon. Sa mère était là, allongée sur le divan en train de regarder les sketches de Crozza.

— Je sors, m'man.

— À cette heure ? demanda-t-elle, l'air inquiet, en se redressant.

— Il est à peine vingt et une heures.

— Dis-moi au moins que tu n'es pas encore en train de jouer au détective.

— Non, ne t'en fais pas. Je vais juste prendre une bière.

Rita reposa sa tête sur le coussin et se concentra de nouveau sur la télé.

— Ne rentre pas trop tard. Tu ne vas pas à l'école demain ?

Woodstock leva les yeux au ciel. *Il faut que je trouve une solution pour déménager. Dès que possible.*

— C'est la période des congés, maman, les vacances scolaires. C'est juste le début.

Il déposa un baiser sur son front et sortit.

— Tout un été à la maison, marmonna Rita pour elle-même.

9

Le Francis Bacon était un pub irlandais donnant sur le parc de l'Appia Antica. À l'intérieur, l'ambiance était familiale, surtout pendant la période estivale, quand les clients jouaient des coudes pour s'accaparer les quelques tables en terrasse et profiter d'une bière froide, rafraîchis par la légère brise venant du parc. Ce soir, il n'y avait qu'un groupe de jeunes qui s'affrontaient aux fléchettes et quelques clients plus âgés qui se mesuraient au propriétaire, un gorille d'une cinquantaine d'années, les bras entièrement tatoués, pour savoir qui parviendrait à reconnaître le plus d'écharpes. En effet, les écharpes de nombreuses équipes de foot, essentiellement anglaises et espagnoles, constituaient la principale décoration du lieu. Les écrans télévisés, qui faisaient du Bacon l'un des pubs les plus fréquentés du coin pendant la saison de football, étaient en ce moment synchronisés sur une chaîne de musique et diffusaient, à bas volume, un échantillon des pires chansons des années 1980.

— C'est celle du Sporting Lisbona, affirma l'un des deux habitués qui participaient au défi des écharpes, en indiquant un modèle à bandes blanches et vertes sur le mur en face du comptoir.

— Non, même pas en rêve. C'est celle du Panathinaikos. Tu te souviens ? C'est un étudiant grec qui l'a rapportée, il venait voir tous les matchs de la Ligue des Champions, il y a quelques années, répondit l'autre avec un air d'intello.

— Vous faites fausse route tous les deux, messieurs, intervint une jeune brune en rentrant dans le bar, un plateau vide à la main. C'est l'écharpe officielle des Shamrock Rovers, la meilleure équipe d'Irlande.

Pendant un instant, la jeune femme savoura l'expression étonnée des deux hommes et le sourire satisfait du patron qui assistait, amusé, à la scène, les bras croisés derrière le comptoir. Puis elle ajouta :

— C'est moi qui l'ai rapportée de Dublin l'année dernière.

— Dix points pour Griffon d'or, annonça le propriétaire en applaudissant ironiquement au ralenti.

Elle lui répondit en lui tirant la langue.

— Mais regarde-moi ça. Elle est en forme, notre chère Silvia, commenta l'un des deux piliers de bar.

— Merci, Ernesto, tu es le seul à me comprendre, répondit-elle en l'embrassant sur le front.

— Fini les âneries. Et si tu te remettais au travail et prenais la commande de la table 7 ? fit semblant de la réprimander le gorille tatoué.

— Tout de suite, patron.

Silvia porta une main à son front pour imiter un salut militaire et s'éloigna en roulant des fesses de façon exagérée, déclenchant les rires, un peu gênés, du trio au comptoir.

La table 7 se trouvait sous l'un des plus grands écrans, devant le divan où se rassemblaient souvent les supporters les plus exaltés pour regarder les matchs. Loin des fenêtres qui donnaient sur la rue et sur la terrasse, d'où provenaient les cris de jeunes gens. Deux hommes étaient assis à table. Le plus jeune avait les cheveux attachés en queue-de-cheval et Silvia eut l'impression de le connaître. Oui, il devait être du coin, elle était certaine de l'avoir déjà vu. L'autre, d'âge moyen et chauve, n'avait pas l'air d'être un habitué. Silvia s'approcha et leur demanda avec un grand sourire s'ils voulaient passer commande. C'est le plus jeune qui répondit :

— Oui, pour moi une grande McFarland et pour mon ami un verre de rouge.

— On a du Morellino de Scansano ou du Shiraz.

— Le Morellino sera parfait, merci, répliqua poliment le plus vieux.

— Une grande MacFarland et un verre de Morellino, récapitula Silvia. J'arrive tout de suite.

La jeune femme prit les deux menus et retourna au bar.

Quelques minutes plus tard, elle réapparut avec un verre et une pinte qu'elle posa délicatement sur la surface lisse de la table numéro 7.

Gatto attendit qu'elle se soit éloignée. Ensuite, il but nerveusement une gorgée de vin, scruta attentivement les gens autour de lui, puis, se relevant à peine de sa chaise, il récupéra dans sa poche arrière un paquet qui ressemblait à un morceau de tuf emballé dans de la cellophane. Il le tendit à Woodstock qui l'observa avec attention et le renifla, curieux.

— Ce n'est pas du matos de Poda, ça. Tu l'as eue où ?

— Par un de mes amis du '54, avant qu'ils me virent. Ça te suffit pour quelques jours ?

Woodstock opina et rangea la barrette de haschisch dans la poche habituelle de sa veste en laine.

— Alors ? Allez, lâche le morceau, tu as découvert quelque chose ?

Woodstock attaqua avec enthousiasme sa chope de bière rouge. Compte tenu de l'état psychologique de Gatto, il n'eut pas le cœur de partager ses doutes avec lui.

— J'ai passé le message à mes contacts. J'aurai des informations plus précises demain. (Gatto soupira bruyamment, anxieux, et se frotta la nuque.) Je sais que la situation n'est pas facile, mais essaye de te détendre. Tu peux compter sur moi. On va parler d'autre chose, ça te va ? demanda Woodstock en lui pressant l'épaule pour le rassurer.

Gatto l'observa un instant, à la fois choqué et amusé. *Me détendre ? Bien sûr, c'est si simple ! Finalement, ce n'est pas si grave. Dans le pire des cas, la police me jettera en prison et fera disparaître la clé. Ou plutôt, dans le pire des cas, les autres détenus me poignarderont dans les douches. Ce n'est pas si grave, hein ? Me détendre…* Gatto sentit l'air lui manquer et ses yeux se mirent à briller.

— Je vais aux toilettes, je reviens, réussit-il à articuler, la voix cassée.

Puis il se précipita aux WC.

Les mains sur le lavabo, la tête penchée, il se laissa aller à un long sanglot désespéré. Il prit une profonde inspiration. Il avait lu quelque part qu'en calmant le corps, l'esprit suivrait. Les toilettes publiques d'un bar de banlieue étaient un endroit comme un autre pour mettre en pratique des techniques de méditation apprises dans un banal magazine. Gatto essaya de détendre les épaules et le ventre et de concentrer toutes ses forces sur le processus d'inspiration et d'expiration. Incroyablement, cela fonctionna. Les larmes cessèrent, le nœud dans sa gorge se desserra et le poids qui l'oppressait s'atténua peu à peu. Surpris et galvanisé, il ouvrit le robinet et fit couler l'eau. Il s'aspergea le visage plusieurs fois, puis s'observa intensément dans le miroir. Il respira profondément. Il était prêt à sortir, maintenant. Alors qu'il s'essuyait les mains sur son pantalon, il remarqua une chose inhabituelle. La poche où il rangeait son portefeuille était plus légère que d'ordinaire. Après une seconde de panique, il se rappela qu'il avait payé son verre de vin, son portefeuille devait très certainement se trouver encore sur la table. Pourtant, sa poche n'était pas vide. Le petit sachet de cocaïne était encore là, il avait oublié de le ranger dans sa cachette quand il était repassé chez lui. Claudio s'était imposé des restrictions sévères pour éviter que sa consommation occasionnelle ne devienne abusive. L'une d'elles était de ne jamais sniffer deux fois dans la même journée. Mais le contexte était particulier et ce ne serait sans doute pas une ligne de plus ou de moins qui réduirait à néant ce système gagnant depuis vingt ans. Il tituba un instant devant la porte, indécis, la referma et sortit le sachet de sa poche.

Quelques minutes plus tard, il se dirigeait vers la table. Woodstock l'attendait en jouant avec son verre à moitié vide. Il ne leva pas les yeux quand Gatto reprit place en face de lui.

— Désolé, je me suis laissé envahir par la panique. Ça va mieux, maintenant.

Woodstock acquiesça, distrait et toujours sans un regard. Un silence pesant que Gatto interpréta comme de l'hostilité s'instaura entre eux.

— Tout va bien ? l'interrogea-t-il.

— Tu sais que c'est pas ça qui va t'aider dans ton état, pas vrai ?

— De quoi tu parles ? demanda Gatto surpris.

— Oh, allez. Tu t'es laissé envahir par la panique, hein, Tony Montana ?

Gatto répliqua, offusqué :

— C'est pas tes oignons. Et comment tu as compris ?

— Peut-être que l'effet du joint ne s'est pas encore totalement dissipé. (Woodstock releva les yeux pour la première fois depuis que Gatto était revenu à table et les posa sur lui, pointant un doigt accusateur vers son visage.) Ou bien je l'ai deviné à la poussière blanche qui est restée sur ta moustache. Qui sait ?

Embarrassé, Claudio s'essuya la bouche du dos de la main, en tentant de cacher, plus à lui-même qu'à Woodstock, les preuves de son égarement.

— Et c'est toi qui me fais la morale sur la drogue ? Toi qui veux être payé en shit ?

— Absolument pas, nia Woodstock. Mais vois-tu, ce que tu fais me concerne aussi depuis le moment exact où tu m'as demandé de t'aider. S'il y a des choses qui peuvent foutre en l'air l'enquête, j'ai besoin que tu me les dises.

Woodstock avait haussé le ton pendant son discours, à tel point qu'il avait presque crié les derniers mots. Cette escalade verbale inattendue effraya un tantinet Gatto, qui se tenait maintenant devant lui, immobile, les yeux écarquillés et la bouche entrouverte dans une expression de stupeur. Woodstock semblait véritablement prendre à cœur son affaire. Si Gatto n'avait jamais vraiment cru aux esprits supérieurs, il ressentait maintenant une force invisible qui le poussait indéniablement vers cet étrange individu qui lui intimait de lui faire confiance.

— Tu as raison. Plus de secrets entre nous tant que cette affaire n'est pas résolue.

Woodstock leva son verre, presque vide à présent, en signe d'assentiment. Sur son visage de nouveau détendu flottait un sourire de bonheur.

— Il y a quelque chose que je voulais te demander… Ce don… ou disons ton pouvoir… Comment l'as-tu découvert ? s'enquit Gatto en sirotant son vin.

Woodstock avala sa dernière gorgée de bière et fit signe à la serveuse de lui en servir une autre.

— J'ai fumé mes premiers joints quand j'avais quinze ans. Au début, je n'ai remarqué aucun effet, j'étais détendu, je riais, quelques hallucinations paranoïaques parfois. Je me souviens qu'à l'époque, je rentrais du parc et je raflais toutes les provisions en cuisine. Maman était tellement ravie de me voir manger avec un si grand appétit !

Woodstock gloussa à ce souvenir. Il s'interrompit pour remercier Silvia qui, entre-temps, lui avait apporté une deuxième chope débordante de bière irlandaise. Quand il reprit son récit, son regard se voila de tristesse.

— Puis, un jour, je suis rentré de l'école et mon frère Valerio m'attendait à la maison. Ma mère était au travail. Valerio me scrutait avec une expression que je ne lui connaissais pas, de la haine pure. Quelqu'un lui avait dit qu'il m'avait vu fumer, je ne me souviens pas qui. Certainement un de ses amis fascistes. Ce jour-là, il m'a battu sévèrement, me traitant de toxico, de parasite, de criminel. Il m'a dit que j'avais sali la mémoire de notre père. Il m'a tellement roué de coups que je n'ai plus osé fumer pendant des mois. Quand j'ai recommencé, j'avais si peur que je n'arrivais plus à éprouver de plaisir, à rire, à me détendre, je n'avais même plus faim. Il ne restait que cette peur qui me paralysait. Et c'est justement cette peur qui m'a amené à prêter attention à chaque détail, au moindre élément qui sortait de l'ordinaire. J'étais terrifié à l'idée que quelqu'un puisse me voir et aille encore cafter à mon frère.

Son récit s'interrompit là. Gatto n'avait pas envie de creuser plus loin dans l'enfance de Woodstock, même s'il avait beaucoup d'autres questions. Si l'objectif de la soirée était de lui remonter le moral, c'était un énorme fiasco. Woodstock, de son côté, n'aimait pas se souvenir de ce jour-là. Le jour où sa relation avec son frère s'était brisée à jamais. Le jour où il avait menti à sa mère concernant ses bleus et ses blessures au visage.

Non, maman, ne t'inquiète pas. Je suis tombé en skate.

Mais, surtout, il ne voulait pas se remémorer la vraie raison qui l'avait poussé à développer un tel pouvoir. Il n'y avait pas pensé depuis des années, et il n'allait certainement pas en parler avec quelqu'un rencontré quelques heures plus tôt.

Gatto, de son côté, aspirait seulement à rentrer chez lui, et il attendit patiemment que Woodstock finisse sa deuxième bière. Ils échangèrent à peine quelques mots pendant le trajet du retour. Woodstock l'accompagna devant le portail de la rue des Equi et, après avoir confirmé leur rendez-vous pour le lendemain, les deux hommes se saluèrent.

10

5 juillet 1998

Adriano Scala fixait le plafond de sa chambre. Il était 7 h 45, un lundi matin ensoleillé. Son frère Valerio dormait sereinement dans le lit à côté. Le chanceux. Adriano était déjà réveillé depuis une heure. Ou plutôt, il n'avait presque pas fermé l'œil. Il était trop excité pour avoir pu dormir tranquillement. Oui, parce que ce jour-là serait le moment phare de l'été. Ce jour-là, Adriano et ses deux meilleurs amis, Giulio et Tommaso, partiraient pour les Abruzzes. Deux semaines dans un camp d'été sur les Apennins, entourés par la nature, à griller des brochettes d'agneau sur le feu et à se raconter des histoires qui font peur. Il avait hâte. C'était la troisième année que Giulio et lui y allaient, mais Tommaso viendrait pour la première fois compléter leur trio. Le père de Tommaso était très protecteur et il avait peur de l'envoyer en vacances seul. Mais cette année, ils avaient passé un marché. Si Tommaso obtenait la mention très bien à ses examens de fin de collège, il pouvait partir avec ses amis. C'était un défi gagné d'avance, parce que Tommaso était un génie à l'école.

Adriano aussi avait eu des problèmes avec son père, mais d'une nature complètement différente. Dans son cas, c'était lui qui ne voulait pas y aller cette fois-là, et son père avait insisté. Alfredo Scala était tombé malade pendant l'hiver et, même s'il n'avait rien dit à lui et Valerio, les deux frères savaient que c'était sérieux. Un cancer. Ils avaient entendu leur mère Rita en parler au téléphone avec leur grand-mère, puis éclater en sanglots. Valerio devait aller à la mer chez des amis et Adriano ne voulait pas laisser Rita seule pendant deux semaines sachant leur père à l'hôpital. Mais quand il avait communiqué à Alfredo sa décision, il avait obtenu une réponse claire et incontestable : "Tu es débile ou quoi ? Tu veux passer l'été à t'abrutir avec moi ? Allez, va t'amuser…" Il l'avait pris dans ses bras et l'avait laissé sur ce lit de la chambre de l'hôpital Fatebenefratelli. En sortant de la pièce, Rita lui avait pincé la joue et ébouriffé les cheveux. Il pouvait lire la fierté dans les yeux de sa mère.

À neuf heures, Adriano avait rejoint Giulio chez lui, avec sur les épaules, un gros sac à dos et la toile de tente. Son ami et sa mère l'attendaient dans la voiture. Le rendez-vous avec le reste du groupe romain était fixé à la gare Termini, où un bus les attendait, direction le Gran Sasso, pour les conduire au camp de base.

Tommaso était déjà là quand ils arrivèrent, sous l'œil vigilant de son père. Adriano regarda autour de lui. Il connaissait déjà certains garçons et filles des voyages précédents. Giulio et lui allèrent les saluer, tandis que Tommaso, bien plus timide que ses amis, se tenait à l'écart. Adriano remarqua avec une pointe de déception que l'accompagnateur n'était plus le même. Pendant deux ans, ils avaient eu la chance d'avoir pour guide Attilio, un garde forestier à la retraite. Attilio était légèrement bourru, mais c'était un puits de science. Il connaissait tout des montagnes et des animaux qui les peuplaient. Il avait été remplacé par un homme d'une cinquantaine d'années, Giovanni. Attilio était probablement devenu trop vieux pour s'occuper pendant deux semaines d'une douzaine d'adolescents en pleine puberté. Leur nouvel accompagnateur était un homme à la carrure imposante, les cheveux courts en brosse et l'allure militaire. Comme chaque année, l'association avait envoyé deux jeunes assistants pour le seconder : un homme et une femme d'environ trente ans, Emanuele et Lucia.

Dans le bus, Giulio s'assit près de Tommaso, tandis qu'Adriano s'installait à côté de Martina, une fille qu'il avait connue l'année précédente et avec laquelle il avait échangé son premier baiser. Adriano et Martina s'endormirent presque aussitôt. Après la sortie de l'autoroute, les virages se firent plus nombreux et Tommaso se sentit mal. Giovanni le fit asseoir près de lui et des deux assistants sur les sièges de devant, juste derrière le conducteur.

Ils arrivèrent au camp de base très en retard. Ils s'étaient arrêtés pour manger dans une petite station-service et, une chose entraînant l'autre, ils y étaient restés presque deux heures, jusqu'à ce que le chauffeur les menace de les laisser poursuivre à pied. Les autres groupes étaient déjà sur place. Les jeunes gens s'installèrent dans les chambrées. Il s'agissait de grandes pièces avec des lits superposés, une pour les garçons et une pour les filles. Adriano ne savait pas exactement combien ils étaient, peut-être bien une cinquantaine, estima-t-il. Tous avaient son âge ou un peu moins. Les accompagnateurs furent occupés le reste de l'après-midi par une réunion avec les organisateurs, un couple de Vénitiens qui avaient déménagé dans un refuge à deux pas du camp depuis des années. Les adolescents profitèrent de ce temps libre pour jouer au ballon sous le regard attentif des jeunes assistants. Adriano comptait parmi les plus forts, il s'entraînait avec son frère depuis qu'il savait marcher. Giulio n'aimait pas le foot et préféra faire quelques échanges de volley avec les filles. Tommaso, même s'il était franchement nul, insista pour y participer quand même. Adriano et lui finirent dans deux équipes différentes.

Il ne sut jamais vraiment pourquoi, peut-être par instinct de compétition ou bien pour montrer au nouveau groupe qu'il n'était pas un faible, Tommaso décida qu'il devait arrêter son ami à n'importe quel prix. Grâce à sa technique, Adriano réussit à éviter plusieurs interventions maladroites de son adversaire, sans oublier de l'injurier après l'avoir dépassé. La frustration joua peut-être également un rôle, toujours est-il que la troisième fois où ils se trouvèrent face à face, Tommaso lui décocha un coup de coude droit dans le nez.

La vue d'Adriano se troubla. Il sentit du sang chaud couler sur son visage et des larmes perler à ses yeux. Il se jeta sur son ami et le renversa. Les filles commencèrent à hurler. Ce furent justement leurs cris qui attirèrent l'attention des accompagnateurs qui se précipitèrent dehors et mirent fin à la bagarre. Emanuele soutint Adriano et l'escorta jusqu'à l'infirmerie. En s'éloignant, il lança un regard de reproche à Tommaso qui baissa la tête, pris sur le fait.

Les jours suivants, Adriano et Tommaso ne s'adressèrent pas la parole. Giulio, qui connaissait Adriano depuis l'école primaire, prit le parti de son ami, tout comme les autres garçons qui avaient assisté à la scène. Tommaso se retrouva isolé. Il participait à contrecœur aux activités. Lors des moments de repos, il appelait chez lui. Pendant les repas, il s'installait près de Giovanni, qui avait désavoué son geste, mais avait aussi écouté son point de vue. L'accompagnateur comprit que Tommaso avait du mal à s'intégrer au groupe et il essayait du mieux qu'il pouvait de le défendre auprès des autres jeunes.

Un soir, alors qu'ils étaient assis autour du feu et inventaient des histoires d'horreur, un adolescent de Florence, qui s'était lié d'amitié avec Giulio et Adriano, conclut son récit en bondissant derrière Tommaso. Ce dernier sursauta, effrayé. Tout le monde rit. Même les plus jeunes. L'humiliation fut cuisante pour Tommaso, qui se rassit en silence et jeta des regards de haine autour de lui.

Giovanni flanqua une calotte au Florentin et l'envoya directement se coucher. Quelques rires se firent entendre, mais ce ne fut rien comparé aux éclats bruyants qui avaient accompagné la honte de Tommaso.

Adriano commençait à se sentir mal pour son ami. Sa douleur au nez diminuait, tout comme son ressentiment envers lui. Quand il se réveilla au milieu de la nuit et qu'il entendit Tommaso pleurer doucement, il décida que le moment était venu de faire la paix.

11

Le soleil tardait à se coucher. Le vice-questeur Chiesa rangeait une pile de documents sur son bureau du commissariat de San Giovanni et il bâilla tandis que ses pensées le ramenaient à l'intense journée qui était sur le point de se terminer. L'affaire de l'enfant décapité l'avait obligé à abandonner prématurément le confort de son lit la veille au matin. Renoncer à la tiédeur des draps et être enveloppé par le froid de la nuit restait difficile, même l'été. Et après une journée épuisante, le vice-questeur n'avait pas l'ombre d'une preuve. Une victime encore non identifiée, le principal suspect avec un alibi en apparence inattaquable, une accumulation de rencontres déplaisantes et des fantasmes sur une jeune Sicilienne. Tout compte fait, cela aurait pu être mieux.

Chiesa enfila sa veste sportive – accessoire indispensable de sa tenue estivale – et éteignit les lumières de son bureau avant de fermer la porte. Le commissariat n'était pas loin de sa belle maison, située rue Ruggero Bonghi, une rue perpendiculaire à la rue Merulana. Chaque jour, pendant cette agréable promenade après une dure journée de travail, le vice-questeur se concédait le luxe de fumer sa seule cigarette quotidienne. Il avait essayé pendant des années d'arrêter de fumer : cigarettes électroniques, patchs à la nicotine et séances enregistrées d'auto-hypnose, il avait tout tenté, mais la seule méthode efficace pour arrêter de fumer était justement de ne pas arrêter, et de se limiter à cette petite infraction journalière. Ainsi, dès qu'il sortit du commissariat, il alluma sa Malboro tant désirée et se mit en route vers son domicile.

C'était une de ces soirées particulièrement chaudes, de celles où l'humidité colle à la peau, mais qu'une légère brise rend supportable. Les yeux du vice-questeur se dirigèrent inconsciemment vers l'imposante basilique de Saint-Jean-de-Latran. Sur le parterre devant l'édifice, des enfants jouaient au ballon. La place était un fourmillement constant de touristes provenant des quatre coins du monde. Chiesa marchait à travers la foule. Il se rappela son enfance, la petite paroisse de Pescara où sa mère l'obligeait à passer les longs après-midi estivaux. *Une belle avancée,* pensa-t-il avec un sourire en aspirant avec ardeur les dernières bouffées de sa cigarette.

Arrivé devant chez lui, il sortit de sa poche les instruments indispensables pour masquer ce péché véniel. Il avala une pastille à la menthe et aspergea ses vêtements de déodorant. Si sa femme Clara découvrait cette exception quotidienne à la règle, ce serait une tragédie. Tous deux anciens fumeurs invétérés, ils avaient décidé de renoncer ensemble à ce vice quand elle était tombée enceinte de Luca, l'aîné de Chiesa. Apprendre que son mari ne respectait pas leur pacte et le violait même chaque jour aurait entraîné une réaction en chaîne qui, en moins de quarante-huit heures, les auraient contraints, chacun, à acheter paquet sur paquet. Et cela ne pouvait pas et ne devait pas arriver. Arrêter avait été une agonie pour l'un comme pour l'autre, raison pour laquelle Chiesa n'avait aucune intention de revivre cette période de disputes et de névroses obsessionnelles.

Quand il entra, Clara l'embrassa et ne sembla pas remarquer une quelconque odeur suspecte. Chiesa, de son côté, ne sentit pas le relent âcre du gin dans l'haleine de sa femme. D'ailleurs, la meilleure façon de surmonter une dépendance est de la remplacer par une autre. Cet échange réciproque d'indulgence sélective durait depuis maintenant presque trois ans. La soirée se termina, comme d'habitude, avec un dîner frugal en famille. Les enfants avaient les yeux rivés sur l'écran de la télé et les époux Chiesa mangeaient en silence. Après le repas, ils s'allongèrent sur le divan, regardèrent un bout du film diffusé en *prime time*, puis cédèrent à la fatigue. Poursuivant le rituel qui s'était instauré, ils éteignirent la télévision et se couchèrent, s'endormant presque immédiatement en se tournant le dos.

12

Après avoir laissé Gatto à San Lorenzo, Woodstock ne se sentait pas d'humeur à rentrer chez lui. Il n'était pas encore minuit et la soirée avec son nouveau client l'avait déprimé. S'il était allé se coucher, il n'aurait probablement pas réussi à trouver le sommeil. C'est pourquoi, sur le chemin du retour, il décida presque impulsivement de tourner à gauche plutôt qu'à droite comme il aurait dû. Il était presque sobre, impossible donc qu'il ait eu une intuition et qu'il suive une piste sérieuse pour son enquête. Malgré tout, après des années d'activités semi-investigatives, il avait développé un instinct qui fonctionnait indépendamment des drogues. Et cet instinct, en ce moment, le portait vers le quartier du Pigneto.

Tandis que la journée du dimanche basculait au lundi, la rue du Pigneto, l'un des endroits les plus en vue le week-end, était vide et silencieuse. Les bars et les pubs étaient encore ouverts, mais les tables extérieures n'étaient occupées que par quelques rares couples qui se partageaient une dernière bouteille de vin avant de se séparer ou, dans le meilleur des cas, de rentrer ensemble chez eux. La situation ne déplut pas à Woodstock, qui avait une aversion pour les foules. Il acheta une bière à l'un des nombreux Bangladais de la rue et s'assit sur un banc. Il avait besoin de réfléchir. Cette enquête tombée du ciel n'était en rien comparable à ce qu'on lui avait confié jusqu'à présent. Oui, il avait donné un coup de main à plusieurs amis, à Poda, à Truffaut, mais il s'agissait de querelles de quartiers et de crimes mineurs. Une seule fois, il avait eu affaire à un homicide. À cette occasion, Michele, son ami carabinier, l'avait consulté de façon tout à fait informelle pour l'assassinat d'une femme à Monteverde. La police avait découvert que la victime, Mme Veroli, entretenait des relations en ligne avec plusieurs hommes dans toute l'Italie quand son mari était en déplacement professionnel. Des dizaines de films amateurs montrant la victime en pleine action avaient été retrouvés sur l'ordinateur familial. Le mari n'avait pas été en mesure de se procurer un alibi satisfaisant pour l'heure du meurtre et il avait été arrêté.

Le maréchal Martozzi avait choisi de partager cette histoire avec son vieil ami pendant un dîner. Par respect, Woodstock ne fumait jamais en présence de Michele. Ainsi, chaque fois qu'ils se voyaient, il avait pris l'habitude de se fumer un joint préventif avant de le rejoindre. En particulier parce que Michele avait tendance à parler de son travail et que Woodstock ne pouvait résister à la tentation de se mêler des enquêtes menées par les carabiniers.

C'était encore ce qui s'était passé cette fois-là. Alors que son ami lui racontait les détails de la découverte du cadavre de Monteverde, Woodstock avait eu l'intuition qu'un élément fondamental avait échappé aux forces de l'ordre. Les vidéos enregistrées sur l'ordinateur familial. Pourquoi utiliser ce vieux matériel quand tout aurait été bien plus simple avec un smartphone? Parce que la victime était certaine que son mari ne s'en servait jamais. Ce dernier, en effet, en plus de se déclarer innocent, affirmait ne rien savoir de l'infidélité de son épouse. Le mobile de l'homicide n'était donc pas concluant. Le lendemain, Michele avait transmis à Woodstock une copie de tout le dossier de l'enquête.

Adriano s'était barricadé dans sa chambre pendant deux jours et il avait finalement dû recourir à des champignons hallucinogènes pour atteindre la vérité. En plein trip, l'un des noms des invités des appels vidéo érotiques de Mme Veroli avait soudain attiré son attention. C'était celui de l'architecte Ignazio Baschi. Le fils de la victime travaillait dans son cabinet à Bologne. L'appel durant lequel Woodstock avait poussé l'architecte à révéler sa perversion avait été très embarrassant. À la fin de ce coup de fil, cet homme respecté avait admis qu'il avait dévoilé à son jeune assistant les activités pornographiques amateur de sa mère.

Peu de temps après, Martozzi, suppléé par ses collègues bolonais, obtenait une confession complète de la part du fils de Mme Veroli qui, aveuglé par une honte immense, était secrètement rentré à Rome une semaine auparavant pour affronter sa mère. Dans un éclat de rage, il l'avait tuée en lui jetant un cendrier à la nuque.

Cette histoire avait laissé une trace profonde en Woodstock: un fils qui tue sa mère et qui est prêt à abandonner son père accusé injustement… Il était assez intelligent pour comprendre que le monde était rempli d'horreurs, mais y être confronté directement était une autre paire de manches.

Woodstock était à présent assis sur un banc de la zone piétonne, ses mains occupées à se rouler un joint. Quatre enfants disparus. Les questions auxquelles il devait encore répondre s'accumulaient sous la masse de ses longs cheveux. Pourquoi aucune enquête n'était en cours sur leurs disparitions ? Pourquoi un seul cadavre avait-il été retrouvé, décapité qui plus est ? Y avait-il un espoir que les autres enfants soient encore en vie ? Woodstock fumait, une bouffée après l'autre.

La mélancolie ne l'avait pas encore abandonné. C'était toujours comme ça quand, pour une raison ou pour une autre, le nom de son frère était prononcé dans une conversation. *Valerio*… Il n'avait jamais accepté que leur relation se soit brisée aussi drastiquement. Son frère n'arrivait pas à lui pardonner son absence à la mort de leur père. Et il n'était peut-être pas le seul.

— Tu me laisses tirer une taffe ?

La voix familière derrière lui interrompit cette douloureuse plongée dans son passé.

— Flavia ! s'exclama Woodstock, dans un mélange de joie et de surprise.

Flavia le regardait les bras croisés avec un sourire boudeur, faussement indignée. Sans rien ajouter, ils se serrèrent fortement l'un contre l'autre pendant dix bonnes secondes. Quand ils se détachèrent, toujours sans un mot, Woodstock lui offrit le joint. Ce fut Flavia qui rompit le silence.

— Alors, Adriano, on peut savoir ce que t'es devenu ?

Flavia était l'une des rares personnes qui continuaient à appeler Woodstock par son vrai prénom. Ils s'étaient connus il y a presque vingt ans, au tout début de l'université. Flavia étudiait le droit, mais n'avait aucune affinité avec ce milieu, et elle passait effectivement tout son temps libre avec la masse d'aspirants philosophes qui se réunissaient sur la pelouse de la Sapienza. C'est là qu'elle avait rencontré Woodstock. Entre les deux, une étincelle s'était immédiatement allumée, rien de sexuel ni de romantique, simplement une entente immédiate. Les années suivantes, ils étaient devenus inséparables. Woodstock avait pourtant des amis : ce groupe avec lequel il regardait les matchs de foot, des anciens copains du lycée comme Michele, quelques collègues un peu plus malins… mais une amitié profonde comme celle qui le liait à Flavia, il n'en avait plus trouvé. Cela faisait presque dix ans qu'ils ne se voyaient plus. Leur relation s'était étiolée quand Woodstock avait rencontré Giorgia et que Flavia avait déménagé à Londres. Ils avaient continué pendant un temps à se contacter par téléphone, mais avec la naissance de sa fille, les appels aussi avaient cessé.

— Qu'est-ce que je suis devenu ? Plutôt qu'est-ce tu deviens, toi ? Je croyais que tu étais encore à Londres, en train de quadriller la City en tailleur.

— Eh bien non. Ça fait quelques mois que je suis revenue, maintenant, dit-elle en rendant le joint à Woodstock. Tu n'as pas l'air très occupé. Si tu m'offres un verre, je te raconte tout.

— Ah, vraiment ? Madame est avocate, mais gratte encore des verres ?

Flavia se contenta de hausser les épaules.

— Madame, ironisa Woodstock en lui présentant son bras de façon cérémonieuse.

Elle sourit, accepta la galanterie et les deux amis s'assirent au comptoir d'un bar vide.

— Alors ? Comment va mon instituteur préféré ? se lança Flavia.

— Pas mal, les vacances viennent juste de commencer.

— Et avec Giorgia, comment ça se passe ?

— On s'est séparés, Flavia. Tu n'étais pas au courant ?

— Merde, désolée.

Elle n'était pas du tout désolée. Woodstock le savait, et elle savait qu'il savait. Les deux femmes s'étaient croisées à quelques rares occasions, mais leur antipathie réciproque avait été immédiatement palpable. Woodstock était trop naïf à l'époque pour en comprendre les raisons.

— J'en suis restée au stade où vous viviez ensemble.

— Bah, plus maintenant.

— Tu habites où, alors ?

— Pour le moment… avant de trouver une solution plus durable… l'affaire de quelques mois, hein… Je suis chez ma mère, répondit Woodstock, le visage cramoisi.

Il avait fini sa phrase dans un murmure, tant et si bien que Flavia dut se pencher vers lui pour bien entendre la dernière partie.

— Ritaaaaaa ! hurla-t-elle dans un éclat de rire. Adriano, mais de quoi tu as honte ? Ta mère t'a toujours dorloté et tu ne t'en es jamais plaint. Si tu préfères, c'est moi qui vais vivre avec cette chère Rita. On échange ?

— Je vais y réfléchir. T'habites où, toi ? s'enquit Woodstock en souriant, rassuré par la réaction de son amie.

— Ici. J'étais en train de rentrer quand je suis tombée sur Casper le fantôme.

— Hé, un fantôme, maintenant ? J'ai pas encore eu le temps de bronzer à la plage, c'est tout.

— Et toi, pourquoi tu étais sur ce banc ?

— Je réfléchissais.

— Oh allez, ne fais pas ton mystérieux. Tu sais que ça prend pas avec moi.

— C'est une enquête, Flavia… Une affaire compliquée.

— Hmm… Tu t'amuses encore à jouer au détective privé ? Il s'est passé quoi, cette fois, on a volé le chien de ton voisin ?

— Si seulement… (Woodstock redevint sérieux, le regard baissé sur son verre désormais vide.) Un gamin a été tué.

Flavia ne dit rien. Elle se couvrit la bouche de stupeur et, d'instinct, caressa la main de Woodstock. Ils restèrent en silence quelques minutes et, enfin, s'embrassèrent.

13

Le lundi matin, Woodstock se réveilla avec un doux parfum dans les narines, sa main empoignant vigoureusement un sein nu. Devant lui, le dos de Flavia. Il décida de profiter de ce contact encore quelques minutes avant d'affronter l'embarrassante conversation avec sa vieille amie. Il resta les yeux fermés et se colla un peu plus à elle, enserrant sa taille. Flavia aussi était réveillée et n'arriva pas à retenir un gémissement de plaisir quand Woodstock embrassa son cou, en partie caché par ses cheveux châtains coupés court.

Cette idylle matinale fut brusquement interrompue par le téléphone de Woodstock qui commença à vibrer sur la commode. *Oh, mon Dieu,* pensa-t-il en voyant le nom sur l'écran.

— Mam…

Ce fut tout ce qu'il eut le temps de prononcer avant d'être enseveli sous une avalanche de mots.

— Adrianooo, mon Dieu, heureusement que tu vas bien ! Où es-tu ? Je me suis réveillée et tu n'étais pas là, ton lit n'était pas défait et tu ne le refais jamais, donc je me suis inquiétée. Qu'est-ce qu'il t'est arrivé ?

Woodstock dut éloigner le téléphone de son oreille pour éviter que Rita ne lui explose le tympan. Entre-temps, Flavia s'était levée et était sortie de la chambre avec un sourire malicieux. Woodstock ne prêtait pas vraiment attention au flot de paroles qui provenait de l'appareil, concentré comme il l'était sur le derrière de Flavia qui venait de disparaître de son champ de vision. Il parvint néanmoins à comprendre le sens général de la dernière phrase.

— … hein ? Oui, non… M'man, ne t'inquiète pas, je vais bien. J'ai rencontré Flavia hier soir et je suis allé chez elle.

Rita devint tout d'un coup docile.

— Flavia chérie, comment va-t-elle ? Elle est rentrée à Rome ? Embrasse-la de ma part, dis-lui de venir déjeuner à la maison, je l'attends. Ne me dis pas qu'il s'est enfin passé quelque chose entre vous ?

— M'man, arrête. Non. J'ai dormi sur le divan. Oui, je l'embrasse pour toi, bisous.

Woodstock préférait mentir. Rita était déjà assez envahissante comme ça, elle n'avait pas en plus besoin de savoir en temps réel avec qui il couchait.

Après avoir raccroché, il se leva : il n'y avait plus moyen d'éviter une discussion les yeux dans les yeux. Embarrassé, il s'arrêta sur le seuil de la cuisine où Flavia était en train de préparer le petit déjeuner, couverte seulement d'un débardeur.

— Bonjour. Oh, tu as préparé le café, merci beaucoup.

Flavia le toisa avec un mélange d'amusement et de condescendance, le regard de quelqu'un qui essaye d'expliquer une évidence à un ami idiot.

— Adriano, ce n'est pas la peine, dit-elle simplement. Tu me plais depuis toujours, tu ne t'en es jamais aperçu, c'est tout. Ou peut-être que si, tu t'en es rendu compte, mais tu as fait semblant de ne pas le voir. Peu importe. Pourquoi crois-tu que Giorgia ne pouvait pas me voir ? Pourquoi crois-tu que j'ai fui jusqu'à Londres quand tu m'as annoncé qu'elle était enceinte ? On est des adultes maintenant, Adriano, tu ne me dois aucune explication, pas besoin de te trouver des excuses ou de te justifier. C'était une belle soirée, je sais qu'il n'y aura rien d'autre.

Woodstock avait initialement le visage baissé et fixait ses pieds. Puis, au fur et à mesure que Flavia poursuivait son monologue, son expression coupable avait lentement fait place à de l'incrédulité jusqu'à ce qu'il arbore un air soulagé.

— À vrai dire, je voulais m'excuser de m'être éloigné. Oui, enfin, tu étais importante pour moi. Tu es encore importante pour moi. Et je suis désolé d'avoir arrêté de t'appeler. Tu sais, les premiers mois avec la petite ont été vraiment difficiles et Giorgia avait besoin de sérénité. Ensuite, plus le temps passait, plus c'était compliqué de reprendre contact.

— Oh…, répondit Flavia, gênée. Eh bien, tu t'es comporté comme il fallait, ta fille et ta compagne avaient besoin de toi.

Woodstock acquiesça, le visage grave, et tous deux restèrent quelques secondes silencieux en buvant leur café. En évitant de s'observer, ils ne purent retenir une grimace et, quand finalement leurs regards se croisèrent, leur moue se transforma en un éclat de rire.

— Alors comme ça, je te plais depuis toujours ? demanda Woodstock lorsque leur fou rire s'interrompit.

— Ne prends pas la grosse tête pour ça ! le tança-t-elle, alors qu'il était en train d'admirer ses biceps d'un air expert.

Tu ne t'en étais jamais aperçu? Vraiment? Pourtant, je n'étais pas toujours très subtile.

— Chérie... Trop d'herbe. Ça active une partie de mon cerveau, mais tu ne peux pas savoir combien ça en met en pause en même temps.

Flavia fit mine de trinquer avec sa tasse de café, comme pour souligner la véracité profonde de ces propos.

— Au fait... L'enquête dont tu me parlais hier... On n'a pas réussi à finir notre conversation.

Merde, pensa Woodstock. Avec tout ce qu'il s'était passé, il avait oublié Gatto et ses problèmes. Quelle heure était-il? Ses yeux virevoltèrent rapidement dans la pièce à la recherche d'une horloge. Neuf heures et quart. *Merde.* Truffaut, comme tous les sans-abri par ailleurs, était extrêmement matinal. Il avait déjà certainement des nouvelles intéressantes. Adriano but son café en une gorgée et commença à se rhabiller en se dirigeant vers la chambre à coucher, sous le regard stupéfait de Flavia.

— Mon Dieu, j'avais oublié. Désolé, Flavia, je dois filer, je te raconte tout plus tard. On se voit chez Massimo à Testaccio à l'heure de l'apéro.

Déconcertée, elle répondit d'un simple "OK" tandis que Woodstock passait devant elle comme une flèche, lui volant un baiser. Elle resta à siroter son café, le sourire aux lèvres, incapable de cacher son bonheur.

Il ne l'avait peut-être jamais vraiment compris. Flavia, elle, l'avait su tout de suite. Élevée dans une riche famille d'avocats conservateurs, elle avait accepté d'étudier le droit, son unique concession. Elle avait depuis toujours nourri une vision bien plus libérale et presque à l'opposé de celle de ses parents. Déjà au lycée, et puis encore plus à l'université. Là, elle avait connu Adriano, la personnification de ses idéaux. Elle était restée émerveillée par ses manières douces et par la légèreté avec laquelle ce garçon embrassait la vie. Les années durant lesquelles, malgré sa présence constante, Woodstock ne semblait pas s'apercevoir d'avoir près de lui une femme et pas seulement un autre de ses joyeux compères avaient été une source de souffrance et de perte de confiance. Aujourd'hui encore, elle n'avait pas complètement surmonté ces blessures passées. Malgré la piètre opinion qu'elle avait d'elle-même, Flavia était une femme magnifique. Il faut un très beau visage pour se permettre le luxe de porter les cheveux courts et cette coupe lui allait à merveille. Les yeux d'un vert doux, un petit nez entouré de taches de rousseur à peine visibles. Son corps n'avait rien d'exceptionnel, c'était du moins ce qu'elle se répétait sans cesse, mais ses courbes se trouvaient où il fallait. L'indifférence de Woodstock l'avait tellement blessée qu'elle avait failli devenir boulimique, maladie contre laquelle il lui avait fallu lutter plusieurs années. L'arrivée de Giorgia, sortie de nulle part, lui avait porté le coup de grâce. À partir de là, elle avait compris qu'Adriano appartenait au passé et qu'il n'y aurait aucun moyen d'aller de l'avant si elle ne s'en détachait pas. Loin des yeux, loin du cœur. Elle avait donc décidé de déménager à Londres où elle avait travaillé un moment pour un avocat de la City, un certain Mark Byrne.

Malgré leur différence d'âge (il était proche de la cinquantaine), ils avaient eu une relation secrète. Mark, en effet, avait une femme et deux enfants. Quand elle avait compris que là encore, elle resterait toujours au second plan, Flavia avait plié bagage et était rentrée à Rome. Elle croyait qu'elle avait oublié Woodstock, mais lorsqu'elle l'avait revu là, assis sur un banc sur le chemin de sa maison, son cœur avait bondi. Passer la nuit avec lui ne faisait pas partie de ses plans, c'était arrivé naturellement. Et cela la rendait encore plus heureuse.

Sur la selle de son scooter défoncé, Woodstock pensait lui aussi à cette folle nuit, mais il savait que toute réflexion à ce sujet devrait attendre. Habituellement, quand il travaillait sur une enquête, sa résolution devenait sa priorité numéro 1. Cela absorbait toute son attention, même s'il s'agissait d'un problème mineur. Il avait déjà perdu trop de temps, jamais il ne lui était arrivé de détacher son cerveau d'une investigation, hormis pour les quelques heures indispensables de sommeil. C'était un principe fondamental dans sa façon de procéder et il était impensable qu'il modifie ses habitudes pile au moment où il avait entre les mains une affaire encore plus urgente que prévu.

Une fois à San Lorenzo, il se mit immédiatement à la recherche de Truffaut en faisant le tour des bars du quartier. Ce n'est qu'à la quatrième tentative qu'il le trouva assis à l'unique table en terrasse d'un café littéraire, occupé à changer les cordes de son violon.

— Tu en as mis du temps, l'accueillit le vieillard sans même le regarder ou interrompre son activité.

— Bonjour, mon vieux. “Ah ! Et au cas où on ne se reverrait pas, une bonne soirée et une excellente nuit.”

— Mais tu es devenu fou ou quoi ? Tu viens tout juste d'arriver, répondit un Truffaut déconcerté, levant son regard étonné vers le nouveau venu.

— Eh bien, tu te ramollis ! *The Truman show*, Peter Weir, Jim Carrey, Golden Globe, ça te dit rien ?

— Aaaah… Tu sais que je ne regarde pas les nouveaux films.

— C'est une nouveauté de 1998 !

Truffaut se contenta de souffler d'un air désapprobateur.

— Viens à l'intérieur, je t'offre un café, dit Woodstock, satisfait de la reddition implicite de son ami.

Le sans-abri accepta sans trop y réfléchir. C'était le cinquième café de la journée qu'on lui proposait, et il n'était pas encore dix heures. Il savait que ce n'était pas très bon pour sa santé et pour son cœur malmené. Mais il avait survécu à des années de marginalisation en suivant un principe immuable : accepter tout ce qui est gratuit. À l'intérieur, le café littéraire était complet : des dizaines d'étudiants penchés sur des livres, certains en train de surligner frénétiquement, d'autres de taper sur un ordinateur, d'autres encore se hasardaient à parler des transferts de joueurs de foot tandis que certains vérifiaient leur page Instagram.

— Deux cafés allongés et un croissant. Tu prends quoi, toi, le vieux ? demanda Woodstock en indiquant les viennoiseries.

Ce ne serait que la troisième de la matinée. Truffaut feignit d'y réfléchir longuement, se mentant plus à lui-même qu'à son jeune ami.

— Un œil-de-bœuf aux abricots, allez.

En attendant le café, Woodstock commença à se rouler une cigarette.

— Alors, tu as des infos intéressantes pour moi ?

Le clochard se jeta sur sa sucrerie avant même de récupérer son café. Entre deux bouchées, il entreprit de parler.

— Bien sûr… Que des bonnes nouvelles…, répondit Truffaut en léchant les dernières miettes sur ses doigts. D'abord, on m'a dit que le gamin était déjà mort quand ils se sont acharnés sur son corps.

Woodstock ne put retenir un soupir de soulagement. Ce sentiment, cependant, ne dura qu'un instant et un frisson lui parcourut l'échine. Trois enfants étaient encore portés disparus et son instinct l'incitait à ne pas nourrir trop d'espoir. Il avait la nette impression que le cadavre décapité représentait comme un défi. Une invitation macabre laissée par un esprit perturbé. Et si son intuition était avérée, il pourrait bien s'agir d'un des premiers homicides d'un psychopathe en herbe.

Le serveur interrompit les réflexions de Woodstock en posant bruyamment leurs boissons sur le comptoir. Adriano regarda tristement le contenu de sa tasse. *Et il appelle ça un café allongé, lui ? Heureusement que je n'ai pas demandé un café serré…* Il avala la mixture noire en une gorgée et s'adressa de nouveau à Truffaut.

— Autre chose à ajouter ?

— Évidemment. La police s'est enfin retroussé les manches. Ils ont confirmé qu'il s'agissait d'un des orphelins élevés par les sœurs de la rue Merulana, et ils ne vont pas mettre longtemps à découvrir que ce n'est pas le premier à disparaître. Le nom du petit devrait arriver dans la journée.

Woodstock le remercia, le salua d'un signe de tête, paya l'addition et sortit. Il alluma sa cigarette et en aspira longuement une bouffée. C'était l'heure de planifier son prochain coup.

14

Ce matin, Giacomo Chiesa fut brusquement tiré de son sommeil par un bruit aigu et continu. Il mit quelques secondes à reprendre ses esprits et à remarquer le petit écran lumineux sur la table de nuit.

— Iafrate, je t'écoute, marmonna-t-il tandis que Clara plongeait sa tête sous l'oreiller.

— Bonjour, vice-questeur. Je vous ai réveillé ?

— Oui, et j'espère que tu as une raison valable.

— Bien sûr, vice-questeur. On a découvert l'identité du corps de la rue des Equi. Il s'agit d'un garçon disparu il y a deux jours du foyer pour mineurs de Saint-Antoine-de-Padoue, rue Merulana.

Chiesa ordonna à son subordonné de lui envoyer une voiture au plus vite, puis il raccrocha sans même le saluer. Par la fenêtre, les premières lueurs de l'aube éclairaient le ciel matinal. Le vice-questeur poussa un long soupir, dernière concession à la tiédeur du lit, et fut en quelques instants totalement éveillé.

Il se leva d'un mouvement rapide et entama sa routine matinale. Vingt minutes plus tard, il patientait déjà devant sa porte, lavé, rasé et très élégant dans un costume sur mesure qui lui seyait parfaitement.

La voiture envoyée par Iafrate n'était toujours pas là et Chiesa commença à s'impatienter. Son unique obsession était d'agir au plus vite afin d'arrêter Gatto, ce pédophile dangereux, ainsi qu'un éventuel complice. Quand la voiture arriva, le policier au volant eut tout juste le temps de se garer en double file que Chiesa était déjà monté. L'adresse qu'il indiqua au jeune homme n'était pas celle de l'orphelinat, qui se trouvait à quelques mètres de chez lui et où il aurait pu directement et plus rapidement se rendre à pied. Il avait besoin, auparavant, de faire une vérification plus urgente.

Article 7 de la Constitution: "L'État et l'Église catholique sont, chacun dans son ordre, indépendants et souverains." En bref, la République italienne est un État laïque. Le vice-questeur respectait ce principe, mais en son for intérieur, il savait que cela ne correspondait pas à la réalité des faits. À Pescara, à Catane et à Rome encore plus qu'ailleurs, l'État et l'Église sont comme deux aigles à tête blanche en chute libre: ils resteront accrochés l'un à l'autre aussi longtemps que possible et n'accepteront de se séparer qu'au dernier moment. Il était impossible d'ouvrir une enquête sur un orphelinat catholique sans s'être préalablement assuré de ne pas empiéter sur les plates-bandes de la mauvaise personne.

La voiture de patrouille rejoignit en un quart d'heure la place Saint-Pierre, où un petit groupe de policiers se mit au garde-à-vous à l'arrivée du vice-questeur. Chiesa traversa la file d'attente formée par les touristes les plus matinaux qui commençaient déjà à s'amasser devant l'entrée de l'imposante basilique. Son objectif était le palais du Vatican. Après s'être présenté à deux gardes suisses suspicieux, il se retrouva dans la cour Saint-Damase surplombée par l'un des plus grands chefs-d'œuvre architecturaux. Ce n'était pas la première fois qu'il rencontrait le cardinal Sabatini, mais la vue des Loges de Raphaël lui coupait toujours le souffle.

La première fois, c'était juste après sa prise de fonction, durant une des "visites guidées" du questeur qui souhaitait lui présenter les différentes réalités de la capitale. Ce jour-là, Giacomo avait rapidement compris que ce n'était pas une visite comme les autres. Le cardinal voulait vérifier que Chiesa, en tant que possible futur questeur de Rome, était un partenaire fiable et que ses vues n'entraient pas en opposition avec les volontés du Collège des cardinaux.

— Avec un patronyme* pareil…, avait plaisanté Sabatini après s'être assuré de la foi du vice-questeur.

Au terme de leur premier entretien, le questeur avait révélé à Giacomo que le cardinal n'était pas un quelconque prélat, mais bel et bien le pape de l'ombre. C'est à lui que s'adressaient les gendarmes du Vatican, les gardes suisses, les ambassadeurs étrangers. Son pouvoir à l'intérieur de l'État pontifical était indiscutable : alors que trois papes s'étaient succédé, lui était resté solidement ancré à son poste. La figure de Sabatini était fuyante, mais Chiesa l'imaginait comme une sorte de chef des services secrets du Vatican et il n'était pas loin de la vérité.

* Le nom de famille de Giacomo, "Chiesa", signifie "église" en français.

Le questeur lui-même avait dû, à plusieurs reprises, se plier aux requêtes du cardinal, le tenant au courant de toutes les affaires qui pouvaient concerner de près ou de loin l'État pontifical, et il avait suggéré à Giacomo d'en faire autant s'il voulait survivre dans la capitale. Le vice-questeur n'approuvait pas, mais il savait qu'il ne pouvait se soustraire à certains jeux de pouvoir s'il souhaitait poursuivre sa carrière. De son point de vue, il valait mieux de toute façon trouver un accord avec un bon catholique plutôt qu'avec un mafieux.

Chiesa n'avait pas prévenu de sa visite, mais le cardinal s'éloignait rarement de son centre opérationnel et il avait déjà certainement été informé de l'arrivée du policier.

— Mon cher Giacomo !

Sabatini était installé dans la seconde loge et avait les bras grands ouverts en signe de bénédiction.

— Votre Éminence.

Giacomo observa le prélat descendre lentement les escaliers vers la cour centrale, les mains dans le dos.

Quand il fut suffisamment près, le vice-questeur esquissa une révérence en effleurant des lèvres l'anneau cardinalice. Le cardinal fut visiblement satisfait de ce petit acte de soumission. Il serra les épaules de Chiesa dans un geste affectueux, comme pour signifier que cela suffisait.

— Votre Éminence, je vous prie de m'excuser de vous déranger de bon matin et sans préavis, mais j'aimerais discuter avec vous d'une question relativement urgente.

— Mais bien sûr, Giacomo. Tu sais, j'avais le pressentiment que tu viendrais prochainement frapper à ma porte.

— Vous aviez donc déjà été prévenu ?

Le cardinal acquiesça gravement en regardant par terre.

— Une sombre histoire, mon cher Giacomo. Je ne peux pas imaginer les difficultés qui sont les tiennes pour élucider un crime aussi cruel.

Le ton compréhensif de Sabatini était une pièce de théâtre à laquelle il était impossible de se soustraire. Chiesa connaissait bien ce ton. *Prends ton temps, fais attention à ce que tu dis.*

Chiesa marchait prudemment près du cardinal en pesant chaque mot qu'il souhaitait prononcer.

Heureusement, Sabatini continua pour lui :

— J'ai su, d'ailleurs, que tu avais déjà trouvé le coupable et je te remercie du fond du cœur de nous avoir libérés d'une âme si malveillante.

— En réalité, votre Éminence, nous avons dû le relâcher pour le moment. J'ai vérifié en personne l'alibi qu'il nous a fourni. Cet homme reste le premier suspect sur ma liste, mais il est possible qu'il ait agi avec la complicité d'un tiers. Peut-être même qu'une secte est impliquée.

— Pour l'amour de Dieu, s'exclama le cardinal en se signant et en levant les yeux au ciel.

Chiesa classa cette réaction parmi les pires performances d'acteurs dont il put se souvenir.

— Je suis encore plus inquiet, maintenant, Giacomo. Je te prie de faire ce qui est en ton pouvoir pour résoudre au plus vite ce crime abominable.

— C'est justement la raison de ma présence, votre Éminence. Je suis venu vous demander votre avis. Voyez-vous, l'enfant était apparemment un orphelin qui aurait disparu du foyer situé entre les quartiers Latran et Esquilin.

Chiesa était certain que le cardinal possédait déjà cette information, mais il devait continuer à jouer son rôle dans cette comédie afin de ne pas braquer le prélat.

— Oui, il me semble avoir entendu parler de cela.

Sabatini savait parfaitement ce que Giacomo était venu chercher place Saint-Pierre. Toutefois, il ne semblait pas disposé à le lui accorder sans un minimum d'emphase. Sa réputation était en jeu, il ne pouvait pas se permettre de se montrer faible. Si le vice-questeur voulait fouiner dans les affaires du Vatican, il devait le mériter.

— Cela concerne les sœurs de Saint-Antoine-de-Padoue, dit Chiesa. J'ai préféré, par respect, vous informer avant de procéder aux interrogatoires.

Le cardinal n'apprécia pas cette arrogance. *Mais pour qui il se prend, cet Abruzzais de mes deux. Il n'est rien, il vient de nulle part. Maintenant qu'il a trouvé une porte entrouverte par laquelle se faufiler dans la petite bourgeoisie, il pense qu'il peut débarquer chez moi (parce que Saint-Pierre est évidemment ma maison) et dicter sa loi. M'informer avant de procéder... Mais qu'il aille se faire voir.*

— Oh... mon cher Giacomo, je crains que cela ne soit pas possible. Vois-tu, les sœurs du couvent observent des règles très strictes et elles vivent dans un isolement presque total. Je ne pense pas qu'elles soient disposées à ouvrir la porte au premier venu, répondit-il au policier.

Apprends à rester à ta place, connard.

Chiesa était conscient de la partie d'échecs qui se jouait dans la tête du cardinal. Il devait seulement choisir la stratégie à adopter. Il savait qu'il avait commis un faux pas, il pouvait poursuivre dans cette direction en rappelant à Sabatini que le couvent se trouvait sur le territoire italien et qu'il avait donc tout à fait le droit, et même le pouvoir, de soumettre chaque sœur à un long et exténuant interrogatoire. Mais quels avantages pouvait-il retirer d'un tel choix?

Il se mettrait à dos une figure majeure du Vatican et passerait des heures à torturer des dizaines de sœurs qui n'avaient probablement rien à cacher. Non, même si cela le rebutait, la meilleure solution était de tirer le frein à main, de faire marche arrière et de donner au vieux ce qu'il voulait.

— Voyez-vous, votre Éminence, il est fondamental pour l'enquête d'en apprendre le plus possible sur la victime. Je comprends que la situation soit délicate, mais si vous pouviez avertir la mère supérieure de notre arrivée, je suis sûr que les religieuses seraient davantage disposées à nous aider.

Le cardinal pinça à plusieurs reprises sa lèvre inférieure avec une main, comme pour laisser entendre qu'il évaluait la proposition de Chiesa.

Ça ne lui suffit toujours pas ! Il veut que je rampe devant lui.

— D'ailleurs, vous l'avez dit vous-même, votre Éminence : il est impératif d'éliminer ce monstre de notre ville au plus vite. (Chiesa prit une profonde inspiration avant d'ajouter, se forçant presque physiquement :) Je vous serai très reconnaissant de nous aider à accomplir cette tâche.

Sabatini, satisfait, tapota le dos du vice-questeur. Ce dernier serra instinctivement le poing.

— Tu m'as convaincu, mon enfant. Je tâcherai de t'aider autant que possible.

La bénédiction du cardinal… c'est fait ! pensa Giacomo en retournant à la voiture. Il se reprocha d'avoir assujetti les intérêts de l'État aux caprices d'un vieux prélat imbu de son pouvoir, mais il chassa vite cette pensée. Il avait la situation bien en main. Il était persuadé que les sœurs auraient des informations intéressantes à lui fournir. Et si un seul lien, même infime, émergeait avec Gatto, il l'enfermerait en prison jusqu'à son procès.

15

La voiture noire s'arrêta dans une allée parallèle à la rue Merulana. Il était presque neuf heures du matin et le peu de fraîcheur apportée par la nuit laissait progressivement place à la moiteur estivale. Chiesa en eut presque le souffle coupé en ouvrant sa portière. L'entrée de l'orphelinat était à dix mètres environ de l'endroit où la voiture était garée. Lorsqu'il l'atteignit, le vice-questeur était déjà en nage. *Si ça continue ainsi, je ne survivrai pas jusqu'en septembre.*

Il frappa à la porte et commença à chercher son insigne. Avant même qu'il ait pu le sortir de sa poche, la porte s'était ouverte. Face à lui, une religieuse, la cinquantaine passée, l'invita à entrer en souriant.

— Monsieur Chiesa, c'est bien cela ? Nous avons été prévenues de votre arrivée, je vous en prie, mettez-vous à l'aise.

Giacomo, surpris, rangea sa carte de police. Ce n'était pas l'accueil qu'il s'était imaginé. *Sabatini a sûrement passé un petit coup de téléphone. Une sœur souriante… Il y a quelque chose qui ne tourne pas rond. Le vieux leur a probablement indiqué le comportement à adopter, ce qu'elles peuvent me dire et ce qu'elles doivent garder pour elles.*

— J'appelle tout de suite la mère supérieure.

Chiesa patienta dans une antichambre à la décoration austère. L'orphelinat, fondé durant les années du fascisme, était un bâtiment à deux étages accolé à une petite basilique du XIXe siècle. Le vice-questeur regarda autour de lui et étudia les lieux. C'était une salle rectangulaire de dimensions réduites, les murs étaient nus et auraient eu besoin d'une restauration ou au minimum d'un coup de peinture. Il s'assit sur le divan recouvert de motifs floraux, qui constituait, avec une petite commode à tiroirs, le seul mobilier de la pièce.

La sœur qui l'avait accueilli revint peu après et lui indiqua que la mère supérieure était prête à le recevoir. Le policier la suivit dans un couloir orné de fenêtres qui donnaient sur un splendide cloître avec des portiques, où un petit groupe de religieuses s'occupait des tâches de jardinage quotidiennes. L'ensemble était baigné dans un silence absolu, interrompu seulement par le piaillement d'oisillons dont les nids étaient installés dans deux grands arbres fruitiers au milieu de la cour. Chiesa eut l'impression de retourner dans son vieux lycée littéraire Manzoni à Pescara où il avait passé cinq années de ce qui lui semblait être une autre vie. La structure du lycée Manzoni, lui aussi construit dans les années 1920 sur les cendres d'un ancien couvent, rappelait beaucoup celle de l'orphelinat. À une différence près, et pas des moindres. Ici, pas un rire, pas un cri, aucun son qui ne puisse révéler la présence d'enfants. Comme si elle avait lu dans ses pensées, la sœur expliqua, en montant à l'étage supérieur, que tous les enfants prenaient en ce moment même leur petit déjeuner dans le réfectoire, à l'opposé du bâtiment présent.

Ils s'arrêtèrent devant une porte en bois ancien, flanquée d'une plaque en laiton sur laquelle était gravé, en lettres majuscules, "Recteur de l'établissement".

Le bureau du principal, songea Chiesa en remarquant une fois encore la similitude avec son ancien lycée.

La sœur frappa doucement et, sans attendre de réponse, entrouvrit légèrement la porte.

— Puis-je entrer, ma mère ?

— Je t'en prie, Eleonora, invita une voix à l'intérieur de la pièce.

La sœur entra et le vice-questeur découvrit la mère supérieure penchée sur son bureau, le visage caché derrière ses lunettes. C'était une femme d'environ soixante-dix ans ; légèrement rondouillette, un visage jovial et joufflu recouvert de boucles grisonnantes qu'elle laissait s'épanouir librement, contrairement aux autres sœurs qu'il avait vues jusqu'à présent. S'il s'agissait, comme l'affirmait Sabatini, d'un ordre monastique à la discipline stricte et aux règles rigides, la religieuse se trouvait décidément, du moins au premier regard, au mauvais endroit. En la voyant, Chiesa pensa à un croisement entre Grand-mère Donald et Madame Mim.

— Merci, Eleonora. Tu peux nous laisser.

La sœur, tête basse, sortit de la pièce.

Quand ils furent seuls, la mère supérieure se leva et vérifia que la porte était bien fermée et qu'il n'y avait personne derrière. Elle retira alors ses lunettes et s'adressa au vice-questeur d'une voix sérieuse :

— Monsieur, avant que vous ne me posiez vos questions, je voudrais clarifier un point. Quelqu'un de très puissant m'a appelée aujourd'hui, je suis sûre que vous êtes déjà au courant. Bien. Cette personne m'a fortement enjoint de ne vous révéler que le strict nécessaire et de vous empêcher d'effectuer votre travail en toute liberté. Je n'ai pas l'intention de lui obéir, mais vous devez me promettre que vous ne vous arrêterez pas tant que vous n'aurez pas retrouvé tous les enfants. Au moins pour leur donner une sépulture digne de ce nom, je vous en conjure.

Chiesa fut décontenancé.

— *Tous* les enfants, ma sœur ?

— J'imagine que cela fait partie des informations que je n'aurais pas dû vous révéler. Sebastiano, l'enfant que vous avez découvert, n'est malheureusement pas le seul. Trois autres avant lui ont disparu. Ils n'appartenaient pas à cette institution, mais je suis en bons termes avec les autres mères supérieures et elles m'ont toutes raconté la même histoire.

Le vice-questeur fulmina. Il ne savait pas si sa colère résultait de l'incompétence de ses collègues qui avaient omis des éléments aussi fondamentaux ou si elle trouvait son origine dans l'irresponsabilité du cardinal qui voulait lui cacher une telle information. Mais, plus que tout, il était en colère contre lui-même. Qui sait si ces enfants avaient eux aussi connu la même fin tragique que Sebastiano ? Et si le coupable était bien Claudio Gatto et qu'il l'avait laissé filer ? Chiesa tremblait, mais il parvint à se ressaisir et demanda :

— Seriez-vous d'accord, ma sœur, pour m'en dire davantage sur cette histoire ?

16

Un rayon de lumière provenant d'un interstice dans les stores toucha le visage de l'homme étendu sur le lit une place. Gatto ouvrit avec difficulté les yeux. Le soleil, déjà haut, l'avait tiré d'un rêve magnifique. Rien d'extraordinaire en réalité, mais au moins, dans ce monde onirique, il n'était pas pauvre à en crever, seul et sans travail. Il n'avait pas de problème de drogue et, surtout, pas de policier à ses trousses. Il se leva en soupirant et s'assit sur le bord du lit en passant une main sur son crâne dégarni. Il jeta un coup d'œil derrière lui, où Ella profitait déjà de l'espace libéré pour se rouler en boule sur l'oreiller.

Beau travail, Claudio. Tu es vraiment un raté, se dit-il à lui-même en observant l'état de ses yeux, à moitié collés par des croûtes, dans le miroir de la salle de bains. Il avait dormi seulement quelques heures, et d'un sommeil agité. Après une nuit blanche, la fatigue l'avait finalement vaincu à l'aube, même s'il s'était encore réveillé trois ou quatre fois après. Il était tiraillé par ses pensées et il n'était plus habitué depuis quelque temps à la cocaïne. Deux doses en une seule journée, c'était l'assurance de ne pas fermer l'œil.

Le moral dans les chaussettes, il réchauffa le café de la veille. Il le but à même la casserole. Dégoûtant. Tiède, amer. Mais la mixture eut l'effet escompté et Gatto retrouva petit à petit un état de semi-lucidité, accompagné d'une forte migraine. À tête froide, il retraça les événements de la journée précédente et un sentiment de découragement encore plus grand l'envahit. *Mon seul espoir, c'est ce hippie qui se fait payer en came. Le pire c'est que c'est Poda qui me l'a recommandé. Mon Dieu, je n'ai aucune chance.*

Il regarda sa montre. 10 h 45. Son rendez-vous avec Woodstock était prévu en début d'après-midi. L'emploi du temps du pauvre pianiste était désespérément vide. Alors qu'il réfléchissait à un moyen de combler les heures qui le séparaient de l'entrevue avec son improbable sauveur, le téléphone sonna…

— Oui, allô ? répondit-il, presque surpris que quelqu'un l'appelle.

— Claudio, mais qu'est-ce qu'il s'est passé, bordel ?

La voix au fort accent sicilien le mit tout de suite de bonne humeur.

— Vincenzo ! Tu n'as pas idée du bonheur que c'est de t'entendre.

— Pardonne-moi Claudio, mais j'ai besoin de comprendre… Qu'est-ce qui t'est arrivé, putain ?

— Du grand n'importe quoi, Vincenzo. (Gatto marqua une pause.) Tu es au courant de quoi, au juste ?

— La police est venue chez moi hier. Je voulais te le dire en personne au bar, mais t'étais pas là.

Gatto se passa une main sur la nuque, le regard braqué sur le sol.

— Merde… Je suis vraiment désolé, Vincenzo. J'aurais préféré qu'ils ne viennent pas t'emmerder chez toi.

— T'inquiète, le gars qui est venu, un commissaire ou un commandant, j'me souviens pas, a été plutôt poli. C'est plus pour toi que je me fais du souci.

— Il était comment, le policier ? Grand, blond, bien habillé, le connard typique ?

— Exactement, un vrai con. C'est ce que j'ai pensé, moi aussi, au début. Mais tu aurais vu comment il s'est comporté ensuite. Tout en élégance, en politesse. Encore un peu et ma cousine lui sautait au cou.

— Oui, oui, je le connais bien. Mais ne t'y trompe pas, il était poli avec moi aussi avant de me pourrir la vie.

— Ne m'en dis pas plus. Viens manger avec nous ce midi, et tu n'as pas le droit de dire non.

— Non, Vincenzo, désolé. Je te remercie, mais je ne suis vraiment pas d'humeur.

— Mais justement : contre la mélancolie, il n'y a qu'un seul remède.

— La drogue. Les psychotropes. Le suicide.

— Les pâtes au four.

La voix de Vincenzo se fit plus lointaine, mais Gatto réussit quand même à entendre parfaitement son ami hurler : "Marisaaaa, t'en as pour combien de temps à préparer des *anelletti* au four ?" Claudio perçut tout aussi distinctement la réponse de la jeune femme. "Quoi ? C'est maintenant que tu te réveilles ? Si tu voulais des *anelletti*, fallait me le dire hier." Puis la conversation s'enflamma. Les échanges en dialecte montèrent en intensité, tout comme le niveau sonore. Le reste du dialogue entre les deux cousins devint incompréhensible pour Gatto, natif de l'Italie du Nord. Après environ cinq minutes d'attente, la voix de Vincenzo revint comme par magie plus proche et plus claire, sans aucune trace dialectale.

— C'est réglé, on t'attend pour treize heures.

Claudio comprit qu'il n'y avait plus moyen de décliner l'invitation. Il remercia donc son ami et raccrocha. Il consulta encore sa montre : il était onze heures, il avait tout son temps pour prendre une douche et tenter de retrouver un aspect présentable.

Une demi-heure plus tard, il vérifiait son apparence dans le miroir, positionné stratégiquement près de la porte d'entrée et s'observa une dernière fois avant de partir. Tout compte fait, il s'en était plutôt bien sorti. Seuls ses yeux le trahissaient. Des cernes gros comme ça ne disparaissent pas après une simple douche. Il enfila des lunettes de soleil et sortit sur le palier. Il lui fallait au moins une heure, en marchant lentement, pour aller chez Vincenzo. Il arriverait pile à l'heure tout en profitant d'une promenade agréable. Peut-être se sentirait-il mieux après.

Ou pas.

À peine eut-il franchi le portail qu'un garçon blond, grand et maigre, surgit. Il était habillé à la mode et portait une paire de lunettes rondes, de couleur jaune, à motif léopard. Dès qu'il vit Claudio, il se précipita sur lui, un dictaphone à la main.

— Monsieur Gatto ? C'est vous, Claudio Gatto ?

Il avait une voix aiguë, et scandait chaque mot dans un italien sans accent avec une intonation presque théâtrale.

Claudio ressentit immédiatement de l'aversion pour le personnage.

— Oui, répondit-il, en montrant ostensiblement son irritation devant l'impétuosité du jeune homme. Que voulez-vous ?

— C'est vous le cannibale de San Lorenzo ?

Gatto dut se retenir pour ne pas l'étrangler.

— Mais va te faire foutre ! Quel cannibale ? T'es qui toi, putain ?

Le jeune homme recula de quelques pas, effrayé. Puis il se ressaisit et se présenta :

— Enrico Covelli, reporter indépendant, faits divers. Donc vous déclarez être innocent ?

Manquait plus qu'un journaliste se pointe, pensa Gatto, en proie au découragement

— Oui…, murmura-t-il en soupirant avant de reprendre sa route.

Rien à faire, le journaliste ne le lâchait pas.

— Je déclare que je suis innocent. Et maintenant, soyez gentil, laissez-moi tranquille.

Covelli feignit de ne pas entendre la dernière phrase.

— Pourtant, la police n'a pas l'air de chercher d'autres suspects.

— C'est leur problème. Et puis comment vous savez ce que fait la police ?

Le séduisant reporter ignora encore la question.

— Selon vous, cet homicide est-il un développement naturel de votre personnalité ou s'agit-il d'un acte impulsif, non prémédité ?

Gatto s'arrêta et se tourna vers Covelli.

— Un développement… naturel ? demanda-t-il confus.

— Tout à fait.

— De quoi parlons-nous exactement, je vous prie ?

— Allons, monsieur Gatto. Ne faisons pas semblant. Après tout, vous êtes fiché comme pédophi…

Les lunettes de Covelli volèrent. La gifle de Claudio fit tituber le pauvre journaliste, qui avait maintenant les deux mains posées sur sa joue douloureuse. Partagé entre la panique et la commotion liée au choc, il leva ses yeux remplis de larmes vers Claudio. Puis il se mit à courir en récupérant maladroitement ses lunettes dans sa fuite.

Gatto, encore furieux, ne réussit pas à réprimer un sourire à la vue de cet emmerdeur qui trébucha sur le trottoir avant de disparaître au coin de la rue.

Quand il arriva chez Vincenzo, sa colère n'était pas encore complètement retombée. En temps normal, il aurait peut-être agi moins brutalement, mais cette espèce de journaleux l'avait bien cherché et il n'éprouvait aucun remords. Il se grilla une cigarette devant la porte, pour se calmer avant de sonner à l'interphone de son ami.

Donc la police ne recherche pas le vrai responsable. Elle est convaincue que c'est moi. Parfait, putain. Parfait ! Et la seule personne qui traque le coupable en ce moment est le copain de Poda. Autant se tirer une balle. Ça vaut mieux que ce qui m'attend en prison. Sauf que faire ça, ce serait admettre que c'est moi. Merde, quelle situation pourrie ! Calme-toi, calme-toi, respire… Qui me dit que la police n'enquête pas sur d'autres personnes ? Qu'est-ce qu'il en sait, ce couillon ? Enfin, il sait quand même comment je m'appelle, où j'habite, et même mes antécédents… Comment a-t-il pu savoir tout ça ?

Empli de doutes, Gatto jeta sa cigarette et appuya sur le bouton de l'interphone près de l'étiquette "Cannizzaro Cannizzaro". Il monta à pied les trois étages et trouva Vincenzo sur le palier, les bras grands ouverts.

Le barman l'embrassa.

— Ne t'en fais pas, Claudio. Je vais parler avec Beltramini, moi, tu vas voir qu'on va le régler, ce problème.

— Merci, Vincenzo. Tu ne pourrais pas aussi en toucher deux mots au vice-questeur ?

— C'est déjà fait, Claudio. Je lui ai dit que tu n'avais pas quitté ton piano jusqu'à la fermeture.

Gatto lui donna une accolade et les deux amis entrèrent dans l'appartement.

Marisa était encore aux fourneaux pour concocter le déjeuner. Elle l'embrassa sur les deux joues en se penchant par-dessus le plat fariné qu'elle tenait dans les mains.

— Tu m'excuseras, Claudio, mais je n'ai pas eu le temps de préparer les *anelletti* au four. Si on m'avait prévenue avant… (Elle lança un regard noir à son cousin.) Je prépare des légumes farcis, ça te va ?

— Marisa, des pâtes au beurre m'auraient suffi, vraiment. Ne t'inquiète pas.

La jeune femme sourit et retourna comme une flèche dans la cuisine.

— Installez-vous, en attendant. J'en ai encore pour vingt minutes.

Gatto s'assit à table et sortit ses cigarettes. Il en proposa une à Vincenzo.

— Merci. Viens à la fenêtre, Marisa n'aime pas trop l'odeur.

Après quelques bouffées, il s'adressa de nouveau à son ami, en train de fumer, pensif :

— Et maintenant, qu'est-ce qu'on fait ?

— Qu'est-ce qu'on fait, Vincenzo ? On attend. J'ai l'impression que ce type ne va pas me lâcher. Même si tu lui as confirmé mon alibi, il va essayer de me coffrer dans tous les cas. Je l'ai lu dans ses yeux, il me méprise. Et il est convaincu que c'est moi. Je ne sais pas encore à quel point l'information est fiable, mais j'ai entendu que la police ne recherchait même pas le connard qui a tué ce gamin. J'ai carrément dû me tourner vers un détective privé pour garder un brin d'espoir.

Vincenzo s'étonna :

— Un détective ?

— Oui, enfin, si on peut appeler ça un détective. Une sorte de toxico qui devient Sherlock Holmes quand il est défoncé… Tu vois à quoi j'en suis réduit.

Vincenzo éclata d'un rire tonitruant.

— Mais attends, tu parles de Woodstock, là ? Purée, Claudio, alors là tu peux dormir sur tes deux oreilles.

— Ne me dis pas que tu le connais.

— Évidemment que je le connais. Tu te souviens qu'avant d'être au '54, j'ai travaillé pendant deux ans dans un restaurant vers chez toi. Tout le monde le connaît à San Lorenzo. C'est l'ange gardien des centres sociaux.

— Ah. Perso, je n'en avais jamais entendu parler. Tu penses que je peux lui faire confiance ?

Vincenzo jeta la cigarette par la fenêtre et s'assit en bout de table, tandis que Marisa se hâtait de finir de mettre le couvert.

— Si ce type, avec tout son talent, n'arrive pas à te sortir de ce mauvais pas, alors il n'y a plus rien à faire.

Le déjeuner passa en un clin d'œil. Marisa tentait de rassurer Claudio tout en posant des questions sur Chiesa. Gatto, qui n'avait visiblement pas faim, mangea seulement deux légumes sous le regard inquiet de la cuisinière. Vincenzo se chargea avec plaisir de terminer le plat.

Claudio proposa de faire la vaisselle pour remercier Marisa de sa gentillesse, mais la jeune Sicilienne lui bloqua l'accès à la cuisine. Ils se quittèrent avec la promesse que Gatto les tiendrait au courant des derniers rebondissements et qu'il n'hésiterait pas à les appeler s'il avait besoin de quoi que ce soit.

Quand il sortit de chez les Cannizzaro, Gatto se sentait légèrement plus serein. Le chemin du retour, sous le soleil de juin, améliora son humeur. Il avait l'impression que les choses, peut-être, commençaient à tourner en sa faveur. *C'est une grossière erreur, je suis innocent. Ils le comprendront vite et me laisseront tranquille.* Il arriva rue des Equi en sifflotant, certain que son entretien avec Woodstock serait porteur de bonnes nouvelles. Son sang se glaça quand il réalisa qu'un véhicule de police l'attendait. L'un des officiers s'adressa à lui :

— Claudio Gatto ? Je vous saurais gré de nous suivre au poste.

Gatto, bouleversé, monta dans la voiture sans dire un mot. Les pneus crissèrent sous les regards curieux des passants.

17

Le petit Scarabeo rouge avançait lentement sur la voie de droite du périphérique est tandis que les voitures le dépassaient. Certains automobilistes klaxonnaient, d'autres l'insultaient de leur fenêtre ouverte. Woodstock savait que le périphérique était interdit aux scooters, mais en quinze ans, il ne s'était jamais fait arrêter. Michele ne l'avait pas encore rappelé et il avait absolument besoin de voir les dossiers sur les enfants disparus s'il voulait débloquer la situation. La seule solution était de se jeter en personne dans la gueule du loup.

Le poste des carabiniers de Tor di Quinto était presque désert. Un jeune agent posté à l'accueil le fixa avec perplexité quand il franchit le seuil.

Il n'a pas tout à fait tort, pensa Woodstock en regardant son reflet dans la porte vitrée. Il ne s'était pas changé depuis la veille. À bien y réfléchir, cela faisait un moment qu'il portait les mêmes vêtements.

Mais qu'est-ce qu'un toxico vient faire ici ? se demanda le jeune carabinier en remarquant les sandales, le jean troué et la veste en laine de Woodstock. Suspicieux, il finit par s'adresser à cet étrange personnage en percevant son air perdu.

— Vous cherchez quelque chose ?

— Oui, bonjour. Je viens voir le maréchal Martozzi, il est ici ?

Le maréchal ? Aaaah, j'ai compris. Ce doit être un agent sous couverture.

— Oui, vous voulez que je l'appelle ? Ou vous montez ? Vous connaissez le chemin ? Je vous accompagne ? s'enquit-il obséquieusement.

— Merci, j'y vais alors, hein…, répondit Woodstock, surpris.

Eh bien… Il est vraiment courtois. Peut-être que tous les représentants de l'ordre ne sont pas de si mauvaises personnes. Je me serais donc trompé depuis vingt ans, considéra-t-il en montant les escaliers vers le bureau de son ami.

Michele Martozzi était assis à son petit bureau, juste en face de la pièce où se trouvait son supérieur. Son visage était illuminé par l'ordinateur sur lequel il travaillait, concentré. Bien qu'ils eussent le même âge, Michele n'avait pas été aussi gâté par la vie et la génétique. Les quelques cheveux qui lui restaient masquaient mal une calvitie naissante. Il portait des lunettes avec des verres correcteurs épais, conséquence probable des longues heures passées devant un écran. Son physique, autrefois athlétique et vigoureux, se ramollissait du fait de son travail sédentaire. Malgré tout, on pouvait encore dire que c'était un bel homme, avec sa mâchoire carrée et ses yeux joyeux.

— "Est-ce que c'est toi, John Wayne ? Ou est-ce que c'est moi ?"

Michele leva les yeux et sourit.

— “7,6 mm, balles chemisées métal.” *Full. Metal. Jacket.*

Woodstock rit, satisfait, et les deux amis s'étreignirent.

— J'allais t'appeler, je te jure, dit le maréchal en joignant les mains dans un signe de prière pour prouver sa bonne foi.

— Oh, j'ai pensé que je n'avais pas encore eu l'occasion d'entrer chez les carabiniers de mon plein gré et je voulais éprouver ce frisson. Alors, qu'est-ce que tu as à montrer illégalement à ton vieil ami ?

Michele se rassit sur son fauteuil ergonomique et Woodstock s'installa derrière lui, penché vers l'ordinateur.

— Aloooors, dit Martozzi en déplaçant la souris sur l'écran. Dans ce dossier, j'ai rassemblé toutes les dépositions de disparitions qui ont été recueillies par les forces de l'ordre ces trois dernières années. Seulement celles concernant des mineurs placés dans des institutions religieuses, évidemment. Maintenant, je vais prendre une petite pause, je bois un café, je fume ma clope et dans vingt minutes, je reviens. Si, entre-temps, quelqu'un monte, dis-lui que tu es le technicien informatique et que tu répares ma connexion. C'est bon pour toi ?

— Hmm… Et si à la place du café, tu attends deux secondes que je télécharge le dossier sur ma clé et on va déjeuner ensemble ? C'est moi qui invite.

— Ça ne va pas être possible, non.

— Allez, Michele. Tu sais comment je travaille. Ce n'est pas comme si je pouvais me fumer un joint ici et lire toutes les affaires en vingt minutes.

— Tu sais ce qui se passera si on découvre que je t'ai non seulement laissé consulter ces documents, mais qu'en plus je t'ai permis de les copier et de les emporter chez toi ? On m'enverra à la cour martiale.

— Je te promets que dès que j'ai fini, j'efface tout, je jette la clé, je brûle l'ordinateur.

— … Tu as vraiment les sous pour m'inviter à manger ?

— Une part de pizza, oui… Merci, Michele, tu es génial.

Ni une ni deux, Woodstock inséra sa clé dans la vieille tour de l'ordinateur et copia le dossier en le renommant (on ne sait jamais) "AS Rome saison 2009-2010". Le maréchal, lui, se tordait les mains d'angoisse et lançait des coups d'œil furtifs vers le couloir, enjoignant à son ami à mi-voix de se dépêcher.

Vingt minutes plus tard, ils commandaient un kebab à la rôtisserie syrienne non loin de la caserne. Woodstock regarda son téléphone. Il avait rendez-vous avec Gatto dans deux heures.

Je n'aurai pas le temps de lire tous les fichiers avant quinze heures. Il faut que je décale à ce soir. Ou bien je peux y jeter un œil chez Gatto. De toute façon, je n'ai pas à lui fournir tous ces détails…

— Alors, tu m'expliques à quoi te servent toutes ces infos ?

Woodstock sortit de ses pensées et regarda son ami, interrogateur, en continuant à manger son kebab. Il avala avec difficulté une grosse bouchée puis répondit, curieux :

— Ne me dis pas que tu n'es pas au courant ?

— Non, je n'en sais rien. Sinon je ne te poserais pas la question…

— Excuse-moi, mais ils ne vous ont pas dit pour l'enfant décapité ?

Woodstock comprit à l'expression du maréchal que ce dernier n'en savait vraiment rien.

— Celui de San Lorenzo ? essaya-t-il de nouveau.

Rien.

— D'accord… Ils ont trouvé un enfant sans tête dans une benne à ordures de la rue des Equi, résuma-t-il.

Martozzi esquissa une grimace de dégoût et éloigna son kebab.

— Mais comment est-ce possible que tu ne sois pas au courant ? insista Woodstock. Combien il y a d'homicides, à Rome, chaque jour ?

— Et ? Quel rapport ? Je ne m'occupe pas du tout de ça, moi. (Martozzi but une gorgée de jus d'orange et poursuivit.) Merde, Adriano… C'est une grosse affaire. Tu es très bon, je n'ai aucun doute là-dessus, mais tu penses vraiment pouvoir élucider ce cas-là ?

Woodstock soupira.

— Je ne sais pas, Michele. Je ne sais pas.

18

Le vice-questeur Chiesa observait la vieille religieuse, à la fois horrifié et étonné, tandis qu'elle terminait de raconter ce que les autres mères supérieures avaient partagé avec elle. C'était une histoire effroyable. Celle de quatre enfants, de quatre foyers différents de la province de Rome, évanouis dans la nature. Disparus du jour au lendemain durant les derniers mois. Les situations décrites par les sœurs étaient toujours les mêmes : des gosses, entre neuf et treize ans, timides, facilement impressionnables. Une fille et trois garçons qui, à l'exception de leur tempérament introverti, n'avaient rien en commun. Les disparitions avaient toutes fait l'objet de dépositions, mais personne n'avait relié les événements. Chiesa pouvait comprendre cela, le monde était rempli de jeunes en difficulté dont on perdait la trace. Le plus souvent, ils réapparaissaient après quelques jours. En revanche, maintenant, avec la découverte du corps du petit Sebastiano, la situation prenait un tour bien plus dramatique. Alors que la mère supérieure lui narrait les faits comme elle les avait vécus et comme ils lui avaient été racontés, l'espoir qu'il s'agisse d'événements distincts s'amenuisait progressivement dans la tête du vice-questeur. Il lui semblait de plus en plus probable, terriblement probable, que ce fût l'œuvre d'un seul individu, un pervers sans foi ni loi. En même temps, la figure de cet être diabolique faisait vaciller une partie de ses certitudes. Claudio Gatto était sans aucun doute un dépravé, mais c'était aussi un être faible. Chiesa se fiait à son instinct et, malgré son mépris sans borne pour Gatto, une petite voix lui soufflait que ces crimes étaient l'œuvre d'une personnalité bien plus calculatrice et organisée que celle d'un simple musicien de night-club.

— Vice-questeur, je vous ai raconté tout ce que je sais. J'ai pris un risque personnel en désobéissant aux ordres d'un supérieur. Je vous en supplie, faites en sorte que ce sacrifice ne soit pas vain.

Chiesa acquiesça lentement, la mâchoire serrée par la colère et le dégoût, ses yeux inexpressifs fixant un point indéfini sur le parquet. Le visage encore figé, il tendit la main à la mère supérieure, la remercia et sortit en fermant la porte du bureau derrière lui.

Restée seule, la vieille religieuse se rassit sur son fauteuil en soupirant. Le vice-questeur lui avait plu, il lui avait fait bonne impression. C'était un jeune homme déterminé, elle avait lu dans ses yeux qu'il ne s'arrêterait devant rien. Vaguement réconfortée et portée par un espoir nouveau, elle sortit de son tiroir un paquet de cigarettes longues et fines, et en alluma une en attendant l'appel du cardinal qui arriverait sous peu, inéluctable.

Chiesa redescendit les escaliers et traversa le cloître au pas de course, le téléphone à la main en train de chercher un nom dans ses contacts. Il finit par trouver le numéro du questeur.

— Monsieur Giraudo, Chiesa à l'appareil... Oui, je dois vous parler de toute urgence... Non, je préférerais vous voir en personne, c'est un sujet délicat... À 13 h 30, parfait.

Le chauffeur l'attendait là où il l'avait laissé une demi-heure auparavant. Il était resté dans la voiture, le moteur allumé et l'air conditionné poussé au maximum. Il baissa le son de la radio et passa la première dès qu'il vit le vice-questeur sur le trottoir d'en face.

Giacomo Chiesa admirait beaucoup Silvio Giraudo. "L'une des rares personnes qui agissent encore pour le bien du pays. Il devrait être nommé sénateur à vie, ça oui" : voilà ce qu'il aimait répondre quand quelqu'un lui demandait son avis sur son supérieur.

Désormais assez âgé et proche de la retraite, Giraudo était comme un phare dans le brouillard pour les hommes de loi. Chiesa aurait préféré résoudre cette enquête sans le déranger, mais au vu des derniers rebondissements, il n'avait plus le choix. Il fallait l'en informer immédiatement.

Vingt minutes plus tard, il frappa doucement au bureau du questeur et entrouvrit la porte.

— Monsieur, je peux entrer ?

— Giacomo ! Oui, installe-toi. Désolé, je dois juste terminer de remplir ce document et je suis à toi.

Chiesa s'assit sur le confortable fauteuil en feutre et observa autour de lui, en silence. Le bureau du questeur reflétait sa personnalité calme et modérée. Quand il avait pris son poste, Giraudo avait expressément demandé à obtenir une pièce plus petite pour que la vaste salle où s'était installé son prédécesseur puisse servir à un meilleur usage.

Le grand bureau en ébène du XIXe siècle et les deux fauteuils avaient été déplacés dans ce qui était avant le bureau des demandes de permis de séjour, ce dernier ayant déménagé dans un nouvel espace qui permettait de travailler deux fois plus vite. L'efficacité était le mot d'ordre du questeur et il n'avait pas franchement besoin d'une grande pièce pour asseoir son autorité.

— Voilà, j'ai fini, annonça Giraudo en apposant sa signature sur l'ultime page d'une grosse pile de feuilles. Les nouvelles procédures de vérification des stades, soixante pages pour grosso modo ne rien changer du tout.

Chiesa sourit à peine, un sourire de politesse.

— Alors, Giacomo… Dis-moi, que se passe-t-il dans cette ville à la dérive ?

— Monsieur, vous avez certainement été prévenu pour l'enfant découvert mort dans les poubelles de la rue des Equi…

— Oui, il me semble que tu avais un suspect potentiel, n'est-ce pas ?

— Je n'en suis plus si sûr, monsieur. Voyez-vous, je viens de prendre connaissance d'informations très inquiétantes.

— Juste ciel ! Giacomo, trêve de tergiversations, raconte-moi tout, lui intima le questeur en se redressant dans son fauteuil et en lui faisant signe de faire court.

— Voilà… En parlant avec la mère supérieure du foyer où se trouvait le garçon décapité, j'ai appris que trois autres orphelins avaient disparu cette année.

Giraudo conserva une attitude impassible devant cette nouvelle. Il était indispensable de mettre les émotions de côté pour prendre des décisions lucides.

— Cela te fait penser à quoi ? Un réseau de pédophiles ?

— Je ne sais pas. Peut-être. En tout cas, si on veut avoir une chance de les retrouver vivants, il faut agir tout de suite.

— Tu as agi comme il se doit, Giacomo. Alors, en attendant, voici le numéro de Samuele Gregna, tu le connais ? Non ? C'est un de mes amis proches, on était à l'université ensemble. Gregna est à la retraite, maintenant, mais il a été l'un des juges les plus sévères d'Italie concernant la pédophilie. Si les personnes que tu recherches ont des antécédents similaires, il sera sans aucun doute au courant. Demande-lui conseil, je suis certain qu'il pourra t'orienter vers une piste intéressante. (Chiesa enregistra le numéro du juge dans son téléphone.) Depuis qu'il est à la retraite, il ne sait plus quoi faire de ses journées. Tu vas lui faire un beau cadeau en te présentant avec cette affaire. (Chiesa remercia Giraudo et se leva.) Ah, Giacomo, une dernière chose. Un idiot vient d'agresser le fils du préfet Covelli, vérifie ce qu'il se passe quand tu auras le temps, il me harcèle depuis ce matin.

19

Le vice-questeur appela Samuele Gregna à peine sorti du bureau de Giraudo. Le juge avait une voix profonde et sévère. Une voix qui devait hanter les rêves des condamnés qui l'avaient croisé. Il ne semblait pas particulièrement ravi d'être dérangé, mais quand Chiesa prononça le nom du questeur, il se détendit légèrement et devint même amical et disponible en apprenant le motif de son appel. Il l'invita à le rejoindre dans sa villa sur la voie Appienne dès que possible, immédiatement même.

Le questeur avait raison, le juge devait vraiment s'ennuyer dans sa nouvelle vie loin des tribunaux. Chiesa ne se le fit pas répéter deux fois. Le fils du préfet pouvait attendre. Cette enquête était devenue la plus importante de sa carrière, après les confessions de la mère supérieure.

Devant la questure, il entra dans une voiture de patrouille et communiqua la destination au policier au volant. Quelques minutes plus tard, le véhicule avançait au pas, en essayant d'éviter les nids-de-poule entre les pavés de la voie Appienne. La villa du juge ressemblait, de l'extérieur, à un immense édifice en pierres, dissimulé entre les artères de la capitale. Le portail de l'allée était ouvert et un petit homme trapu dans la soixantaine les attendait.

— Vice-questeur Chiesa? demanda l'homme avec un fort accent sarde. Le juge vous attend.

Le Sarde ouvrit le chemin au vice-questeur et ils entrèrent dans la villa. Ils parcoururent un long couloir jusqu'à une vaste pièce haute de plafond. Le juge, en short et débardeur, marchait sur un tapis roulant. Autour, on pouvait observer d'autres machines de musculation, un sac de boxe et une table de massage.

— Vice-questeur, bienvenue, le salua Gregna, à peine essoufflé.

Puis il remercia son domestique qui inclina très légèrement la tête et referma la porte derrière lui.

Gregna arrêta la machine et, en se tamponnant le front avec une serviette, alla serrer la main de Chiesa.

— Ordre du médecin, se justifia-t-il. J'ai apparemment une vie trop sédentaire.

Chiesa répondit par un sourire de circonstance. Malgré sa tenue et le souffle court, le juge irradiait le respect.

— Je suis désolé de vous avoir interrompu, Monsieur le Juge.

— Aucun problème. (Gregna lui pressa l'épaule.) Le questeur m'a parlé de vous. Il pense que vous allez faire carrière.

— Je suis à bonne école avec M. Giraudo.

— Je vous en prie...

Le juge lui fit signe de le suivre hors de la salle de sport vers un grand jardin. Peu de temps après, le Sarde revint un plateau à la main. Gregna le remercia et commença à manger une généreuse salade de thon.

— Je peux vous offrir un café?

Chiesa refusa poliment. Il ne voulait pas perdre de temps supplémentaire en respectant les bienséances.

Le juge sembla lire dans ses pensées.

— Bien... Venons-en au fait, dit-il entre deux bouchées. Vous voulez mon avis sur l'enfant retrouvé à San Lorenzo, n'est-ce pas ?

— Tout à fait. J'ai appris ce matin qu'il pourrait ne pas s'agir d'un cas isolé. En plus de la première victime, trois autres enfants ont disparu d'autres orphelinats dans des circonstances similaires.

Gregna acquiesça avec gravité.

— Vous avez déjà un suspect ?

— Oui, mais il a un alibi pour l'heure du décès. On a déjà vérifié.

— Ça ne veut pas dire grand-chose. Vous savez, il n'est pas rare que les pédophiles agissent en groupe. Avec l'avènement d'Internet, il est devenu plus facile pour eux de se mettre en relation. Ils se sentent davantage en sécurité pour réaliser leurs fantaisies morbides s'ils sont soutenus par un réseau. C'est un fléau qui se diffuse de façon drastique. Je ne serai pas surpris que votre homme ne soit qu'un pion sur un échiquier plus grand.

Le juge venait de confirmer les craintes du vice-questeur qui sentit la colère l'envahir. Avoir placé Gatto en garde à vue puis l'avoir libéré sans vérifier cette hypothèse le fit profondément souffrir.

— Monsieur le Juge..., commença-t-il, épouvanté par la question qu'il s'apprêtait à poser. Selon vous, quelles sont les probabilités que les enfants soient encore en vie ?

— Elles ne sont pas nulles..., supputa Gregna après un instant de réflexion. Mais je ne me réjouirai pas trop vite.

Les raisons pour lesquelles il pourrait les avoir laissés en vie sont peut-être moins souhaitables que la mort.

Chiesa quitta la villa sur la voie Appienne escorté par le Sarde. Il avait l'impression d'avoir un poids sur l'estomac. Sa main chercha instinctivement la cigarette qu'il gardait cachée dans la poche de sa veste. Savoir qu'elle était bien là le soulagea, pour quelques secondes du moins. Il allait monter en voiture quand son téléphone vibra.

— Chiesa, j'écoute.

— Vice-questeur ? C'est Montaldo.

— Qu'est-ce qu'il y a, Montaldo ? répondit-il avec lassitude.

— Claudio Gatto a été arrêté. J'ai pensé que vous voudriez le savoir.

— Quoi ? Qui ? J'arrive tout de suite.

Un nouvel espoir naquit dans son esprit. Peut-être avaient-ils trouvé une preuve pour l'incriminer. Peu importe le motif, Dieu avait offert au vice-questeur une seconde chance. Et cette fois, il ne serait pas aussi stupide.

20

Woodstock attendait patiemment qu'il soit quinze heures pile pour sonner à l'interphone de Gatto. Il était arrivé un peu plus tôt que prévu et avait décidé de prendre de l'avance dans son travail. Il sortit de sa poche intérieure le morceau de haschisch que Claudio lui avait donné la veille et s'assit sur les petites marches du cinéma Palazzo, place des Sanniti. San Lorenzo, en journée, était un havre de paix. Alors qu'il préparait son joint, Woodstock se perdit dans l'observation des quelques jeunes qui papotaient en terrasse des bars de la place, des vieilles qui rentraient des courses, des commerçants qui fumaient et appréciaient les derniers instants de leur pause-déjeuner.

Dommage que le quartier soit invivable la nuit, pensa-t-il en allumant son pétard. *Trop de gens qui mettent le bazar, on se croirait à Ibiza, tous ces types bourrés qui hurlent… Mais écoute un peu ce que tu dis. Bordel, je me fais vieux. Il y a même pas cinq ans, toi aussi tu faisais partie de ces gens.* Woodstock finit de fumer, absorbé dans ces pensées et autres réflexions existentielles. Quand il regarda de nouveau sa montre, il était 15 h 20. Il inspira profondément et se leva. En passant près du bar, il entendit le brouhaha confus des clients assis en terrasse. Son cerveau embrumé commençait certainement à carburer parce qu'il s'immobilisa d'un coup. Certains mots avaient entraîné une série de connexions qui le menaient à une seule affirmation, irréfutable.

Je te jure. Ils l'ont arrêté et ils l'ont emmené… Y a pas longtemps, trente minutes peut-être… Sales poulets…, avaient dit deux jeunes à une table en racontant l'histoire à un troisième. Woodstock fila jusqu'à son scooter et démarra en trombe.

Dix minutes plus tard, il se trouvait devant le commissariat de San Giovanni. Une grosse voiture noire, sirènes hurlantes, faillit le renverser. Un homme blond, grand et élégant, sortit du véhicule. *Quel timing!* pensa Woodstock en l'observant attentivement. Il correspondait trait pour trait à la description de Gatto.

— Vice-questeur Chiesa? appela-t-il en lui courant après.

— Écoutez, je suis très occupé, lui répondit Giacomo en continuant à marcher sans lui accorder le moindre regard.

— Je suis au courant. Claudio Gatto vient d'être placé en garde à vue.

Chiesa s'arrêta sur les marches de l'entrée et toisa pour la première fois son interlocuteur, de la tête aux pieds. *Évidemment, un autre toxico.* Avec une pointe de dégoût, il lui demanda son identité.

— Gatto est… mon client. J'ai le droit de m'entretenir avec lui.

— Vous êtes avocat, donc? interrogea le vice-questeur en jetant de nouveau un œil à la dégaine de Woodstock et en s'attardant sur ses sandales.

— M. Gatto m'a engagé pour travailler sur cette affaire.

Woodstock fut très attentif à rester vague concernant la nature de son activité. Chiesa le scruta, suspicieux. Il ne croyait pas une seconde qu'il était en présence de l'avocat de Gatto, mais ce personnage l'intriguait et il voulait en savoir plus.

— Très bien, vous avez dix minutes, pas une de plus. Suivez-moi.

Durant le bref trajet entre l'entrée et la petite cellule où se trouvait Gatto, en attente d'être interrogé pour la deuxième fois en deux jours, l'esprit de Woodstock enregistrait une multitude de détails sur le policier. *Marié, facile. Fumeur ou ex-fumeur, facile. Il jouait au foot quand il était jeune, inutile. Il a été opéré l'année dernière, superflu. Il n'est pas convaincu d'avoir attrapé la bonne personne… intéressant.*

— Nous y voilà.

Le vice-questeur s'arrêta devant une porte fermée, fit volte-face et leva l'index d'un air déterminé.

— Dix minutes et pas une de plus, j'ai compris, anticipa Woodstock.

Chiesa acquiesça, puis s'éloigna dans le couloir. À l'intérieur de la pièce plongée dans la pénombre, Claudio était assis, la tête posée sur la table, cachée entre ses bras. Sans bouger, au seul bruit de la porte qui s'ouvrait, il commença à se plaindre.

— Ça suffit, je vous en prie. J'ai passé plus de temps ici que chez moi durant les quarante-huit dernières heures. Envoyez-moi en prison ou laissez-moi tranquille. Je ne savais pas que c'était le fils du préfet, du commodore ou du pape. C'est lui qui m'a agressé, ce petit bâtard. Il m'attendait et… Woodstock? (Gatto avait finalement redressé la tête et regardait maintenant vers la porte avec une expression incrédule.) Qu'est-ce qu'il se passe ?

— Je n'en sais absolument rien. Même si, après ton monologue, je suppose que tu as agressé le fils d'une personnc influente. Malheureusement pour moi, tu t'es arrêté sur le plus croustillant…

Gatto sourit pour la première fois depuis le début de cette histoire infernale.

— Ce bouffon m'attendait devant chez moi. Dès que je suis sorti, il a commencé à me bombarder de questions, il pensait qu'il avait mis la main sur le scoop du siècle. Une interview exclusive avec le tueur du Zodiac italien, tu imagines ? *Le cannibale de San Lorenzo*… Il m'avait déjà trouvé un surnom. Et voilà… je lui ai foutu une gifle en pleine poire et il a pris ses jambes à son cou. Il a sûrement été se plaindre à son cher papa, et j'ai su seulement après que c'était le préfet. J'ai vraiment la poisse !

— Tu n'es pas l'homme le plus chanceux du monde, ça, je te l'accorde. Mais enfin, de ton côté… La police te surveille même sous la douche alors tu pourrais éviter de frapper des gens en pleine rue.

Gatto acquiesça et, avec un soupir théâtral, replongea la tête dans ses bras croisés. Woodstock s'approcha et s'assit en face de lui.

— J'ai du nouveau, le consola-t-il d'une tape dans le dos. Le garçon qui a été trouvé près de chez toi pourrait ne pas être le premier. Il y a probablement trois autres macchabées quelque part, ça devrait éloigner les soupçons qui pèsent sur toi. J'ai rencontré Chiesa en venant ici. Et crois-moi : il n'est pas si convaincu que ça d'avoir attrapé le coupable.

— Chiesa ? Il t'a dit quelque chose ?

Woodstock fit non de la tête.

— Pourquoi tu en es si sûr, alors ?

— Je ne sais pas, je le sens, c'est tout. C'est une question d'instinct. Il ne m'a même pas demandé une pièce d'identité avant de me laisser venir te voir. Et il nous laisse nous rencontrer avant l'interrogatoire. Ça te donne l'impression de quelqu'un qui croit tenir… comment tu as dit, déjà ? Le tueur du Zodiac italien ?

Claudio le contemplait avec admiration et incrédulité.

— Tu as fumé ?

Woodstock confirma avec un sourire satisfait.

— Qu'est-ce qu'il a bien pu penser ? C'est plutôt évident que je ne suis pas ton avocat.

Gatto ne put qu'acquiescer. Il fut soulagé d'entendre ces mots. Peut-être y avait-il un espoir que cette histoire se termine vite, il commençait à voir une petite lueur au bout du tunnel. À cet instant, la porte s'ouvrit, un policier passa la tête et pointa le doigt sur Woodstock.

— Toi ! Dehors ! dit-il, menaçant.

Pris au dépourvu, Woodstock salua Claudio, qui le remercia, puis se dirigea lentement vers la sortie en jetant au policier un regard mauvais. Ce dernier referma la porte et laissa Gatto à nouveau seul. Chiesa l'attendait dans le couloir, appuyé contre un mur, les mains dans les poches. Woodstock pensa qu'il ressemblait à un mannequin de propagande nazie. Avec ses cheveux clairs et ses yeux bleus, son attitude militaire et sa fière allure, il était convaincu qu'il aurait pu apparaître dans l'un des rêves érotiques d'Hitler. Cette image ne le rassura pas vraiment.

Le vice-questeur le scruta quelques secondes sans dire un mot. Woodstock l'ignora et emprunta le trajet inverse pour s'en aller. Avant qu'il ne disparaisse de sa vue, Chiesa brisa le silence.

— Vous n'êtes pas avocat.

Woodstock s'arrêta et se retourna.

— Wahou, et moi qui croyais que mon déguisement était parfait.

— Très drôle, répliqua Chiesa dans un rictus qui ne promettait rien de bon. Vraiment. Pourriez-vous m'expliquer la nature de votre relation avec Claudio Gatto ?

— Excusez-moi, est-ce que je fais l'objet d'une enquête ? C'est un interrogatoire officiel ?

— Non, bien évidemment.

— Parfait, alors je n'ai aucune obligation de vous répondre. Au revoir, monsieur.

Woodstock tourna les talons et se dirigea vers le rez-de-chaussée.

— Vous avez raison. Vous n'êtes pas contraint de me répondre. Mais vous êtes obligé de me fournir une pièce d'identité si je vous le demande.

Woodstock soupira et remonta les quelques marches qui le séparaient du vice-questeur. Ce dernier l'attendait en haut de la rampe d'escalier, une grimace victorieuse sur son visage. Woodstock fouilla dans les poches de sa veste péruvienne et en sortit une vieille carte d'identité froissée.

Chiesa l'examina et lut à haute voix : "Adriano Scala". Il rendit ensuite le document à son propriétaire qui, cette fois sans être interrompu, s'en alla en silence. Le policier l'épia depuis la fenêtre jusqu'à ce qu'il disparaisse sur son scooter quand l'officier en charge de la surveillance de Gatto apparut à ses côtés.

— Regarde ce que tu peux trouver sur cet Adriano Scala, lui ordonna Giacomo.

— Tout de suite, vice-questeur. Que voulez-vous faire du suspect ?

Chiesa ne répondit pas, le regard perdu dans le vide.

Gatto se sentait incroyablement galvanisé par les paroles de Woodstock. Même s'il ne comprenait pas comment ce dernier avait pu apprendre son arrestation et arriver si vite au bon endroit. Quoi qu'il en soit, cet étrange hippie commençait maintenant à lui inspirer réellement confiance. Il pouvait s'avérer un excellent allié. À tel point que, quand Chiesa entra et s'assit en face de lui, il n'avait plus peur. Il le regarda droit dans les yeux, avec la certitude que tous deux savaient qu'il n'était pas responsable de la mort de ces enfants et que, tôt ou tard, il sortirait d'ici la tête haute, lavé de tout soupçon. Le vice-questeur aussi semblait plus détendu, il n'essayait pas d'apparaître menaçant d'une quelconque façon.

— Gatto, Gatto, Gatto. Mais qu'est-ce que vous avez encore inventé ? Vous agressez le fils du préfet ?

Son ton était presque blagueur, comme s'il s'adressait à un vieil ami.

Et Claudio tomba dans le piège. Il s'appuya mollement contre le dossier du siège et croisa les jambes, les mains sur le ventre. Woodstock aurait certainement remarqué le rétrécissement des pupilles de Chiesa face au langage corporel de Gatto. Le pauvre Claudio, lui, ne s'aperçut de rien.

— Vice-questeur, qu'est-ce que je pouvais faire ? Je lui ai répété de me laisser tranquille, mais il a insisté avec ses questions. Il n'arrêtait pas… Ah, et il m'a insulté aussi. Peut-être que c'est moi qui devrais porter plainte pour diffamation, conclut-il d'une voix fanfaronne qui ne lui ressemblait pas.

Chiesa sourit. Pas tant pour la réponse de Gatto que pour sa naïveté. Maintenant qu'il l'avait de nouveau sous le coude, il ne le laisserait pas filer avant de s'être assuré qu'il n'avait rien à voir avec cette histoire. S'il y avait quelque chose qu'il ne lui avait pas encore dévoilé, il le ferait cette fois. Dans son esprit résonnaient, cristallins, les mots du juge Gregna… *Les raisons pour lesquelles il pourrait les avoir laissés en vie sont peut-être moins souhaitables que la mort.* Il se leva et marcha dans la pièce, les mains dans le dos, tel un jaguar qui joue avec sa proie après l'avoir acculée.

— Vous êtes ici parce que vous êtes déjà sous surveillance et parce que Covelli a appelé son père juste après que vous l'avez agressé. C'est une banale déposition pour agression physique sans blessure. En temps normal, vous auriez reçu un courrier sous quelques semaines, rien de plus. Au pire, vous auriez eu une ordonnance restrictive.

— Si seulement, dites-moi où signer. Écoutez, celui-là, moins je le vois, mieux je me porte.

Chiesa rit de bon cœur en continuant ses tours dans la pièce, calmement. Nonchalant, il se plaça presque derrière Gatto, puis se jeta sur lui à la vitesse de l'éclair. Il le frappa en plein visage et lui écrasa la tête avec force contre la table. Claudio n'eut pas le temps d'émettre le moindre son, de chaudes larmes coulaient de son visage. Il pleurait davantage à cause de la douleur au nez que par peur, l'effroi n'avait pas encore eu le temps de s'instiller en lui tant Chiesa avait agi avec vélocité. Gatto vit le visage du policier descendre à son niveau, sa tête penchée sur le côté pour le regarder dans les yeux. Puis il sentit la main du vice-questeur l'attraper par le col et le jeter encore contre la table. Gatto saignait de la bouche. L'impact avec le métal froid lui avait fait sauter un bout de molaire.

— Cette fois, tu ne vas pas t'en tirer si facilement. T'as compris, sale merde ? Tu as tué quatre enfants. Si ça ne tenait qu'à moi, je te ferais pendre, putain.

Le policier continuait à presser contre la table la joue de Gatto, qui ne pouvait répondre que par des sons gutturaux incohérents.

— Je n'ai tué personne, je le jure, parvint-il à grommeler.

Chiesa relâcha la prise un instant, le temps de l'empoigner par le T-shirt et de le balancer sur la chaise. Gatto gémit de douleur et porta ses mains au visage. Il toussa et cracha un mélange de salive et de sang. Ses oreilles bourdonnaient, mais il pouvait clairement entendre Chiesa lui hurler qu'il était bien trop lâche pour les tuer.

— Pas vrai ? Tu regardes et c'est tout, toi !

— Mais de quoi tu me parles ? T'es fou. Tu m'as cassé une dent, répliqua Claudio entre deux sanglots.

— Si tu sais qui a fait ça et que tu ne me le dis pas dans les trois secondes, je te les casse toutes.

Gatto se prépara à encaisser le coup suivant tandis que le vice-questeur commençait son compte à rebours :

— 3… 2… 1…

Claudio ferma les yeux. Il attendit quelques secondes, terrorisé, sans savoir où Chiesa le frapperait. Mais rien ne se passa. Il entrouvrit doucement les paupières. Le policier était de nouveau assis et s'essuyait le front avec un mouchoir en soie. Il haletait, essoufflé par les coups et par ses hurlements. Enfin, il se reprit et, d'une voix presque paternelle, commença l'interrogatoire :

— Ils t'ont menacé ? C'est le type qui est venu ici juste avant ? Pour qui travailles-tu ?

Pris au dépourvu par l'énième changement de personnalité de son inquisiteur, Gatto ne prêta pas attention aux questions et se contenta de gémir de douleur tout en essayant de retenir ses larmes.

— Claudio, je n'éprouve aucun plaisir à te malmener ainsi. On parle de trois autres enfants, probablement morts... ou pire. Tu comprends ça ? Maintenant, il faut que tu me dises ce que tu sais. Qui est la personne avec qui tu as parlé ?

— Mais qu'est-ce que j'en sais ! gémit Gatto. J'ai fait sa connaissance hier. Je ne sais même pas comment il s'appelle. On me l'a présenté sous le nom de Woodstock. C'est une sorte de détective, il m'aide juste à prouver mon innocence, parce que vous, bande de salopards, vous êtes déjà convaincus que c'est moi, et vous ne cherchez même pas le vrai coupable.

Puis il éclata en sanglots.

Chiesa resta sans voix. *Un détective privé ? Ce type ?* C'était bien la dernière chose à laquelle il s'attendait. Il se leva et sortit de la pièce en laissant Gatto assis, les mains sur son visage couvert de larmes et de bave.

Quelques minutes plus tard, un autre policier entra pour informer Gatto qu'il était libre de partir. Il fut visiblement horrifié quand Claudio redressa la tête et qu'il aperçut son visage couvert de sang. Il l'aida à se lever et l'accompagna dans les escaliers jusqu'à la sortie.

21

Les effets du joint ne s'étaient pas complètement dissipés et Woodstock avait encore du temps avant son rendez-vous avec Flavia. Il avait laissé Gatto au commissariat, convaincu qu'il ne pouvait rien lui arriver de mal. En apprenant que quelqu'un avait été arrêté à San Lorenzo, il avait eu la certitude immédiate que cela ne pouvait être que le pauvre Gatto. Il avait vingt minutes de retard quand il avait entendu les jeunes en parler au bar et il n'avait encore reçu aucun appel de Claudio. Étrange quand on savait son état de stress du fait de la situation. L'esprit déductif de Woodstock avait relié les deux informations quasiment à son insu. À partir de là, imaginer que les agents l'avaient emmené au commissariat était la conséquence logique. Bien sûr, il ne pouvait pas encore connaître la raison de cette nouvelle arrestation. Il craignait que le vice-questeur ait fait à la même découverte que lui concernant le nombre des victimes et qu'il redouble de zèle pour mettre quelqu'un derrière les barreaux. Mais au contraire, il avait poussé un soupir de soulagement en observant le comportement de Chiesa. Claudio avait été arrêté pour un motif futile et l'attitude du vice-questeur n'était pas celle d'un policier qui pense avoir capturé un serial killer. Le seul point noir de sa visite au commissariat avait été cet ultime échange avec Chiesa. Il n'aimait pas avoir affaire aux forces de l'ordre et encore moins devoir leur présenter sa pièce d'identité.

Dans tous les cas, ces derniers rebondissements l'avaient tranquillisé au moins sur la situation de son client. Il ne lui restait maintenant qu'à trouver le vrai coupable. *Un jeu d'enfant,* pensa-t-il, sarcastique. Une fois sorti du commissariat, il avait enfilé ses écouteurs, lancé une playlist de musiques italiennes qui s'étendaient de Lucio Battisti à Stefano Rosso et enfourché son vieux Scarabeo. Puisque la rencontre de l'après-midi avec Gatto ne s'était pas passée comme prévu, il résolut de précéder Flavia et de se rendre directement au bar où ils devaient se retrouver. Il avait sur lui la clé USB contenant les documents que Michele lui avait fournis et il décida de faire un saut chez lui pour récupérer son ordinateur portable. Il entra en catimini, il n'avait pas envie que sa mère l'interroge sur la nature de sa relation avec Flavia ou sur quoi que ce soit d'autre. Heureusement, Rita était en pleine sieste digestive à cette heure-ci. Sans bruit, Woodstock alla dans sa chambre, attrapa son ordinateur et le fourra dans son sac à dos, referma silencieusement la porte et partit comme s'il n'était jamais venu.

Un quart d'heure plus tard, il arrivait à Testaccio. Il regarda de loin le bar de Massimo, légèrement indécis sur la façon de procéder. S'il voulait travailler au maximum de son potentiel, une dose de rappel aurait été la bienvenue. Il s'assit sur un banc et commença à effriter l'herbe de sa réserve personnelle. Le haschisch que lui avait procuré Gatto n'était pas exceptionnel et il avait besoin d'un stimulant plus fort. Il fuma la moitié du joint et rangea le mégot éteint avec le reste, dans la poche de sa veste en laine. Il se dirigea vers sa table habituelle en terrasse et attendit que Massimo vienne prendre sa commande. Alors qu'il s'installait et posait son sac par terre, un détail attira son attention. Sur le pied de la table, deux lettres étaient dessinées : KV. L'inscription semblait étinceler aux yeux de Woodstock. La peinture était encore fraîche, d'une couleur rouge vif. Il était certain que cela avait été tracé récemment, il était assis ici la veille et ne l'avait pas remarqué. Woodstock, qui avait passé une partie de sa jeunesse en compagnie d'un groupe de graffeurs, reconnut l'outil utilisé. C'était un pinceau à grosse pointe, ses amis s'en servaient souvent pour les plus petits tags, là où les bombes aérosol auraient manqué de précision. Il regarda les deux lettres, presque en transe. Le V était orné de traits horizontaux en haut qui le faisaient plus ressembler à un chiffre romain qu'à une initiale.

— Allô la Terre, tu rêves ? s'impatienta Massimo, interrompant le flux de ses pensées. Alors, je t'apporte quoi ?

Woodstock réfléchit quelques secondes mais, distrait comme il était, il n'arrivait pas à nommer une seule boisson. Il regarda autour de lui, observant les bâtiments familiers de la place Giustiniani. Soudain, tout s'éclaira. Il se leva d'un bond, faisant tomber sa chaise. Massimo sursauta.

— Mais t'es devenu fou ?

Woodstock ne l'écoutait pas, il était déjà loin. Il avançait au pas de course vers le grand bâtiment de l'autre côté de la place. Ce ne pouvait pas être un hasard.. KV... Kurt Vonnegut... V, le chiffre 5 en lettres romaines... *Abattoir n° 5*... Son livre préféré. Aussi connu sous le nom de

La Croisade des enfants ! C'était un message et il avait compris où il devait se rendre.

L'ancien abattoir était un labyrinthe de ruelles et d'entrepôts désaffectés qui accueillait désormais l'université d'architecture, le conservatoire de musique et une partie des œuvres du MACRO, le musée d'art contemporain de la ville. Toutefois, de nombreux bâtiments demeuraient inutilisés. Woodstock s'enfonça entre les pavillons abandonnés, il savait déjà où il devait se diriger. Il remarqua, en approchant de sa destination, que certains des pavés semblaient plus récents que les autres. Il n'y prêta pas plus attention que cela, même s'il lui parut étrange que quelqu'un se soit donné la peine de les remplacer ou de les nettoyer. Il s'arrêta finalement au bout d'une des ruelles les plus à l'écart. L'énorme écriteau au-dessus de l'entrée ne laissait aucun doute : “PAVILLON V”. À l'intérieur, l'image spectrale des crochets accrochés au plafond lui faisait toujours froid dans le dos. D'ailleurs, alors qu'il ne pleuvait pas depuis des jours, l'un des crochets semblait goutter.

Ce n'est pas possible. Terrorisé, il suivit du regard le parcours du rail sur lequel les carcasses étaient transportées. À quelques mètres du crochet métallique, par terre, une petite tache sombre se distinguait à peine. Woodstock plissa les yeux pour s'habituer à l'obscurité de l'abattoir. Impossible de se tromper : il aperçut un tas de cheveux blonds souillés d'une auréole couleur vermeille. Il leva le regard vers le crochet dégoulinant, remarqua dessous une flaque visqueuse aux reflets bordeaux. Woodstock ne céda pas à la panique et se précipita vers son Scarabeo. Il ouvrit la selle, récupéra ses gants de moto qui moisissaient là depuis des mois, les enfila et revint sur ses pas en courant.

Précautionneusement, il enjamba le portail rouillé et se rua vers la masse allongée par terre. Aucun doute : c'était un petit corps, le visage couvert de mèches de cheveux, de longs cheveux de femme. Ou plutôt de fillette. Quand il fut près d'elle, Woodstock lui prit d'instinct le pouls en posant deux doigts sur sa carotide. Aucun battement, comme il pouvait s'y attendre. Woodstock s'accroupit et une grimace déforma son visage. Les larmes ne coulaient pas, mais il dut retenir des sanglots. Il s'efforça de rester lucide : il devait élaborer un plan. Par chance, son cerveau fonctionnait sur un tout autre niveau de conscience grâce à l'effet du THC. Il se félicita d'avoir pensé à enfiler des gants. Il ne devait pas laisser d'empreintes. Ni Chiesa ni les juges ne croiraient jamais que des initiales sur une table puissent l'avoir conduit à une scène de crime. *Parce qu'il s'agit bien de ça, pas vrai ? C'est lui…*

Woodstock ne pouvait être certain qu'il s'agissait de la même personne qui avait tué le gamin retrouvé rue des Equi. Mais il avait la sensation qu'en lisant la liste des déclarations de disparitions fournie par Michele, il trouverait le nom de la jeune fille blonde qui gisait maintenant sans vie dans le vieil abattoir de Testaccio. *Elle n'est pas là depuis longtemps,* raisonna-t-il. *Sinon, quelqu'un aurait déjà signalé le meurtre. Elle a été poignardée et il y a des signes d'étranglement. Elle était déjà morte quand il l'a suspendue au crochet. Mais son corps n'est pas en dessous, comment est-ce possible ? Il l'aurait déplacée… Non, ça n'a pas de sens. Peut-être qu'il a laissé le mécanisme en mouvement et qu'elle est tombée. Mais le rail d'abattoir ne bouge plus. Certes, les machines ont plus de cent ans, c'est probable qu'elles se soient endommagées. Je suis même plutôt surpris qu'il ait réussi à l'actionner. Mais pourquoi la pendre comme un animal ? Par pur sadisme ? Pour attirer l'attention. Il me laisse des messages, des défis. Comment connaissait-il mon livre préféré ? Est-ce qu'il veut être arrêté… ou veut-il juste se faire remarquer ?*

Woodstock retourna sur la place en essayant d'apparaître le plus calme possible. Il entra dans le bar et s'adressa à la serveuse :

— Marta, est-ce que tu sais s'il y a encore une cabine téléphonique dans le coin, par hasard ?

— Une cabine téléphonique ? répéta-t-elle, étonnée.

— Oui, tu sais, les vieilles avec un gros symbole de téléphone dessus.

— Oui, j'ai compris, je suis pas idiote. C'est juste que je pensais que plus personne ne les utilisait.

— Marta, il y en a une ou pas ? cria Woodstock, exaspéré.

— Hééé, calme-toi un peu. Je ne t'ai jamais vu aussi nerveux, ça va ? Je vais demander à Massimo.

Elle avait raison, évidemment. Il ne devait pas se montrer aussi agité, il devait se calmer. Il se rappela les exercices de méditation qu'il faisait avec Giorgia quand elle était enceinte. Il ferma les yeux et se concentra sur sa respiration. *J'inspire… J'expire… J'inspiiiire… J'expiiire.*

— Massimo dit qu'il y en avait une au campo Boario, avant Piramide, mais il ne sait pas si elle y est encore.

— Merci beaucoup, Marta.

— De rien, par contre tu m'expliqueras plus tard.

La dernière phrase resta suspendue dans les airs ; Woodstock était déjà parti. Il parcourut rapidement la route qui le séparait de la Pyramide de Cestius. Là, à l'angle, près du campo Testaccio, le premier stade historique de Rome, se tenait une vieille cabine téléphonique qui remontait au début des années 1990. Il inséra de la monnaie et composa le numéro des urgences.

— 118, j'écoute.

— Bonjour. Il y a un cadavre à l'ancien abattoir de Testaccio. Cinquième bâtiment. Vous devez immédiatement avertir le vice-questeur Chiesa.

— Un cadavre ? Attendez une seconde. Vous pourriez me laisser votre nom et un numéro de téléphone sur lequel vous joindre ?

Woodstock raccrocha. Il avait fait son devoir. Un combat intérieur faisait rage en lui. D'un côté, il espérait réussir à sauver les autres enfants disparus ; de l'autre, la découverte d'un deuxième cadavre lui fournissait de nouveaux indices pour arrêter celui qui se cachait derrière ces meurtres. *La personne que je cherche a un goût pour la mise en scène. C'est quelqu'un qui me connaît… il sait où je vais boire, que je travaille sur cette enquête, quels livres je lis. Il voulait que ce soit MOI qui voie cette scène horrible.* Pourquoi, il l'ignorait encore. Il prit son portable et appela Flavia pour changer leur lieu de rendez-vous. Chiesa arriverait d'un moment à l'autre à la tête d'un peloton de policiers, il ne pouvait pas se permettre d'être vu. Il se mit d'accord avec Flavia pour la rejoindre au Pigneto à dix-neuf heures. Il enfourcha son scooter et partit. *Bien, ils ont fait vite,* pensa-t-il en entendant les sirènes au loin qui se dirigeaient dans la direction opposée à la sienne.

Sa première impression du vice-questeur n'avait pas été particulièrement positive, mais il semblait tout de même être un homme de devoir, attaché à la loi. Puisque Gatto était a priori hors de danger, son unique but était maintenant de mettre un terme aux homicides et l'aide de Chiesa, avec toutes les ressources dont il disposait, serait forcément profitable. C'est pour cette raison qu'après avoir examiné lui-même la scène de crime, il avait décidé que la meilleure chose à faire était d'appeler la police.

Une fois arrivé rue du Pigneto, il gara son scooter et réalisa enfin ce qu'il s'était passé. Sa réaction à proximité du cadavre avait été de l'instinct pur. Il n'avait pas encore eu le temps de comprendre ce qui venait de se dérouler parce que la partie rationnelle de son cerveau avait pris le dessus et l'avait mené jusqu'ici. Woodstock ressentit les symptômes d'une attaque de panique, ses jambes se firent lourdes, il se sentit défaillir tandis que sa respiration devenait de plus en plus saccadée. Il n'était pas habitué à voir un cadavre et il espérait ne jamais le devenir. Quelqu'un le saisit par les épaules et le fit s'allonger dans l'angle de la rue. Sa vision se brouilla et, avec ses yeux voilés de larmes, il n'arrivait pas à distinguer les visages ni à voir combien de personnes se tenaient autour de lui. Il entendit quelqu'un appeler une ambulance, essaya inutilement de convaincre la foule informe que ce n'était pas nécessaire. Dans sa tête, les images des enfants morts continuaient à se superposer à d'autres souvenirs de son passé. Son frère le regardait déçu, en secouant la tête. Son père dans un lit d'hôpital lui murmurait quelque chose à l'oreille. Son corps tremblait encore. Quelques minutes plus tard, il entendit le son de la sirène qui s'approchait. Petit à petit, il retrouva le contrôle. Quand deux secouristes se penchèrent sur lui, il était presque calme et parvint même à articuler quelques mots. Il leur expliqua qu'il avait eu une crise de panique, qu'il ne fallait pas s'inquiéter et qu'il se sentait mieux maintenant. Malgré tout, ils insistèrent pour lui faire un bilan dans l'ambulance et procéder aux vérifications habituelles. Ils lui prirent sa tension, qui se révéla bien au-dessus de la normale. Woodstock reprenait toutefois des couleurs et, après qu'il eut bu une bouteille d'eau, les ambulanciers notèrent que ses constantes s'étaient stabilisées et acceptèrent de le laisser partir. Woodstock remercia les personnes qui s'étaient arrêtées pour l'aider et il descendit rue du Pigneto à pas lent, en titubant légèrement.

Ce n'était pas la première fois qu'il était sujet à une crise d'angoisse. Il remercia le ciel qu'elle n'ait pas eu lieu quelques secondes plus tôt, quand il était encore sur son scooter. Cela lui était arrivé la première fois alors qu'il venait de s'inscrire à l'université et pendant de longs mois, les attaques de panique s'étaient enchaînées à intervalles plus ou moins réguliers. Il s'était finalement résolu à demander de l'aide à un thérapeute. En creusant dans son passé, ils avaient fait émerger des traumatismes qu'il avait réussi à occulter pendant son adolescence. Il s'en souvenait bien, ces épisodes étaient gravés dans sa mémoire. Il n'y pensait simplement pas, les chassait dans les profondeurs de sa psyché. Après avoir décidé de les affronter en thérapie, les attaques de panique avaient disparu aussi vite qu'elles étaient arrivées. Il en avait eu une autre, quelques années plus tard, au moment de sa séparation avec Giorgia, mais c'était un cas isolé. L'épisode d'aujourd'hui était lié à l'enquête, cela ne faisait aucun doute. Il essaya de chasser ces pensées pour le moment et s'assit au bar où il avait discuté avec Flavia la nuit précédente. Elle ne le rejoindrait que dans une heure, après le travail. Il commanda un verre de cordial pour se calmer les nerfs, puis un verre de vin rouge. Il sortit son ordinateur de son sac et se mit au travail.

22

11 JUILLET 1998

Ce samedi-là, une excursion dans les bois était prévue. La troupe devait passer la nuit dehors, dans des tentes. Les cuisinières du refuge s'étaient affairées toute la matinée pour préparer les paniers-repas pour plus de cent enfants et les accompagnateurs avaient, selon la rumeur qui s'était propagée dans tout le groupe, fait le plein de marshmallows à griller sur le feu de camp, comme dans les films américains. Il y avait de l'excitation dans l'air. Adriano, en outre, était particulièrement heureux à l'idée de pouvoir passer la nuit près de Martina, peut-être même qu'il réussirait à la convaincre de partager sa tente.

À neuf heures, après un copieux petit déjeuner, ils se rassemblèrent à l'entrée principale du camp. Adriano regarda autour de lui. Tommaso n'était pas là. À bien y réfléchir, il ne l'avait pas vu non plus au petit déjeuner. Alors que Giovanni vérifiait le parcours avec les autres accompagnateurs, Emanuele et Lucia comptèrent les enfants. Il en manquait un. Dans les rangs, les murmures enflèrent, on accusa évidemment Tommaso qui faisait toujours des siennes. Giovanni les fit taire et partit à la recherche de la brebis égarée. Il réapparut vingt minutes plus tard, une main sur l'épaule de Tommaso. Le jeune homme avait les yeux rouges et avançait, méfiant, vers les autres adolescents. Un des garçons du groupe de Salerne le montra du doigt. "Une demi-heure qu'on attend cet idiot", dit-il à voix haute.

Un chœur de rires lui répondit.

Adriano comprit que c'était le moment d'en finir.

— Ça suffit, maintenant, gronda-t-il en se plaçant devant le garçon de Salerne. Laissez-le tranquille.

— Tu fais quoi, tu le défends, maintenant, ce gros débile ?

Adriano le poussa violemment et le gamin tomba par terre, emporté par le poids du sac et de la tente. Il mit un moment à se relever, le temps nécessaire à Giovanni et à l'accompagnateur du groupe venu de Salerne pour rétablir le calme. Pendant la confrontation, Tommaso était resté silencieux, caché derrière la silhouette protectrice de Giovanni, et même par la suite, il n'avait pas adressé un mot à son ami. Cela convenait très bien à Adriano. Il avait fait le premier pas vers la paix. Désormais, tout le monde savait qu'il avait défendu Tommaso et que s'ils voulaient s'en prendre de nouveau au jeune homme, ils devraient en découdre avec lui.

Pour le déjeuner, les campeurs firent une pause dans une clairière verdoyante. Ils occupèrent toute la prairie, se divisant en petits groupes. Adriano remarqua que, à présent, toute la bande de Salerne le regardait du coin de l'œil. Giulio s'était lui aussi trouvé une petite amie, une joueuse de volley, une copine de Martina, et il s'était assis au milieu des filles. Tommaso était resté comme toujours collé à Giovanni. Giulio et Martina invitèrent Adriano à venir les rejoindre à l'endroit qu'ils avaient trouvé, à l'ombre d'un chêne. Adriano les regarda et leur fit signe d'attendre d'un geste de la main. Il prit une grande inspiration et s'approcha du groupe des accompagnateurs. Il ignora les salutations des adultes et s'adressa à son ami :

— Tommi, pourquoi tu viens pas manger avec nous ?

Tommaso se tourna vers Giovanni avec un regard étrange, comme s'il lui demandait la permission. L'accompagnateur l'ignora et continua sa conversation avec Emanuele et Lucia. Timidement, Tommaso se leva et suivit Adriano. Au début, il resta un peu à l'écart, encore incertain sur le comportement à adopter avec ses pairs, puis, petit à petit, il se détendit et, finalement, il rit et plaisanta avec les autres. Il s'assombrit juste un instant durant le repas et Adriano remarqua que Giovanni les observait, curieux. Il croisa son regard et l'accompagnateur lui sourit et leva le pouce, comme pour le féliciter.

Vers quinze heures, la troupe se remit en marche. Adriano resta volontairement à l'arrière et attendit que Tommaso range minutieusement ses affaires dans son sac. C'était l'occasion parfaite pour s'expliquer.

— Tommi, je voulais te demander pardon pour les derniers jours. J'ai été un vrai connard… En même temps, tu m'as presque cassé le nez.

— Je voulais pas. Je sais pas ce qui m'a pris.

— C'est pas grave. Ça arrive au foot, non ?

Tommaso acquiesça et Adriano sourit. Il lui donna une accolade et ils trottinèrent pour rejoindre les autres.

Après une longue marche, ils parvinrent à destination. Le soleil commençait à se coucher. Un paysage magnifique s'étendait sous leurs yeux, au milieu du parc naturel du Gran Sasso. La cime de la montagne se détachait, imposante, au-dessus d'eux et la forêt dense tout autour frémissait de chants d'oiseaux et d'autres créatures mystérieuses. Alors qu'ils montaient les tentes, ils entendirent même le hurlement d'un loup. Les filles poussèrent des cris, effrayées, et les garçons rirent pour cacher le fait qu'ils étaient aussi terrifiés qu'elles, voire plus. Les accompagnateurs faisaient le tour du campement, pour s'assurer que tout le monde ait réussi à monter sa canadienne. Giovanni s'arrêta un long moment pour aider Tommaso, en difficulté avec ses piquets. Une fois la nuit tombée, l'accompagnateur de Florence alluma un grand feu avec l'aide des garçons et ils s'assirent tous autour pour le dîner. Un boucher d'un village voisin leur avait apporté quatre glacières débordantes de saucisses et de brochettes qu'ils grillèrent sur le feu. À la fin du repas arriva le moment des marshmallows. Adriano en fit fondre un dans les flammes, accroché à un long bâton qui avait servi auparavant pour les brochettes. Il mordit dedans à pleines dents et sentit une explosion de sucre inonder sa bouche. Il était en extase. Les jeunes gens finirent la soirée en observant les étoiles. Enfin, Adriano put s'approcher de Martina. Alors qu'ils étaient étendus l'un contre l'autre, il essaya timidement d'allonger sa main et, à sa grande surprise, elle ne se déroba pas. Ils restèrent ainsi jusqu'à la nuit tombée. Il ne savait pas quelle heure il était quand les accompagnateurs éteignirent le feu et les envoyèrent se coucher, mais il ne devait pas être loin de minuit.

23

CHIESA étudia avec intérêt le dossier sur Adriano Scala, quelques feuilles agrafées ensemble. Elles ne contenaient que des généralités : son état civil, une photo où il apparaissait bien plus jeune que lors de leur rencontre et une déposition qui remontait à dix ans pour possession de stupéfiants. Globalement rien de très excitant. Chiesa en fut visiblement déçu, il ne savait pas pourquoi, mais il s'attendait plutôt à un dossier long comme le bras. Il reposa les documents et resta pensif, les sourcils froncés. Il fut alors envahi d'une fatigue inattendue, comme si, soudain, le surmenage des derniers jours l'assaillait. Il passa une main sur son front et se frotta un œil avec la paume. Il regarda sa montre. 17 h 45. Il pouvait peut-être rentrer chez lui, un brin de sommeil lui aurait fait du bien. Son portable vibra.

— Allô ? répondit-il, agacé.

— Monsieur, c'est Liberati de l'accueil. On vient de me téléphoner à propos d'un signalement anonyme. Vous avez été spécifiquement nommé.

— Un appel anonyme ?

Chiesa était surpris : en général les signalements anonymes étaient ignorés ou, au mieux, assignés à une patrouille mobile.

— Oui, vice-questeur. Ils ont trouvé un cadavre, à Testaccio, à l'ancien abattoir. Une patrouille a déjà vérifié… C'est un autre enfant, monsieur.

Chiesa raccrocha et dévala les marches. Il faillit percuter Iafrate qui montait lentement les escaliers, les yeux rivés sur son téléphone.

— Vice-questeur, vous courez où comme ça ?

— Me fais pas chier, Iafrate, lui hurla-t-il sans ralentir le pas. (Puis en y repensant :) Allez, viens avec moi, vite.

Iafrate se précipita à la suite du vice-questeur. Les deux hommes montèrent dans une voiture disponible, Chiesa au volant.

— Monsieur, il se passe quoi ? On va où ?

— Appelle la police scientifique, Iafrate. Je les veux tout de suite à l'ancien abattoir de Testaccio. Maintenant.

Iafrate obéit. Après ce coup de téléphone, le reste du trajet se déroula en silence. Chiesa gardait les yeux fixés sur la route, penché sur le volant, le pied enfoncé sur l'accélérateur et la sirène à plein volume. En moins de dix minutes, ils arrivèrent à Testaccio. Une autre équipe les attendait. Le vice-questeur déclina son identité aux deux agents de patrouille et commença à donner des ordres.

— Toi, dit-il en pointant le doigt sur celui qui semblait le plus vif, tu restes ici et tu surveilles l'arrivée de la police scientifique. En attendant, tu sécurises l'entrée.

Il s'adressa ensuite à l'autre, un jeune homme aux cheveux roux, qui ne devait pas avoir plus de vingt-cinq ans.

— Toi, montre-nous le chemin.

Le policier se mit au garde-à-vous et précéda son supérieur en prenant la tête du groupe. *Il doit tout juste avoir terminé sa formation*, pensa Chiesa en levant les yeux au ciel.

Il remarqua que le jeune policier avait le visage bien trop pâle pour que ce soit naturel, même si sa peau devait être habituellement très claire. Il commençait même à prendre une teinte verdâtre.

— C'est la première fois que tu vois un cadavre, n'est-ce pas ? (Il avait pris un ton paternel. Son subalterne opina du chef.) Tu t'appelles comment ?

— Torta, monsieur. Giovanni Torta.

— C'est normal, Torta. Se sentir mal devant un enfant assassiné est un signe d'humanité.

Torta acquiesça, embarrassé, mais visiblement soulagé par ces mots.

Le trio avança en silence dans le vieil abattoir. Le soleil était encore haut dans le ciel. Toutefois, la pièce était plongée dans la pénombre et Torta dut allumer la lampe qu'il portait à la ceinture pour indiquer la position du petit corps sans vie. Il confia la torche au vice-questeur et, la tête basse, se mit de garde à la porte.

Chiesa et Iafrate s'approchèrent et le premier détail que remarqua le vice-questeur fut la tache rouge à la base de la nuque. Il leva les yeux, vit les crochets suspendus au plafond. Il relia d'emblée les deux informations et un sentiment nouveau s'empara de lui. Il ne savait pas exactement comment le décrire. La haine, le dégoût et la peur avaient fusionné, formant un mélange nauséabond. S'il voulait auparavant capturer le responsable à tout prix, cela devenait maintenant une affaire personnelle.

— Il y a des signes d'étranglement, annonça Iafrate en déplaçant les cheveux du cou de la victime.

Chiesa s'accroupit pour l'examiner.

— Heureusement qu'elle était déjà morte quand ce bâtard l'a accrochée là-haut.

Le vice-questeur avait parlé plus pour lui-même que pour son collègue. Ce dernier regarda en l'air. Il n'avait pas remarqué les crochets auparavant et resta un moment choqué, la bouche ouverte, la tête tournée vers le plafond.

Chiesa se releva et commença à déambuler dans la pièce. Il trouva rapidement la flaque de sang qui s'était formée sur le sol. *Le voilà,* pensa-t-il en contemplant le vieux crochet de métal rouillé qui pendait, menaçant, au-dessus de lui. *Environ trois mètres,* calcula-t-il.

— Iafrate, écoute-moi attentivement. On va laisser la place à la police scientifique. En attendant, toi et moi, on fait la tournée de tous les bars, restaurants, discothèques et magasins de Testaccio. On interroge tout le monde, des serveurs aux propriétaires. J'en doute, mais quelqu'un pourrait avoir remarqué quelque chose de bizarre. C'est clair ?

— Très clair, monsieur.

Alors qu'ils revenaient sur leurs pas, les deux hommes furent alpagués par l'agent que Chiesa avait laissé à l'entrée.

Le policier, légèrement en surpoids, courait vers eux en haletant.

— Monsieur, la police scientifique est arrivée, ahana-t-il.

Chiesa le suivit jusqu'à la sortie des pavillons. Une femme d'âge moyen l'attendait, petite, des cheveux blonds au carré, quelques mèches grises ici et là. Derrière elle, trois autres policiers se distribuaient gants et masques. La femme se présenta, elle s'appelait Giovanna Bottai. Chiesa lui serra la main et lui demanda de l'appeler dès que les premières analyses seraient terminées. Après quoi, Iafrate et lui s'éloignèrent vers la rue Galvani, qui, depuis la rue Marmorata, s'enfonce dans le quartier de Testaccio. Chiesa la choisit comme ligne de démarcation. Il ordonna à Iafrate de s'occuper de la zone à droite de la rue, en commençant par le restaurant sur la place et en poursuivant par le bar avec les tables en terrasse avant de s'aventurer dans les discothèques. Le vice-questeur s'était réservé la zone à gauche, moins fréquentée, plus populaire. C'était là que résidait le cœur vibrant du quartier et c'était là que Chiesa espérait trouver des réponses, parmi les gens assis sur les bancs de la place Testaccio.

24

GATTO s'éloigna du commissariat de San Giovanni et se dirigea à pied vers l'hôpital, non loin de là. Il marchait doucement, mais gardait la tête haute. Il se fichait que les passants soient horrifiés par son visage massacré. Il avançait comme un fantôme, sans penser à rien en particulier. Il était en état de choc. Tout était terminé, du moins en apparence. Il avait vécu les jours les plus noirs d'une vie qui sombrait, lentement et inexorablement, dans le vide absolu du précipice. Bien sûr, peut-être que Chiesa ne le soupçonnait plus, maintenant. Mais à quel prix ? Ce qu'il avait vécu ne lui permettait pas de s'en réjouir. Il se sentait violé, trahi et ressentait soudain un profond abattement. Il était fatigué d'être un esclave, fatigué d'être un rebut, fatigué d'être un raté.

Avec des gestes mécaniques, il remplit le formulaire qu'une infirmière lui remit à l'entrée aux urgences. Il perçut son regard suspicieux, mais il n'en avait cure. Il voulait juste retourner chez lui et dormir. Enfin, quand il fut ausculté, un médecin eut la délicatesse de lui demander la cause de ces blessures. Gatto haussa les épaules, découragé. Le docteur dut s'imaginer qu'il s'agissait d'un sans-abri qui avait fini dans une rixe pour des restes de nourriture ou une bouteille de whisky, car il se contenta de soupirer et de secouer la tête. Puis il le recousit sans poser d'autres questions. Six points de suture sur le front, quatre sur la lèvre supérieure et une minerve pour éviter de possibles fractures au cou. Incroyable, mais vrai, son nez n'était pas cassé.

— Il faudra revenir pour une visite de contrôle dans une semaine, d'accord ?

Gatto acquiesça sans le regarder. C'était comme s'il n'était déjà plus là.

Le docteur le fixa pour vérifier qu'il avait vraiment compris.

— Je vous fais aussi une ordonnance pour des antidouleur. Écoutez-moi, il faudra les prendre. Ce ne sera pas facile de vous reposer dans votre état, dit-il en lui tendant une feuille.

Gatto opina de nouveau et se leva en grimaçant de douleur. Il remercia le médecin et sortit de l'hôpital. Le soleil avait déjà disparu derrière les toits quand les portes automatiques des urgences s'ouvrirent devant lui. Il ne faisait pas nuit, mais la lumière était bien plus faible que lorsqu'il était arrivé deux heures et demie plus tôt. Il alluma une cigarette et se dirigea tristement vers la porte Maggiore. Sur la route, il s'arrêta dans une pharmacie et acheta l'antidouleur griffonné sur l'ordonnance. Il fit un autre arrêt avant de rentrer chez lui, dans un petit magasin d'alimentation où il acheta une bouteille de whisky premier prix et une conserve de pâté pour chats. Bœuf et porc.

Une fois dans son appartement, il prépara avec soin le dîner d'Ella qui se frottait contre ses jambes, en demande de caresses, puis s'assit à la table de la cuisine, près de la fenêtre. Il ouvrit la boîte de médicaments et avala deux cachets.

Il dévissa le bouchon de la bouteille de whisky et se versa une dose généreuse. Sans même l'apprécier, il en but trois gorgées et remplit à nouveau son verre. Le regard perdu sur les toits des bâtiments en face. Au troisième verre, il se leva et récupéra son ordinateur en titubant légèrement. Il l'alluma et ouvrit un dossier intitulé “1991-1992”. La présentation des nouveaux élèves du conservatoire de Sainte-Cécile. Il s'observa lui-même, fasciné, trente ans plus jeune, exécuter *La campanella* de Liszt et l'œuvre n° 23 des *10 préludes* de Rachmaninov. Il fit quelques erreurs, davantage dues au manque d'expérience qu'au stress. Mais rien qu'une oreille profane ne puisse remarquer. Lui nota chaque hésitation et imperfection qu'il assuma avec un sourire de nostalgie. Il admirait cet homme au visage glabre, à la chevelure noire encore épaisse, perdu dans les mélodies qu'il jouait. Il ne pensait à rien, il profitait de l'instant et cela lui suffisait.

Il s'endormit sur la chaise de la cuisine, un fond de liquide ambré encore dans son verre et avec une idée fixe qui tournoyait dans des pensées toujours plus confuses.

25

L'ÉTUDE des documents ne se révéla pas aussi fructueuse que l'avait espéré Woodstock. Des jeunes disparaissaient constamment des orphelinats. Il y avait près d'une centaine de dépositions recensées par Michele, et qui sait combien de disparitions n'avaient jamais été déclarées. En général, les fugueurs réapparaissaient en quelques jours et dans ce cas Michele avait pris soin de les estampiller FAKE. Environ une vingtaine des mineurs disparus ces trois dernières années, en revanche, n'avaient pas été retrouvés. Woodstock se concentra sur ceux-là. Il passa au crible toutes les informations recueillies par les forces de l'ordre pour chacun des cas. Il mit de côté les enfants dont l'âge ne correspondait pas à celui des deux victimes. Il s'agissait presque exclusivement d'adolescents de seize ou dix-sept ans, aux airs de voyous. À un moment, il reconnut la fillette blonde qu'il avait découverte sur le ciment froid de l'ancien abattoir. Il fixa un instant l'écran, la gorge serrée et baissa les yeux sur le clavier avant de les relever pour lire le nom à côté de la photo. Elena Constantinescu avait treize ans. Woodstock n'eut pas besoin de grands pouvoirs de déduction pour établir qu'elle était d'origine roumaine. D'après ce que disait le dossier, Elena était arrivée en Italie à quatre ans avec sa mère. Les deux femmes vivaient dans la périphérie nord de Rome. La fillette avait été confiée aux religieuses après l'arrestation de sa mère pour maltraitance sur mineur. On trouvait ensuite, la brève déclaration retranscrite de la mère supérieure qui s'était présentée pour signaler sa disparition.

> Elena est une enfant très timide, elle n'a pas lié d'amitiés solides dans l'orphelinat. Mais elle a toujours été tranquille, un amour de jeune fille, croyez-moi. Très dévouée. Quand elle n'étudiait pas, je la trouvais en train de prier dans le presbytère ou de lire pour son plaisir. Elle parle aussi très bien italien, vous savez ? On ne pouvait pas soupçonner qu'elle était roumaine en l'entendant parler. Pas non plus romaine, mais italienne, oui, voilà. Je ne me souviens pas avoir remarqué un changement dernièrement, elle souriait peut-être davantage. Mais juste un tout petit peu plus. Je peux y aller ?

Cette description, aussi brève fût-elle, resta gravée dans la mémoire de Woodstock. Une image commençait à émerger. Il la rangea dans un compartiment de son cerveau et continua à éplucher les fichiers. Après un premier tri, il ne retint que cinq dépositions possibles dont les données correspondaient. L'une d'elles était classée comme non résolue, mais il apparaissait clairement que l'enfant s'était échappé pour rejoindre son frère aîné à qui on avait refusé la garde. Une autre était celle d'Elena. Il en restait trois. Sebastiano, onze ans. *Certainement le gamin de la rue des Equi,* devina Woodstock. Andrea, treize ans. Et Giosuè, neuf ans.

Truffaut avait parlé de quatre enfants. Pour deux d'entre eux, il n'y avait plus grand-chose à faire, mais les deux autres étaient peut-être encore en vie. Woodstock s'attarda sur cette pensée en finissant son verre de Morellino di Scansano. Il ressentit brusquement le poids des responsabilités qui lui incombaient : deux jeunes vies dépendaient en partie de ses actes. Cette réflexion l'atterra durant quelques secondes.

Après une courte pause, il se concentra de nouveau sur les documents et parcourut les déclarations des autres sœurs sur la disparition des enfants. Le schéma était clair. Les trois garçons avaient eux aussi été victimes d'abus dans leur enfance. Ils étaient décrits comme des gamins tranquilles, un peu isolés et très croyants. Disparus du jour au lendemain des foyers qui les accueillaient.

Woodstock n'avait passé que quelques examens de psychologie à l'université, mais une vision nette commençait à prendre forme dans sa tête. La personne qu'il cherchait était un homme. *Il faut une certaine force pour pendre un corps à un crochet de boucher.* Il avait libre accès aux structures religieuses. *Faites que ce ne soit pas encore un prêtre.* Ses victimes étaient des enfants introvertis ayant subi des violences. *Il gagne leur confiance, puis les kidnappe.* Son but, comme beaucoup d'autres détails, n'était pas encore clair. *Pourquoi laisse-t-il les cadavres dans des lieux aussi fréquentés ? Veut-il être arrêté ou nous lance-t-il un défi ?* Ces questions s'empilaient dans sa tête quand Flavia le rejoignit. Elle l'embrassa sur la joue et s'assit face à lui. Woodstock ferma l'ordinateur et la regarda en souriant. Même s'ils ne s'étaient pas vus depuis des années, Flavia le connaissait trop bien pour ne pas se laisser berner par cette expression de sérénité crispée.

— Parle-moi de cette affaire, allez. Tout le reste peut attendre.

Comme si je n'avais pas assez attendu.

— OK, mais tu vas avoir besoin d'un verre.

— Pour moi ou pour toi ?

Woodstock sourit, avec sincérité cette fois, et commanda deux gin-tonics. Il attendit que la serveuse revienne avec les boissons avant de lui narrer ses dernières aventures. Il remarqua l'effroi grandissant de Flavia au fur et à mesure de son récit. Elle se couvrit la bouche et serra fort sa main quand arriva le moment de la découverte du cadavre d'Elena. Une fois l'histoire terminée, elle se leva, le prit dans ses bras et l'embrassa passionnément.

— Viens, lui dit-elle seulement.

Woodstock laissa vingt euros sur la table et la suivit. Sans prononcer un mot, ils allèrent chez elle en se tenant par la main. Ils firent l'amour comme jamais auparavant dans leur vie. Un rapport intense, enflammé. Rien d'autre ne comptait à ce moment-là.

Woodstock était haletant et en sueur. Physiquement exténué, mais avec un esprit plus lucide que jamais. Il se demanda si Flavia ne l'avait pas fait exprès. En le voyant aussi fatigué et inquiet pour son enquête, elle avait pu vouloir lui remonter le moral en détournant son attention sur autre chose. Ce fut à cet instant qu'il tomba amoureux.

Flavia lui tendit une cigarette, s'en alluma une autre pour elle.

— Qu'est-ce que tu as l'intention de faire ? lui demanda-t-elle après une première bouffée.

— Je ne sais pas. C'est pas que je n'y ai pas réfléchi, hein. Mais je ne sais pas. Je veux dire, je vis encore chez ma mère, j'ai une fille. Je ne veux pas te mettre dans une situation compliquée. Hier, c'était agréable et aujourd'hui…

aujourd'hui, c'était extraordinaire. Tout m'a semblé tellement naturel, mais aussi un peu bizarre, non? Enfin, on est amis depuis tellement longtemps. Et moi, après Giorgia, je n'ai pas eu de relation digne de ce nom. Je ne sais pas. Tu en penses quoi, toi?

Flavia souriait tendrement.

— Je te parlais de ton enquête. Qu'est-ce que tu comptes faire pour ton enquête?

— Oh.

Woodstock rougit puis tous deux éclatèrent de rire comme des enfants.

— Eh bien, concernant l'enquête..., reprit le détective en s'éclaircissant la voix. La seule chose qui me vient en tête est de chercher une personne qui puisse entrer et sortir facilement des orphelinats. Mais il y en a certainement des milliers. Tout le clergé, déjà.

Flavia se leva et commença à farfouiller dans le deuxième tiroir de son armoire. Caché dans ses sous-vêtements se trouvait un sachet transparent avec un fond de poudre rose.

— Il m'en reste un peu de ma dernière fête. Elle doit avoir deux mois, mais je pense qu'elle est encore bonne. Ça pourra t'aider, je crois. (Woodstock prit le sachet d'ecstasy et l'examina attentivement.) Je n'ai aucune enquête à mener, mais demain c'est mon jour de repos.

Flavia glissa une main sous les draps. À son contact, Woodstock lança théâtralement le sachet sur la table de nuit et se jeta sur elle. Ils rirent de nouveau.

Vingt minutes plus tard, Woodstock regardait le petit réveil sur la table de nuit, derrière le corps nu de Flavia qui avait posé la tête sur son torse. Il était déjà vingt et une heures. Il se leva délicatement et commença à se rhabiller.

— Flavia, ça te dérange si je rentre dormir chez moi ? Ma mère me pose déjà assez de questions comme ça.

Elle acquiesça, les yeux encore clos.

Woodstock récupéra le sachet, le rangea dans la poche arrière de son jean, puis se pencha pour l'embrasser, enfila sa veste en laine et partit.

26

Les investigations de Chiesa n'avaient pas mené au résultat escompté. Il avait parlé avec des vieilles femmes, des clochards, des enfants, des commerçants. Ils n'avaient rien remarqué de particulier ces derniers jours. Morose, il décida de vérifier si Iafrate avait eu plus de chance. Il le trouva déjà sur la place, en train de fumer une cigarette, appuyé contre la portière de la voiture.

— Rien ? demanda le vice-questeur.

— Rien, monsieur. Le néant absolu.

Chiesa embrassa du regard l'espace autour de lui pour voir si un détail lui avait échappé, puis dans un geste de découragement, il fit signe à Iafrate de monter en voiture.

Le véhicule était coincé dans le trafic de la rue Cilicia. Chiesa fixait la longue file de voitures devant eux en soupirant chaque fois que le feu de signalisation au bout de la rue passait au rouge. La radio grésillait de temps à autre.

Cela faisait deux ans qu'il travaillait avec lui, mais Iafrate n'avait jamais réussi à établir avec Chiesa une relation autre que celle, professionnelle, avec un supérieur. D'ailleurs, il ne connaissait personne qui ait réussi à le faire. Il avait eu l'occasion de s'apercevoir que Chiesa et le questeur s'entendaient très bien. Mais dans ce cas non plus, il n'y avait rien de plus qu'une relation maître-élève. Au travail, le vice-questeur restait toujours distant et formel, abstraction faite de ses colères contre ses subordonnés. Il était évident qu'il se croyait entouré d'imbéciles. Iafrate se réjouissait du fait que, malgré tout, Chiesa le considérait comme le moindre mal dans ce troupeau d'idiots. Il n'aurait jamais osé affirmer que le vice-questeur le respectait ou même qu'il l'estimait, mais s'il y avait une mission importante à accomplir, c'est à lui qu'il l'aurait confié plutôt qu'à un quelconque Montaldo. De temps en temps, il essayait d'aborder des sujets plus personnels, mais le résultat demeurait toujours bien maigre. À présent, alors qu'ils étaient bloqués dans les bouchons en silence, il ne put résister et se risqua à une nouvelle tentative.

— Comment vont vos enfants, monsieur ?

Chiesa lui jeta un regard noir avant de hausser un sourcil et de s'adoucir légèrement.

— Eh bien, ça va. Ils sont toujours collés à un écran.

— Oui, quand on était petits, il y avait encore de la place pour l'imagination. Dites-vous que moi, je regardais les résumés des matchs le dimanche et que je passais le reste de la semaine à rejouer les buts dans le jardin avec mon frère. (Chiesa lui accorda un sourire nostalgique.) Aujourd'hui, avec tous les jeux vidéo qui existent… et les ordinateurs, et Internet, et les téléphones. Mais il y a peut-être encore un espoir. Imaginez-vous que dans l'un des bars sur la place, là-bas, ils m'ont raconté qu'un client leur avait demandé où trouver une cabine téléphonique. Vous y croyez, vous ? Qui utilise encore une cabine téléphonique de nos jours ? Monsieur ?

Chiesa resta muet, les yeux fermés et la mâchoire serrée.

— .... idiot!

— Qu'est-ce qu'il y a, monsieur?

— Espèce d'idiot! Tu es le roi des cons, Iafrate. Merde, deux enfants sont morts, réveille-toi, bon sang. Conduis-moi tout de suite à ce bar. Gros débile.

Mortifié, Iafrate alluma la sirène et appuya sur l'accélérateur.

Alors qu'ils filaient sur la voie opposée, presque libre, de nouveau en direction de Testaccio, le vice-questeur scruta en bouillonnant l'heure affichée sur le tableau de bord. Il était vingt heures passées.

— Toi, Iafrate, prie pour que le bar soit encore ouvert, le réprimanda Chiesa.

Ils arrivèrent juste à temps: la serveuse préparait la fermeture du soir.

Quand Chiesa entra dans le bar, la femme leva les yeux sur lui un instant, agacée, et reprit ses comptes.

— Vous êtes déjà passés, je vous signale.

— Je sais, madame, répondit le vice-questeur en lançant un regard noir à Iafrate, immobile sur le seuil. Je voulais vous poser quelques questions complémentaires sur votre déclaration.

La femme arrêta ses comptes et ferma la caisse, irritée. Elle posa les mains sur le comptoir et, d'un signe de tête, exhorta Chiesa à poursuivre.

— On m'a dit qu'aujourd'hui, un client vous avait demandé où trouver une cabine téléphonique. C'est exact?

— Tout à fait. Woodstock, approuva la serveuse.

Adriano Scala. Le cœur du vice-questeur se mit à battre plus fort. Il avait enfin trouvé un indice. *Comment a-t-il réussi à découvrir le deuxième cadavre avant nous ? Pourquoi a-t-il fait ce signalement ? Il a même mentionné mon nom...*

— Merci beaucoup.

— Quoi ? C'est tout ?

Sans un mot, le vice-questeur sortit du bar et s'installa dans la voiture. Il était temps d'aller au bout de cette affaire. Il regarda sur son téléphone les photos du dossier de Scala. La dernière adresse déclarée était le 57, rue Verbania. Ça ne lui disait rien. Il jeta un œil à la carte pour savoir dans quelle zone cela se trouvait puis il ordonna à Iafrate de le ramener au commissariat.

Une fois arrivé, il congédia son subordonné et se mit au volant. La nuit tombait. Malgré les températures estivales, Rome était encore pleine de touristes et elle le resterait jusqu'à la fin du mois d'août, comme chaque année. Entre les embouteillages et les feux, il mit un quart d'heure à atteindre sa destination. Il se gara sur les places réservées aux deux-roues et descendit. Le numéro 57 était légèrement plus loin. Il regarda les noms inscrits sur les étiquettes de l'interphone jusqu'à trouver celui qu'il cherchait : "Scala-Valenti". Il sonna, attendit une trentaine de secondes, sonna de nouveau. Enfin, une voix répondit.

— C'est qui ?

Une voix de femme. Elle semblait âgée.

— Bonjour, madame. Je cherche Adriano.

— C'est qui ? demanda encore la voix à l'interphone.

— Madame, je cherche Adriano, répéta le vice-questeur en articulant bien chaque mot.

— Oui, ça, j'ai bien compris, mais j'te demande qui tu es.

— Je suis un ami, madame, répondit Chiesa avec un certain agacement.

— Lequel ? Je connais tous les amis de mon fils.

Le policier fut étonné. La femme avait du répondant, elle ne le laisserait pas monter sans une raison valable.

— Madame, je suis de la police. Votre fils travaille sur une affaire très très sérieuse sur laquelle j'enquête moi aussi. Il ne craint rien, je veux juste lui parler.

Après un instant de silence, la porte s'ouvrit.

— Deuxième étage.

Le vice-questeur monta lentement les escaliers. Il trouva la porte entrouverte, frappa quand même, pour la forme, puis entra.

— Ça fait des années que je le lui répète. *Laisse tomber… arrête de jouer… il y a la police, laisse-la travailler.* Mais rien à faire… Il me dit qu'il a des pouvoirs.

La voix venait de la cuisine et semblait se déplacer d'un bout à l'autre de la pièce. Chiesa se présenta.

— Madame, où est votre fils ?

Rita se retourna brusquement. Elle étudia le vice-questeur.

— Vous êtes plus grand que ce que je pensais. Vous avez la voix d'un homme de petite taille, vous le savez ? (Elle retira une manique et serra la main de Chiesa.) Adriano ne devrait pas tarder. Vous voulez manger quelque chose ?

27

WOODSTOCK inséra la clé dans la serrure de la porte d'entrée et se rendit tout de suite compte que quelque chose clochait. Un silence trop parfait. Aucun cri de la part de Rita, aucun bruit provenant de la télé. Juste quelques vagues cliquetis de couverts dans la cuisine.

— Maman ? appela-t-il, inquiet.

Un mélange de colère et de surprise s'empara de lui quand il entra dans la cuisine et découvrit la scène qui se jouait sous ses yeux. Le vice-questeur Giacomo Chiesa était assis à table, chez lui, et dévorait un plat de fusilli à la sauce tomate ; sa mère, elle, fumait sur le balcon.

Le policier le regarda, la fourchette à mi-chemin entre l'assiette et sa bouche. La main de Woodstock se dirigea instinctivement vers la poche arrière de son pantalon, où il avait rangé l'ecstasy de Flavia. Un réflexe automatique. Chiesa s'en rendit compte immédiatement. Déformation professionnelle. Il sourit à peine et enfourna la bouchée qui l'attendait. Il n'était pas là pour ça.

— Qu'est-ce que vous foutez ici ? demanda finalement Woodstock en retirant son sac à dos et sa veste, les laissant tomber par terre.

— Calmez-vous, Scala.

Rita revint dans la pièce.

— Je me calmerai quand vous m'aurez expliqué ce que vous foutez ici (Puis, s'adressant à sa mère :) Maman, pourquoi tu fais entrer la police à la maison ? Tu as bu ?

— Oh ! (Rita haussa le ton sur cette seule syllabe. Cela suffit à rendre Woodstock immédiatement plus docile.) Assieds-toi. Écoute ce que veut te dire le vice-questeur.

Adriano fixa sa mère puis, résigné, s'installa devant Chiesa.

Satisfaite, Rita l'embrassa sur une joue et lui servit une copieuse assiette de pâtes saupoudrées de parmesan et un verre d'eau.

— Je vais dans le salon regarder la télévision. Ne parlez pas trop fort, s'il vous plaît.

Chiesa et Woodstock restèrent seuls. Le vice-questeur continuait à déguster son plat sans dire un mot. Woodstock attendit d'entendre le son de la télévision, puis, à voix basse, il s'adressa à son invité indésirable :

— Vous allez trop loin. Vous pénétrez chez moi. Vous dérangez ma mère. C'est de l'abus de pouvoir.

Chiesa rit doucement.

— Les séries télé vous conditionnent vraiment. Dis-toi… je peux te tutoyer, n'est-ce pas ? Dis-toi qu'hier, j'ai justement entendu un de mes collègues me dire… *La victime est un John Doe.* Tu as compris ? Même à Los Angeles, personne n'utilise cette expression. Il parlait du cadavre de Sebastiano Del Grande. Tu sais qui c'est, pas vrai, Scala ?

Woodstock acquiesça.

— Bien. Je n'aime pas tourner autour du pot. J'aime aller droit au but sans perdre de temps. Tu le sais certainement, quelqu'un a trouvé un autre corps aujourd'hui. Tout me porte à croire que l'assassin est la même personne qui a laissé le pauvre Sebastiano devant la maison de ton ami Gatto.

— Oui, désolé, moi aussi je vais te tutoyer. Tout ça n'explique toujours pas ce que tu fous dans ma cuisine en train de manger mes putains de pâtes.

Chiesa s'essuya la bouche avec une serviette.

— Scala, je te le répète, je n'aime pas perdre mon temps. Tu es apparu de nulle part dans cette enquête et j'ai l'impression que tu as de l'avance sur nous. D'abord au commissariat, ensuite à Testaccio. La raison pour laquelle je suis dans la foutue cuisine de la gentille Rita est simple. C'est toi qui m'as appelé.

— Vous l'avez trouvée ?

Le vice-questeur opina tristement.

— Il l'a accrochée à un des crochets pour le bétail, poursuivit Woodstock.

— Tu sais qui c'est, Scala ?

Woodstock secoua la tête.

— Tu as bien une petite idée, non ?

— C'est certainement quelqu'un qui a accès aux orphelinats… et aux enfants. La fillette blonde s'appelait Elena. Elena Constantinescu. D'après la mère supérieure qui s'en occupait, c'était une enfant solitaire, introvertie et très croyante. Déjà victime de violences, comme Sebastiano et les deux autres. Ça va paraître banal, mais je ne peux pas m'empêcher de penser à un membre de l'Église.

Dans la tête du vice-questeur apparut la figure du cardinal Sabatini. Ce hippie aurait-il raison ? Sabatini n'avait pas été d'une grande aide dans l'enquête. Il avait même tenté de l'entraver. Au point d'ordonner à la mère supérieure de ne pas révéler de détails importants. Peut-être qu'il essayait de protéger quelqu'un. Le policier frissonna à cette idée. Un autre scandale ternirait encore plus l'image déjà souillée du Vatican. En outre, cela signifierait des obstacles légaux supplémentaires, qui risqueraient de rendre l'affaire encore plus compliquée qu'elle ne l'était déjà.

— Tu as quelque chose de plus fort? s'enquit le vice-questeur en indiquant le verre d'eau devant lui.

Woodstock se leva en soupirant et ouvrit l'un des placards en haut du buffet. Il en sortit une bouteille de bourbon, déjà à moitié vide, qui semblait vieille et poussiéreuse. Il en versa une généreuse quantité dans le verre de Chiesa et autant dans le sien.

Le vice-questeur but une gorgée. Finalement, il lui demanda :

— Tu l'as trouvée comment, la fille ?

— Je me promenais.

— Arrête de jouer au con, Scala.

— Je suis vraiment sérieux, cette fois. Je sais, ça paraît fou, mais c'est ce qui s'est passé. J'étais en train de m'installer au bar de la place pour travailler. Tu sais, pour empêcher que vous ne jetiez un pauvre innocent derrière les barreaux. J'ai été fumer une clope près de l'ancien abattoir et j'ai vu du sang.

Woodstock préférait mentir. Il ne savait pas encore quel rôle il jouait dans cette affaire. L'assassin lui avait laissé un message et le vice-questeur n'avait pas besoin de le savoir pour le moment.

— Tu es en train de me dire que tu es tombé par hasard sur le deuxième cadavre ? Et comment tu expliques cette heureuse coïncidence ?

Woodstock finit son verre et le remplit de nouveau. Chiesa, pour toute réponse, vida aussi le sien et le présenta à Woodstock. Ce dernier, contrarié, le resservit également.

— Je vois deux possibilités : soit ce bâtard veut être arrêté soit il vous met ouvertement au défi.

— Nous, corrigea Chiesa.

Woodstock le regarda, incrédule.

— Il *nous* met au défi, répéta le vice-questeur.

— Écoute, ne le prends pas mal, mais je ne veux rien avoir à faire avec la police.

— Pas de mal. Moi non plus je ne supporte pas les cocos.

Woodstock sourit et leva son verre en signe d'assentiment.

— Dans tous les cas, nous cherchons une personne qui d'une façon ou d'une autre est informée de l'avancement de l'enquête. Mettons que ce ne soit pas une coïncidence. Je passe le plus clair de mon temps libre juste devant l'ancien abattoir. Mettons qu'il voulait que ce soit moi qui trouve le corps. Il devait forcément être au courant que Gatto m'avait engagé. Et je t'assure qu'ils ne sont pas nombreux à le savoir.

— Donc quelqu'un qui fait partie de l'Église *et* de la police ? Et quoi encore ? Des Illuminati ? Un groupe de pédophiles satanistes ? Attention, tu ressembles à un conspirationniste. Ou à quelqu'un qui a de gros problèmes avec les institutions.

— Ça, c'est un secret pour personne.

— Ôte-moi d'un doute. Quel genre de détective privé es-tu ?

— Je ne suis pas un détective. J'aide qui je veux… Des amis, des proches, des pauvres gens.

— Et tu arrives à en vivre ?

Woodstock secoua la tête et commença à se rouler une cigarette.

— J'ai un vrai travail, je suis en congé pour l'instant. Je ne demande pas d'argent pour ça.

Chiesa regarda avec intérêt Woodstock rouler le tabac.

— Tu peux m'en faire une ?

Woodstock offrit la cigarette qu'il venait de terminer au vice-questeur et s'en roula une autre. Chiesa se leva et s'accouda au balcon, observant la route en contrebas. Il alluma la cigarette et une vague de plaisir l'envahit.

— Pourquoi tu m'as prévenu pour le cadavre ?

— Je te l'ai dit, je ne suis pas un détective. Je résous de temps en temps des problèmes mineurs, mais je n'avais jamais été confronté à un assassin en liberté. Je me suis dit que vous auriez plus de moyens pour l'arrêter.

Chiesa dut se mordre la langue. Il avait failli le remercier. Cela ne servait à rien de le nier, ce merdeux lui plaisait. Il éteignit la cigarette sans la finir.

— Bien, tu peux dormir tranquille. Ton ami n'y est probablement pour rien, je le sais. Maintenant, laisse-nous faire.

Il enfila sa veste, déposa la vaisselle qu'il avait utilisée dans l'évier et, sans rien ajouter, s'en alla.

Woodstock resta un instant immobile, debout, son bourbon à la main. Il pensait à cette curieuse entrevue. Il ne voulait pas l'admettre, mais quelque chose dans ce policier lui inspirait confiance. Peut-être qu'il voyait dans ses yeux la même détermination à arrêter ce fou furieux. *S'il pense que je vais laisser tomber, il doit être plus défoncé que moi.*

Encore perdu dans ses pensées, il rinça les verres, passa au salon pour embrasser Rita sur le front et s'enferma dans sa chambre. Là, il sortit son ordinateur du sac, l'installa sur son bureau et l'alluma ; il prit la bouteille d'eau qu'il gardait à moitié pleine sur sa table de nuit et le sachet de poudre rose que Flavia lui avait offert, puis lécha son index et le plongea dans le plastique avant de l'enfoncer dans sa bouche. Il but une gorgée d'eau, s'étira : il était prêt à se mettre au travail.

28

AUX premières lueurs de l'aube, Claudio Gatto se trouvait dans un bus qui avançait lentement dans les rues de la ville, s'éloignant toujours plus du centre. Il ne savait pas vraiment où il allait. Il regarda autour de lui. Il remarqua que la plupart des passagers avaient un sac sur le dos et étaient relativement jeunes. *Il y a certainement école, aujourd'hui,* se dit-il. Il sentait un gros poids sur ses épaules. Il tourna la tête et réalisa que lui aussi portait un sac à dos bleu. Sans réfléchir, il le prit et l'ouvrit. Il voulait être sûr de n'avoir rien oublié. Si la professeure de mathématiques le chopait encore une fois sans cahier, il risquait sérieusement de redoubler en septembre. Comme il le craignait, son cahier n'était pas dans son sac. Il fut envahi par un profond sentiment d'angoisse ; il sentit la sueur couler, glacée, sur ses tempes. Il se leva d'un bond, tous les élèves le fixaient. L'autobus s'arrêta et les portes s'ouvrirent. Claudio s'élança vers la sortie, mais il fut repoussé par la foule. Quand les portes se refermèrent, il se trouvait encore à l'intérieur, assis sur le siège derrière le conducteur. Il pouvait voir dans le rétroviseur que le chauffeur l'observait, méfiant. Il se tourna. Les élèves avaient disparu. À leur place, il y avait maintenant une femme de couleur dans la trentaine. Elle tenait dans ses bras un nouveau-né emmailloté dans une couverture. Derrière elle, un vieux monsieur, très grand, lisait le journal. Le chauffeur continuait à le scruter. Claudio l'ignora et regarda par la fenêtre. La ville avait fait place à une forêt et le bus poursuivait son chemin sur une route de plus en plus accidentée. Une jeune femme très jolie aux yeux d'une douce couleur orangée s'était jointe aux passagers. Gatto l'observa émerveillé et fut surpris de remarquer qu'elle répondait à son regard et souriait, gênée. Un gros bruit le fit sortir de cet enchantement. Le bus avait une roue crevée et avançait en zigzaguant sur la route impraticable. Terrorisé, il s'agrippa à l'une des poignées. Le véhicule prenait de la vitesse, lui était projeté d'un côté puis de l'autre. Les autres passagers ne semblaient pas s'en apercevoir et restaient tranquillement assis à leur place. Claudio supplia le chauffeur de s'arrêter.

Ce dernier se contenta de lui indiquer le panneau qui disait NE PAS PARLER AU CONDUCTEUR et lui jeta un regard sévère. En proie à la panique, Gatto vit que la fille l'observait maintenant avec dédain. Il se retourna pour regarder les sièges derrière lui. La femme africaine était en train de retirer son soutien-gorge pour allaiter son petit qui pleurait, désespéré. Le vieux était désormais allongé sur deux sièges, les mains croisées sur son torse. Claudio eut à peine le temps de s'apercevoir que le bus se dirigeait inexorablement vers une falaise. Il sentit son estomac faire un bond dans sa poitrine. La chute fut rapide, l'impact très violent, mais par miracle indolore. Il sortit de la carcasse du véhicule et s'inspecta pour s'assurer de n'avoir rien de cassé.

Puis il se rappela les autres passagers. Il devait les sauver. Il courut désespérément vers le bus, s'agenouilla sur la terre aride et se faufila sous le métal. À l'intérieur, il n'y avait personne. La femme, la mère avec son bébé, le vieux avaient disparu dans le néant. Il n'y avait aucune trace du conducteur non plus. Confus, Gatto se redressa, plaça une main au-dessus de ses yeux pour se protéger du soleil, et étudia le paysage désolé qui l'entourait. Un désert rocheux qui semblait s'étendre à perte de vue. Il choisit d'instinct une direction et se mit en route vers l'horizon. Le soleil tapait fort et Claudio sentit rapidement la soif poindre, tandis que sa respiration se faisait plus lourde. La paroi rocheuse qui délimitait les côtés du grand cratère dans lequel l'autobus s'était écrasé offrait de rares zones d'ombre. Exténué, il fit une pause contre la falaise afin de reprendre son souffle. Il ferma les yeux une seconde : quand il les rouvrit, un énorme puma le toisait, menaçant. Il comprit qu'il s'agissait d'une femelle grâce au petit qui sautillait entre ses pattes. Le gigantesque animal, lui, ne bougeait pas d'un cil. Ses pupilles fixaient Gatto, qui n'osait même plus respirer. Il sursauta quand le puma se mut enfin et s'éloigna.

Claudio se trouvait maintenant dans une chambre somptueusement aménagée. Une femme nettoyait la table de nuit à côté du lit où il s'était allongé. Gatto se couvrit rapidement avec les draps. La femme n'y prêta pas attention. Elle avait la cinquantaine, des cheveux noirs, un regard profond et dégageait un véritable charme. Elle portait une de ces tenues de femme de ménage qu'on voit seulement dans les films en costumes d'époque ou dans les pornos. Gatto sentit le sang affluer vers sa région pelvienne. Sans savoir d'où lui venait un tel élan de courage, qui ne lui ressemblait pas, il attrapa la gouvernante par la taille et l'attira à lui pour l'embrasser. Elle n'opposa aucune résistance et lui rendit son baiser. Ils firent l'amour pendant ce qui parut des heures à Gatto. Finalement, elle se rhabilla, remonta ses jarretières et ajusta sa coiffe blanche sur ses cheveux. Claudio l'accompagna à la porte. Quand il tourna la poignée, il fut catapulté dans un énorme banquet où des hommes en cravate à l'air important mangeaient et buvaient à profusion. L'un d'eux, un homme qui se distinguait par ses longs cheveux soyeux poivre et sel et son sourire éclatant, l'accueillit chaleureusement et l'invita à s'asseoir à l'une des tables. Gatto eut tout juste le temps d'avaler une côtelette, puis les rires en provenance des tables voisines s'interrompirent brusquement. Les lumières s'éteignirent et dans la pénombre apparut la gouvernante avec qui il avait passé la nuit et deux personnes masquées qui se mirent à poignarder brutalement les invités. Claudio, choqué, immobile et impuissant, assistait au massacre qui se déroulait sous ses yeux. Il voulait fuir, mais la femme le vit et se dirigea lentement vers lui, un sourire rassurant aux lèvres. Elle s'approcha et lui murmura quelque chose à l'oreille.

Gatto se réveilla allongé sur le ventre. Il avait le vague souvenir de s'être mis au lit dans un état de semi-conscience cette nuit. Une jambe dépassait aux trois quarts de sous le drap et un filet de bave avait laissé un halo sur son oreiller. Il tendit la main vers son téléphone sur la table de nuit. Il l'alluma et la luminosité de l'écran lui fit mal aux yeux. Il était 4 h 30. Ella ronflait allongée sur un flanc, les pattes étendues. Encore perdu dans son rêve, Claudio oublia un instant ses blessures, mais la douleur lancinante revint lui rappeler son état. Il se leva doucement et se rendit dans la cuisine, où il avait laissé les antidouleur. Dans le verre, il y avait encore un doigt de whisky qu'il regarda du coin de l'œil, tenté, avant de décider qu'une gorgée d'eau serait meilleure pour la santé. Il ingurgita les deux comprimés et retourna au lit. Il gesticula sous les draps pour trouver la meilleure position, où le chaud et le froid s'équilibreraient parfaitement. Il ne la trouva pas et capitula face à l'insomnie. Il resta allongé sur le couvre-lit, avec un seul pied couvert, étendu ventre à l'air, les yeux écarquillés. Il se repassa son rêve. Il était tellement heureux d'avoir laissé derrière lui, depuis des décennies, ses années du lycée. Il n'avait jamais été un brillant élève, ça ne l'intéressait pas. Il voulait jouer de la musique. Les enseignants n'avaient jamais réussi à le comprendre. Puis le puma et le désert. Gatto se sentit insignifiant à l'idée que la puissante bête ne l'ait pas jugé digne de devenir son repas. Comme si, après un rapide reniflement, elle s'était aperçue qu'il était de la viande avariée. Et la femme de ménage… *Elle était tellement belle, mon Dieu.* Il se demanda où il avait trouvé le courage d'être si audacieux. Dans la vie, il avait toujours été lâche. Si quelque chose l'intéressait, au mieux, il se risquait à une petite tentative, mais être aussi direct et effronté et la prendre comme ça… Il n'en aurait jamais été capable. Pourtant, cette femme belle et dangereuse, qui tuait des riches et des puissants comme si de rien n'était… Quels mots lui avait-elle susurrés ? Il avait le sentiment qu'il s'agissait de quelque chose de beau, parce que la dernière image qu'il gardait était celle de lui-même en train de sourire. Quels mots lui avait-elle susurrés ? Ils lui revinrent en un éclair juste quand ses paupières se firent de nouveau plus lourdes. Une immense joie l'envahit et il pria alors pour ne plus les oublier. Il pria vraiment pour se les rappeler au réveil et se laissa happer par le sommeil.

29

QUAND Chiesa rentra chez lui, il était presque vingt-trois heures. Il passa devant la chambre de ses enfants, déjà endormis. Aujourd'hui, il n'avait pas réussi à les voir, même une minute. Il avança dans le couloir et entra dans sa chambre. Le grand lit matrimonial était vide. Le vice-questeur fut un instant surpris de ne pas trouver sa femme déjà sous les draps. Malgré tout, il retira sa veste, desserra sa cravate et se dirigea vers la salle de bains. Il se rinça le visage et s'observa dans le miroir. Ses beaux yeux bleus étaient entourés de cernes profonds de plus en plus marqués et ses volumineux cheveux blonds commençaient à perdre de leur brillance.

Il referma la porte derrière lui et remarqua une faible lueur provenant de la cuisine. Au moins un mystère de résolu. Clara était assise à la table en train de feuilleter un magazine. Devant elle, une bouteille de vin presque vide et un verre à moitié plein.

Elle ne réagit pas quand son mari entra.

— Tu fais quoi, chérie ? lui demanda-t-il en l'embrassant dans le cou.

— Tu as fumé, répondit Clara sans même lever les yeux de son magazine.

Mon Dieu. Il avait oublié qu'il avait fumé une cigarette chez Adriano Scala. Son subterfuge avec sa Malboro habituelle et avec elle toutes les techniques mises en place pour cacher son petit égarement quotidien n'avaient servi à rien. Son esprit courut fugacement à la jeune Sicilienne et il sentit en même temps la rancœur croître pour cette femme si glaciale qui se trouvait devant lui. Surpris par ce sentiment soudain, il n'eut pas le temps de mesurer ce qu'il disait.

— C'est la troisième ou la quatrième ? l'attaqua-t-il froidement en indiquant la bouteille à moitié vide.

Clara ferma son magazine et le lui jeta violemment à la tête. Chiesa se couvrit le visage. Ses yeux se remplirent de larmes et ses narines brûlaient. Il regarda ses doigts. Il n'y avait pas de sang. Choqué, il fixa sa femme qui haletait avec un regard de colère qu'il ne lui avait jamais vu.

— Mais t'es folle ? Les enfants…

— Tu veux savoir pourquoi je bois, Giacomo ? (Clara chuchotait, mais à son expression, il était évident que, si elle avait pu, elle aurait hurlé avec toute l'énergie dont elle disposait.) Parce que je m'ennuie. Parce que… parce que, toi, tu m'ennuies. Parce que ça fait des années que je ne vis pas vraiment. Je reste là, j'attends un mari qui ne m'adresse pas la parole. Et cette attente devient de plus en plus longue et inutile chaque jour, merde !

Les mots se brisaient dans sa gorge et à la fin, elle éclata en sanglots. Des larmes silencieuses.

Chiesa, qui avait laissé la colère l'envahir pendant l'explosion de Clara, se sentit soudain vidé. Il mit une main sur sa bouche et commença lui aussi à pleurer. Il tomba à genoux, les mains sur son visage. Il voulait tout casser. Une partie de lui savait depuis longtemps que l'amour pour sa femme s'était envolé, mais il avait repoussé cette idée avec véhémence dans les méandres de sa psyché. Comprendre le mal qu'il leur faisait à tous deux fut comme être renversé par un camion. Il se remit difficilement debout et tituba jusqu'à Clara. Il la prit dans ses bras, comme ça n'arrivait plus depuis longtemps. Au début, elle essaya de se libérer, puis elle se laissa faire.

— Je suis désolé, lui chuchota-t-il à l'oreille entre deux sanglots. Je suis désolé.

Ils restèrent ainsi, Clara la tête posée sur son épaule et les bras le long du corps, sans répondre à l'étreinte de son mari. Après quelques minutes, elle se calma et s'essuya les yeux avec sa manche.

— S'il te plaît, Giacomo, je ne pourrai pas dormir avec toi ce soir. Installe-toi sur le divan.

Sur ces mots, elle sortit de la cuisine et Chiesa entendit la porte de la chambre se refermer. Il resta désemparé, incapable de réagir pendant un court instant, puis il glissa une main dans sa poche et récupéra son portefeuille. Il attrapa la Malboro qu'il gardait là pour les urgences et l'alluma en se baissant sur la gazinière.

30

DEVO dare di gas
voglio energia
metto carbone e follia.
Se mi rilasso collasso
mi manca l'aria e l'allegria.
E perciò
attenzió
concentrazió
ritmo e
*vitalità**

Woodstock bougeait la tête au rythme des notes de *Beppeanna* du groupe Bandabardò qui hurlait dans son casque, vissé à ses oreilles. Les yeux fermés, il battait la mesure sur une feuille de papier où il avait dessiné des petits schémas qui résumaient ce qu'il avait découvert jusqu'à présent sur l'enquête. En haut, les noms des quatre enfants :

* Je dois accélérer, je veux de l'énergie, j'utilise charbon et folie. Si je me relâche, je sombre, je manque d'air et de joie. Donc attention, concentration, rythme et vitalité.

Sebastiano, Elena, Andrea et Giosuè. À côté, il avait indiqué leur âge, la date de leur disparition et le nom de l'orphelinat où ils avaient disparu. En bas, à droite, il avait gribouillé un grand point d'interrogation souligné plusieurs fois, pour le meurtrier. Dessous, une courte liste du peu d'éléments qu'il savait sur lui :

- Il veut être arrêté (ou nous lance un défi).
- Il peut entrer et sortir librement des orphelinats (prêtre ?).
- Il choisit des victimes introverties et qui ont subi des violences par le passé.
- C'est un homme avec une grande force physique.

Une flèche reliait le nom de Sebastiano à celui de Claudio Gatto, lui-même connecté au nom du vice-questeur Chiesa. Woodstock se passa une main dans les cheveux, exaspéré. C'était tout ce qu'il avait réussi à obtenir quand l'effet de l'ecstasy avait agi sur son réseau neuronal. *Quel gâchis !*

Il alla à la cuisine et remplit la cafetière moka, se versa un verre d'eau et roula une cigarette. Il attendit patiemment que le café soit prêt, la tasse déjà posée à côté de la plaque de cuisson. Woodstock sourit, c'était son rituel quand il préparait ses examens. Il étudiait la nuit et, dès que ses yeux commençaient à papillonner sur les pages des livres, il se réfugiait dans la cuisine pour retrouver de l'énergie avec un café et une cigarette. Le verre d'eau avait été un ajout successif. Quelqu'un lui avait dit que l'astuce pour profiter au mieux d'un café était de le prendre amer et de se rincer le palais avec une gorgée d'eau avant de le boire. L'autre moitié du verre, il avait appris par la suite à la garder pour se rincer la bouche après sa cigarette. Alors qu'il exécutait ce rituel bien rodé, il s'efforça de penser à tout sauf à l'enquête. *Cette année, il semblerait qu'on se paye Nacho du Real… Il va terminer comme Mutu et Jovetic, c'est moi qui le dis… L'AS Roma nous fait toujours miroiter des transferts de joueurs et y en a pas un qui se concrétise… Qui est en lien à la fois avec la police et avec les institutions religieuses ? … Non, putain… Cinéma, cinéma… Comment il s'appelle, cet acteur qui est partout, maintenant ? Merde, il a même tourné dans un film de Scorsese… allez… le méchant des nouveaux Star Wars… Peut-être que Chiesa a raison… Peut-être que les Illuminati sont vraiment derrière tout ça… Mais putain, Adriano… Flavia ! Pense à Flavia… Mon Dieu, ça faisait longtemps que je ne m'étais pas senti comme ça…*

Il éteignit sa cigarette dans le cendrier et avala la dernière gorgée d'eau. Il retourna dans sa chambre, incertain sur la marche à suivre. Il évalua un instant la possibilité de se préparer un autre joint. *Non !* S'il n'avait pas réussi à débloquer la situation avec l'ecstasy, qu'est-ce qu'un joint y pourrait ? Il décida sans grande conviction de jeter un dernier coup d'œil aux dossiers de Michele sur les quatre disparitions. Il relut les déclarations des sœurs, scruta les photos dans l'attente d'un éclair de génie.

À trois heures du matin, il attendait encore. Les cigarettes s'accumulaient dans le cendrier et Woodstock bâillait bruyamment toutes les cinq minutes. De temps en temps, il regardait furtivement le tiroir du haut de son bureau, où il gardait le petit coffre contenant sa réserve d'herbe. Mais c'est l'envie de capituler qui prenait le dessus, tout comme celle de s'écrouler sur son confortable matelas qui essayait, telle une sirène, de l'attirer à lui. Les noms des quatre enfants défilaient en continu dans son cerveau. *Elena Constantinescu, 13 ans, disparue le 14 mars du foyer pour mineurs de la Sainte-Vierge à Grottaferrata. Sebastiano Del Grande, 11 ans, disparu le 21 avril du foyer pour mineurs de Saint-Antoine-de-Padoue à Rome. Andrea Ventura, 13 ans, disparu le 12 mai du foyer pour mineurs de Sainte-Thérèse à Acilia. Giosuè Casagrande, 9 ans, disparu le 7 juin du foyer pour mineurs du Sacré-Cœur immaculé de Marie à Rome.* Dans une ultime tentative désespérée pour trouver un indice, Woodstock chercha à localiser sur une carte les quatre instituts religieux. Il tapa dans le moteur de recherche le nom de la première église. La Sainte-Vierge à Grottaferrata. Il fit rapidement défiler les premiers résultats. *Église de 1784, style bla-bla-bla, consacrée par le pape bla-bla-bla, le monastère adjacent accueille les sœurs bla-bla-bla.* Il se déplaça sur la carte et ajouta une puce à l'emplacement de l'église. Il commença à écrire le nom de la deuxième église. Après les premières lettres, celle de la rue Merulana apparut. Saint-Antoine-de-Padoue. Et juste en dessous, les indications pour l'orphelinat. Saint-Antoine-de-Padoue, les sœurs carm…

Et là, il eut un déclic. *Les sœurs carmélites.* Emporté par l'excitation, il revint en arrière dans ses recherches. *Église de 1784, style néoclassique tardif, consacré par le pape Pie VII, le monastère adjacent accueille les sœurs carmélites depuis…* Woodstock arrêta de lire. Avant d'exulter, il voulait en être sûr. Il chercha les deux autres églises. *Oui… Oui, putain, oui!* Il avait réussi. Enfin, il avait trouvé, contre toute attente, un lien concret, une piste à suivre pour la prochaine étape de l'enquête. Un détail qui pouvait peut-être le mener au nom qu'il cherchait. Il écrivit "sœurs carmélites" dans le moteur de recherche et cliqua sur le premier résultat.

Les sœurs carmélites (en latin *Moniales Ordinis Carmelitarum*) sont des religieuses ayant prononcé leurs vœux perpétuels. Elles constituent le second ordre du Carmel. Aux alentours du XIIIe siècle, quand les carmélites quittèrent la Palestine et commencèrent à arriver dans tous les pays européens, de nombreuses femmes décidèrent de s'associer à leur ordre et de suivre les mêmes règles. Ce sont des religieuses cloîtrées qui se consacrent principalement à la prière contemplative.

Woodstock bâilla longuement. Il regarda l'heure. Il était presque quatre heures. Satisfait de sa découverte, il jugea qu'il avait suffisamment avancé pour poursuivre le lendemain. Il éteignit la cigarette à moitié consumée qu'il avait dans la bouche et la déposa au sommet du cendrier débordant. Tout compte fait, il pouvait se laisser aller et répondre au doux chant de la sirène en forme de lit qui essayait sans cesse de l'attirer entre ses griffes moelleuses.

31

Chiesa ouvrit les yeux. Il avait froid. Il s'était endormi tout habillé sur le divan du salon. Sans couverture et sans oreiller. Ou plutôt il ne s'était même pas endormi. Il était littéralement tombé de sommeil. Toute la fatigue de la journée s'était déversée dans cette crise de larmes libératoire déclenchée par sa confrontation avec Clara. *C'est mieux comme ça.* Il se leva et sentit un élancement dans le bas du dos. Il commençait à éprouver les signes d'un vieillissement précoce. Le divan n'avait sans nul doute pas aidé, même s'il s'agissait d'un meuble hors de prix que Clara avait acheté après moult insistances. Le vice-questeur ne l'avait jamais aimé ni jamais trouvé très confortable. Cette nuit avait achevé de le convaincre que le prix était totalement injustifié. Il s'étira et essaya de toucher ses mollets. Il fut très déçu de ne pas y arriver. Un autre élancement. Avec une grimace de douleur, il se dirigea vers la cuisine. Le moment d'accorder le bénéfice du doute au yoga était peut-être venu. Il avait toujours trouvé que c'était une activité New Age pour les bobos qui s'ennuyaient, mais son dos implorait pitié. Il se lava le visage dans l'évier, but de l'eau au robinet et enfila sa veste. Il sortit de chez lui et descendit au bar juste devant.

— Bonjour, vice-questeur, le salua l'homme au comptoir. (Après l'avoir mieux regardé, il ajouta :) Tout va bien, monsieur ?

— Oui, Federico, merci. Tu me prépares un café allongé et un jus d'orange, s'il te plaît ?

— Tout de suite.

— Je vais aux toilettes deux minutes, ajouta Chiesa en indiquant la porte à proximité.

— Faites, faites, monsieur.

Il n'avait pas voulu utiliser les toilettes chez lui de peur de réveiller Clara. Il n'avait pas envie d'une nouvelle dispute. Mais sa vessie était sur le point d'exploser. Tandis qu'il se soulageait, il pensa à la journée qui l'attendait. Si Adriano Scala avait raison, il lui faudrait vérifier les noms de tous ceux qui avaient connaissance de l'affaire. Ce qui signifiait passer des heures au téléphone pour retracer les mouvements des personnes ayant participé à l'enquête préliminaire. Mais il ne pouvait pas se fonder sur les seules suppositions d'un Hercule Poirot des centres sociaux. Il laisserait ce travail à Iafrate et Montaldo. Après quoi, un rapide coup de fil à sa collègue Bottai de la police scientifique l'attendait, pour les premiers résultats, et pour finir, il devrait rentrer chez lui et s'occuper de son mariage qui prenait l'eau. Il soupira et referma sa braguette. Il se lava les mains et s'observa dans le miroir : il était décoiffé et sa barbe était hirsute. Pour compléter le tableau, il avait de grands cernes. S'il s'était croisé dans la rue, il aurait cru se trouver face à un drogué.

— Et voilà, monsieur. Un café allongé et un jus d'orange, l'accueillit Federico quand il sortit des toilettes.

— Merci, mon cher. Je te dois combien ?

— Trois euros vingt, m'sieur.

Il récupéra son portefeuille et leva les yeux sur la caisse. C'est à ce moment qu'il remarqua l'assortiment de paquets de cigarettes derrière le comptoir.

— Federico, tu peux aussi me donner un paquet de Malboro Light ?

— Bien sûr, monsieur. Ça fait huit euros quatre-vingt-dix, alors.

Chiesa tendit un billet de dix et mit la monnaie dans le petit pot pour les pourboires.

Le barman le regarda, étonné. C'était très inhabituel de la part du vice-questeur. Federico travaillait dans ce bar depuis presque trois ans, maintenant, et jusqu'à présent, il n'avait vu le vice-questeur Chiesa qu'en soirée. Il n'était jamais venu prendre le petit déjeuner, il passait environ une fois par semaine un peu avant la fermeture pour boire un Negroni ou un Campari spritz. En outre, il était toujours impeccablement vêtu, les cheveux coiffés et la barbe parfaitement rasée. Aujourd'hui, il était débraillé et, en toute honnêteté, il sentait même un peu mauvais. Enfin, il ne savait pas que le vice-questeur fumait, mais il savait parfaitement que l'homme ne laissait jamais de pourboires. Federico le remercia et lui demanda une fois de plus s'il allait bien. Chiesa acquiesça, enfila une cigarette dans sa bouche et, avec un geste rapide, le salua et sortit.

Une fois dehors, il se rendit compte qu'il n'avait pas son briquet, mais il n'avait pas envie de rentrer. Il marcha vers le commissariat, la cigarette aux lèvres. *Je vais bien croiser tôt ou tard quelqu'un qui a du feu*, pensa-t-il. Malheureusement pour lui, la rue Merulana était étrangement déserte en cette matinée de fin juin et il ne croisa personne jusqu'au baptistère du Latran, à deux pas du commissariat. Là, non loin, il aperçut un homme d'une soixantaine d'années qui promenait son chien et fumait une pipe. Quand il arriva à destination, il n'avait terminé que la moitié de sa cigarette. Il s'arrêta en haut des marches et la finit tranquillement.

— Vice-questeur, vous faites quoi ? Vous avez recommencé ?

Chiesa pouvait critiquer Montaldo sur de nombreux points, mais il ne pouvait certainement pas lui reprocher sa ponctualité. Chaque matin, quand il arrivait au travail, Montaldo était déjà prêt avec un café à la main pour lui. Chiesa sentit à cet instant une grande affection pour son agent.

— Bonjour, Montaldo. J'ai une mission très importante pour toi, aujourd'hui.

L'autre se mit au garde-à-vous, bouffi d'orgueil.

— À vos ordres, chef.

— J'ai besoin que toi et Iafrate répertoriez tous ceux qui ont participé, de près ou de loin, aux investigations sur le cadavre de la rue des Equi. Je veux une liste pour ce soir.

Puis il éteignit la cigarette contre le mur et la jeta à la poubelle. Il se dirigea vers son bureau, suivi par Montaldo.

— Monsieur, si je puis me permettre… J'ai remarqué que vous ne vous étiez pas rasé ce matin. Tout va bien ?

— Oui, j'ai décidé de me laisser pousser la barbe, je veux tenter un nouveau look. Maintenant que tu es rassuré, tu peux commencer à travailler, n'est-ce pas ?

— Chef, oui, chef, répondit Montaldo, peu convaincu.

Il se résolut toutefois à ne pas insister et s'installa à sa table en attendant que Iafrate arrive, comme tous les matins, avec au moins cinq minutes de retard. Chiesa entra dans son bureau et regarda par la grande fenêtre. Les imposantes statues des évêques et des saints sur la façade principale de la basilique se dessinaient au loin derrière les toits des bâtiments. Chiesa baissa les yeux. Il n'avait pas le numéro de Bottai et, si elle ne l'avait pas encore appelé, c'est qu'elle n'avait rien à lui communiquer. Il resta là quelques minutes, les mains dans les poches. La bombe qui avait explosé hier soir chez lui l'avait anéanti. Clara et lui ne se parlaient plus depuis des années, mais il avait toujours pensé que ça faisait partie de la vie de couple. À un moment, on n'a tout simplement plus rien à se dire. Il n'imaginait pas que Clara était aussi insatisfaite. Il ne s'était jamais senti coupable de l'avoir ignorée jusqu'à présent, il avait été élevé ainsi. L'homme travaille, il gagne son pain. La femme s'occupe des enfants et prépare les repas. Facile. Il savait que c'était une vision un brin rétrograde, mais qu'est-ce qu'il pouvait y faire ? C'était le seul exemple qu'il avait eu en grandissant. Son père et sa mère ne se parlaient presque jamais s'ils n'avaient pas une raison valable. Il pensait que ce serait pareil pour Clara et lui. Il ne l'avait jamais trompée, ne lui avait jamais fait manquer de rien sur le plan matériel. Il pensait que c'était suffisant pour faire de lui un bon mari. Le téléphone sonna et le sortit de ses pensées.

— Chiesa ? Bottai à l'appareil.

— Bonjour. Vous avez découvert quelque chose ?

— Oui. J'attendais le compte rendu de l'anatomo-pathologiste avant de vous appeler. Donc, la victime ne présente aucun signe de violences sexuelles. Elle est morte étouffée, comme l'enfant de la rue des Equi, mais avant son décès, elle a été blessée deux fois à l'arme blanche entre la quatrième et la cinquième côte à droite. Ce sont des lésions superficielles, je peux vous affirmer presque à cent pour cent que celui qui lui a assené ces coups n'a pas l'habitude des armes blanches. La blessure à la nuque est post mortem, quand la victime a été accrochée à un crochet de l'abattoir. La mort remonte à la nuit de dimanche à lundi, je ne peux pas vous donner d'horaire plus précis, mais il est probable que ce soit entre vingt et une heures et deux heures du matin. La victime a été traînée sur deux cents mètres environ, nous avons trouvé des traces du solvant utilisé pour nettoyer les taches de sang qui mènent tout droit de la place jusqu'au lieu où le cadavre fut retrouvé.

Ça doit être comme ça que Scala a trouvé le corps. Incroyable...

Chiesa attendit que sa collègue ajoute autre chose, puis il brisa le silence :

— C'est tout ?

— C'est tout.

— Merci, je vous tiendrai informée.

Il raccrocha et réfléchit au compte rendu de la police scientifique. Un élément en particulier l'avait marqué. Deux blessures *superficielles*. Comme si l'assassin avait essayé de la poignarder, mais n'avait pas réussi. Par incompétence ou par remords. Il s'était alors résolu à l'étrangler. Il repensa au corps décapité de Sebastiano Del Grande. Il eut soudain une intuition. Pendant un instant, il sembla raisonner avec l'esprit tordu du tueur. Il avait décapité Sebastiano post mortem pour cacher (plus à lui-même qu'à autrui) les signes de l'atrocité qu'il avait commise. Il éprouvait de la honte. Beaucoup de pièces du puzzle s'emboîtèrent. Il ne les mettait peut-être pas au défi après tout, il voulait être arrêté.

Voilà pourquoi il avait abandonné les corps de façon aussi théâtrale. Voilà pourquoi il avait laissé des traces à Testaccio, où il savait que Scala les aurait trouvées. Chiesa pensa un instant appeler Woodstock pour le tenir au courant des derniers rebondissements. Il s'interrompit dans son élan. *Je suis devenu fou. Partager des informations confidentielles avec un civil. Un communiste, en plus.* Il resta indécis un moment. L'horloge sur son bureau indiquait 8 h 10. *Merde.* Il attrapa son téléphone et composa le numéro de Clara.

32

GATTO ouvrit les yeux à dix heures et demie. Pour la plupart des personnes normales, c'était tard, mais pour les travailleurs de la nuit comme lui, c'était presque l'aube. Malgré sa gueule de bois de la veille, il se sentit plus lucide que jamais à son réveil. La douleur physique ne l'avait pas abandonné, mais ses pensées étaient claires et limpides. Il savait précisément ce qu'il devait faire et il était mû par une étrange énergie interne. Il remplit la gamelle d'Ella, qui l'observait, curieuse. Elle n'était pas habituée à voir son maître aussi actif. Méfiante, elle s'étira et s'approcha à pas de velours. Elle se frotta contre ses jambes et siffla quand il la prit dans ses bras et l'embrassa sur le ventre. Dès qu'il la reposa par terre, elle s'enfuit se cacher sous les couvertures. Gatto ne but même pas de café. Il avala rapidement un antidouleur, enfila sa chemise bleue et un pantalon en lin et sortit. Le soleil de plomb l'assaillit violemment dès qu'il mit le pied hors du bâtiment, mais cela n'ébranla pas sa détermination. Il était un homme avec une mission. La mystérieuse gouvernante lui avait murmuré à l'oreille une vérité banale, mais puissante : "Tu as encore le temps. Il n'est pas trop tard."

Le reste avait coulé de source. Il en avait eu assez de subir la situation. Il était resté un observateur passif tandis que sa vie, ses rêves, ses ambitions, sa dignité se faisaient piétiner. Encore et encore. Il se rendit d'abord dans un cabinet d'avocat. Une jeune assistante le fit patienter dans la salle d'attente, en faisant mine de ne pas apparaître trop choquée par le visage tuméfié de Gatto, sans vraiment y parvenir.

L'avocat Rinaldi avait été marqué par les événements de 1968. C'était un homme sincère et courageux, connu à San Lorenzo pour accepter de défendre les cas les plus désespérés. Quand Claudio lui exposa son plan, il se passa une main sur le front.

— Tu es fou, dit-il perplexe.

Sur ce, il se mit immédiatement au travail.

Gatto laissa l'avocat penché sur une montagne de documents, salua l'assistante qui répondit à son geste par un sourire timide et se dirigea vers sa deuxième destination.

Il entra sur la pointe des pieds dans le poste des carabiniers de la rue Tiburtina. Le seul guichet ouvert était occupé par une femme d'une soixantaine d'années. À première vue, on aurait dit une sans-abri, sale, habillée en haillons, les cheveux teints en noir, presque violets, pas lavés depuis un moment.

— Elle a même emporté le divan, tu comprends ? hurlait-elle au carabinier avec un fort accent romain. Même le divan. J'en ai par-dessus la tête. J'lui ai dit. J'm'en fous que tu sois ma fille, je vais te dénoncer à la police. Tu vas avoir des problèmes !

Le carabinier au guichet essayait de la calmer, inutilement. Il lui fallut presque une demi-heure pour réussir à obtenir de cette cinglée braillarde les informations nécessaires pour dûment remplir la main courante. Gatto s'était assis sur un banc inconfortable et attendait patiemment son tour. Quand la femme sortit enfin en continuant à crier des injures, le carabinier leva les yeux au ciel. Il quitta son poste et s'adressa à Gatto :

— Je suis désolé, je vais vous demander encore un peu de patience.

Puis il s'éloigna.

Claudio entendit le bruit d'une machine à café en marche. Le carabinier revint cinq minutes plus tard et reprit son poste. Il arrangea calmement le dossier de sa chaise et fit signe à Gatto de s'approcher.

— Dites-moi, l'exhorta-t-il.

— Bonjour. Je voudrais porter plainte.

— Pour quel délit ?

— Agression.

Le carabinier acquiesça et traça une petite croix avec son stylo sur le formulaire devant lui.

— Très bien, contre qui ?

— Pardon, contre qui l'agression ou contre qui la plainte ? demanda Claudio, confus.

Le carabinier sembla réfléchir un instant à la réponse, puis leva les yeux sur Gatto.

— La plainte. Vous connaissez le nom de votre agresseur ?

— Chiesa. Je ne connais pas son prénom, mais c'est un vice-questeur de la police d'État, du commissariat de San Giovanni.

Le carabinier cessa de prendre des notes.

— Vous pouvez patienter une minute ?

Sans attendre de réponse, il se leva et disparut dans le labyrinthe de bureaux derrière le guichet d'accueil. Gatto attendit encore dix minutes en tambourinant sur le comptoir au rythme de *Take Me Home, Country Roads* de John Denver, une chanson qui lui était restée dans la tête et qui ne semblait plus vouloir le lâcher. Quand le carabinier revint, il était accompagné d'un homme plus âgé, lui aussi en uniforme. Deux étoiles sur son torse indiquaient son grade. Il se présenta :

— Lieutenant Natalini, enchanté. Monsieur… ?

— Gatto, Claudio Gatto.

Le lieutenant lui serra la main et l'invita à le suivre. Il ne l'emmena pas dans son bureau, comme il croyait, mais s'arrêta devant un banc près de la machine à café.

— Noir ou sucré ?

— Décaféiné, merci. Sans sucre.

Le lieutenant inséra des pièces dans la machine et attendit que le liquide noir remplisse un premier gobelet qu'il tendit à Gatto, puis un second qu'il porta à sa bouche avec satisfaction.

— Voyez-vous, monsieur Gatto, j'ai rencontré Giacomo Chiesa à plusieurs reprises et je n'ai pas eu l'impression qu'il était le genre de personne à violenter des suspects. Vous êtes sûr de ce que vous affirmez ?

Claudio était conscient que dénoncer un haut fonctionnaire de la police serait difficile. L'avocat Rinaldi l'avait prévenu que l'affaire pouvait se terminer de la pire des façons : une plainte pour diffamation, un procès à sa charge, une condamnation et même le remboursement des frais et dépens. Mais Gatto n'en avait cure, il voulait désormais reprendre sa vie en main, il n'avait plus rien à perdre et espérait bien retrouver sa dignité en chemin. Il répondit, convaincu :

— Oui, j'en suis sûr.

Natalini poussa un long soupir et acquiesça.

— Vous pensez peut-être qu'il y a une sorte de code dans les forces de l'ordre pour se protéger mutuellement. Et vous avez raison.

Gatto mit ses mains sur ses genoux et s'apprêta à se lever, mais la main du lieutenant se posa sur son épaule et le fit se rasseoir.

— Où allez-vous ? Vous ne m'avez pas laissé finir. Vous avez raison, on a tendance à fermer un œil quand il s'agit d'un collègue. C'est une pratique qui m'a toujours énervé, parce que c'est de cette façon que les faits divers que vous connaissez sans doute commencent. Un idiot se croit au-dessus des lois et finit par tuer un pauvre homme. Si le vice-questeur vous a frappé ainsi, il doit payer comme n'importe qui.

Gatto le regarda, à la fois reconnaissant et admiratif. Quelque chose en lui avait changé. Son pessimisme, son cynisme, son ironie avaient laissé place à la conviction, presque spirituelle, qu'il avait pris la bonne décision. Et les mots du lieutenant lui apparaissaient comme la confirmation que l'univers lui donnait.

Tu as encore le temps. Il n'est pas trop tard.

33

WOODSTOCK se réveilla relativement tôt. Il regarda l'heure, 9 h 20. Il était encore très fatigué de sa nuit passée devant l'ordinateur. Sa gorge le brûlait à cause des trop nombreuses cigarettes qu'il avait fumées et il avait mal à la tête. Il s'étira pour attraper sa bouteille d'eau sur son bureau et eut l'impression de quasiment s'évanouir. *Oh non.* Il avait oublié que les effets collatéraux de l'ecstasy allaient maintenant s'ajouter à son habituel mal-être matinal. Il eut l'idée de se lever pour remplir la bouteille vide, mais changea d'avis et plongea sa tête sous les draps. Photosensibilité. La moindre lumière ou bruit devenait une torture. Il resta ainsi une demi-heure jusqu'à ce que son envie d'uriner ne devienne trop pressante. Il s'obligea à sortir du lit et tituba jusqu'aux toilettes.

Il commençait à se sentir mieux. Sur une échelle de vivant à mort, il avait atteint le niveau zombie. Il alla à la cuisine et trouva le café déjà prêt avec un croissant à la crème dans un sachet en papier. Il trouva aussi un billet de Rita. *Ma maman chérie,* pensa Woodstock en essayant de déchiffrer les mots écrits en majuscules sur un Post-it.

Je suis chez ta tante à Ostia.
Je reviens cet après-midi.
Bisous, maman.

Woodstock envisagea sérieusement la possibilité d'avaler des cachets d'aspirine avec son petit déjeuner. *Pas aujourd'hui. Pas au moment où l'étau se resserre.*

Contrairement aux drogues, les médicaments traditionnels avaient la faculté de l'endormir. Il hésitait donc toujours à en prendre : ce qui l'avait initialement contraint à subir de terribles grippes pendant des années, lui avait permis, au fil du temps, d'acquérir un système immunitaire à toute épreuve. La dernière fois que Woodstock avait eu de la fièvre, c'était en 2015. Il était alors resté cloué au lit deux semaines. Giorgia (ils vivaient encore ensemble à l'époque) était tellement fatiguée de devoir le nourrir que, lorsqu'il s'était senti mieux, elle s'était réfugiée dix jours dans la maison de vacances de ses parents à Torvajanica.

Il décida de conserver son mal de tête et de reprendre là où il s'était arrêté la veille. *Moniales Ordinis Carmelitarum.* Les sœurs carmélites étaient le fil rouge qui reliait les quatre enfants kidnappés. Il pensa un instant avertir Chiesa de sa découverte. *Je suis vraiment tombé bien bas… Travailler avec un flic…* Non, la seule personne qui s'y connaissait en théologie était Giulio Frison, son ancien professeur de religion au lycée.

Woodstock avait réussi à convaincre sa mère de le dispenser d'enseignement religieux, lui promettant d'occuper ces heures libres à étudier le sujet par lui-même. Évidemment, les trois premières années, il les avait passées à jouer au foot dans la cour, une pomme de pin en guise de ballon, avec les autres exemptés : deux musulmans et une fille d'origine américaine. Puis, pour le premier voyage scolaire, ses camarades avaient massivement demandé au professeur Frison de les accompagner. L'enseignant avait accepté avec plaisir et, pendant l'excursion à Turin, Woodstock avait découvert un homme sympathique et bienveillant.

Un soir, deux de ses camarades de chambre et lui, dont le futur maréchal Martozzi, avaient été surpris hors de leurs lits bien après le couvre-feu. Manifestement soûls. Péremptoire et sévère, Frison les avaient renvoyés dans leur chambre. Le lendemain, il prit Woodstock à part et ils s'assirent sur les marches du musée égyptien.

— Scala, pourquoi tu ne suis pas mes cours ? lui demanda-t-il avec une curiosité non feinte.

— Parce que je ne crois pas en Dieu, m'sieur, répondit le jeune Adriano avec arrogance.

Frison sourit.

— Tu n'es pas obligé d'y croire, tu sais. Je ne fais pas la messe en classe, hein.

— Oui, je sais bien. Mais la religion, moi, je m'en f… enfin, ça me plaît pas. Au nom de la religion, des crimes horribles ont été commis. Dans l'histoire, je veux dire.

Le professeur acquiesça, intéressé.

— Accepterais-tu de venir en classe faire un exposé sur les crimes commis au nom de Dieu, alors ?

Woodstock accepta le défi et, une fois rentré chez lui, il étudia en détail les événements les plus sombres de l'histoire de l'Église catholique. Des croisades à Giordano Bruno, de l'Inquisition espagnole à la lutte contemporaine contre l'avortement et l'euthanasie. Tout y passa, sans nuance ni contextualisation, car il désirait discréditer l'enseignement de Frison. Mais à l'issue de sa présentation, le professeur se leva et, dans le silence général, applaudit, satisfait, pendant une bonne minute. À la fin de la leçon, il offrit un café à Woodstock au bar de l'école et les deux hommes parlèrent amicalement des sujets traités.

L'année suivante, bien qu'il fût encore exempté, Woodstock participa à tous les cours du professeur Frison, au grand regret de ses compagnons de balle qui durent s'inventer une autre activité pour combler ce trou dans leur emploi du temps.

Une fois diplômé, Woodstock était revenu au lycée Newton plusieurs fois pour saluer son vieux professeur jusqu'à ce qu'il parte à la retraite. Depuis, ils essayaient de se retrouver au moins une fois par an pour dîner.

Giulio Frison n'était pas un moine, mais il vivait malgré tout une vie presque ascétique. Il habitait une petite maison proche de Boccea avec sa gouvernante, une grosse femme roumaine qui lui servait de cuisinière, majordome, femme de ménage et peut-être d'amante, Woodstock n'avait jamais réussi à le savoir. Il avait volontairement choisi de ne pas utiliser ses talents de détective afin de respecter la vie privée de son ami. Malgré ses soixante-dix ans bien tassés, le professeur était encore en forme. Grand et sec, il passait ses journées à courir et à lire. Il lisait, lisait et lisait. Il avait une bibliothèque remplie de littérature classique, à la fois sacrée et profane, qui était pour lui source de fierté et d'orgueil.

Sa tête lui faisait encore terriblement mal et il se sentait lessivé, sans énergie. Woodstock décida qu'il valait mieux ne pas prendre le volant. C'est donc avec regret qu'il renonça à aller en personne chez son professeur. Il opta pour un appel vidéo, bien plus pratique. En retournant dans sa chambre pour prendre son téléphone, il passa devant un miroir. Un rapide coup d'œil suffit à le convaincre de faire un détour par la douche.

Il alterna durant un quart d'heure des jets d'eau brûlants puis glacés, cela le revigora. Il ajusta sa queue-de-cheval devant le miroir et remarqua avec amertume que ses cernes étaient encore là. Mais il était tout de même bien plus présentable maintenant.

Le professeur répondit à son appel après deux sonneries. Quand il apparut à l'écran, Woodstock ne put étouffer un gloussement. Frison portait un horrible survêtement en acétate bleu des années 1990 et avait un bandeau de la même couleur sur le front. Il était en sueur, le visage rouge, essoufflé.

— Vous couriez, professeur ?

— Pff, pff… Aujourd'hui, huit kilomètres et demi, Scala… pff… Tu te rends compte ?

— Si vous voulez, je vous rappelle plus tard, professeur.

Frison secoua la tête en buvant avidement à sa gourde.

— Non, pas du tout… pff… Je m'assieds sur ce banc et tu me racontes tout… pff… Tu en as pour longtemps ?

Woodstock se gratta la tête, d'un air fautif.

— Bon… pff… Allez vas-y, dis-moi de quoi il s'agit.

— Que pouvez-vous me dire sur les sœurs carmélites ?

L'autre le regarda surpris.

— Mais depuis quand tu t'intéresses aux religieuses, toi ?

— "Je suis en mission pour le Seigneur."

— Elle est pas mal, celle-là. Les *Blues Brothers*, un sacré film ! Bref, les carmélites sont un ordre de sœurs cloîtrées, elles vénèrent Notre-Dame du Mont-Carmel et observent des principes assez stricts, qu'est-ce que tu veux que je te dise d'autre ?

— C'est la page Wikipédia, ça, prof… Bon. Creusez un peu le sujet, sinon vous n'obtiendrez même pas la moyenne… Je ne sais pas… Des secrets ? Des mésaventures ? Des intrigues ?

— Scala, on parle d'un ordre monastique féminin, pas de franc-maçonnerie.

Woodstock ricana doucement. L'accent vénitien de Frison l'avait toujours fait rire, surtout quand il l'imitait pour le plus grand plaisir de ses camarades de classe.

— Professeur, ce ne sont pas des franc-maçons, répondit-il en reproduisant son accent.

— Scala, tu n'y es pas du tout, là c'est du piémontais. Tes parents ne t'ont vraiment rien appris.

Sur l'écran, il vit Frison réprimer un sourire, puis ils éclatèrent tous les deux de rire.

Woodstock essuya une larme et retrouva peu à peu son sérieux.

— Écoutez, professeur, si c'est un ordre religieux clos, à part les sœurs, qui a accès aux couvents ? Ou aux orphelinats qu'elles gèrent ?

— Eh bien, les membres du clergé, très certainement. Ils font ce qu'ils veulent, eux. Peut-être quelques volontaires, aussi, pour les œuvres de charité. Des bienfaiteurs, des donateurs réguliers. L'argent ouvre toutes les portes.

Follow the money. Suivre l'argent. L'une des premières règles du détective. Ce fut comme une révélation, et d'un coup, il comprit qu'il était sur la bonne piste.

— Merci, monsieur. Je vous mets huit et demi.

— Comment ça, huit et demi ?

— Comment ça, comment ça, comment ça. C'est comme dans le film de Fellini. Vous savez que je ne donne dix à personne.

— Purée, quel radin. Bonne journée, Scala.

Woodstock raccrocha et composa immédiatement un autre numéro.

Michele Martozzi répondit à la cinquième sonnerie.

— Adriano, tu es au courant que je travaille pour l'État et pas pour toi, n'est-ce pas ?

— Michele, allez, c'est important. J'ai besoin d'une liste des donations reçues par les sœurs carmélites. Pas toutes, juste les plus importantes.

À l'autre bout du fil, le maréchal éclata d'un rire tonitruant.

— T'as fumé quoi, encore ?

— Je suis vraiment sérieux.

— Adriano, même si j'avais eu le temps de t'aider, et ce n'est pas le cas, nous n'avons pas accès à ces informations. Ça relève du Vatican, essaye de le leur demander à eux, proposa Martozzi en retenant à grand-peine un autre éclat de rire.

Il est de notoriété publique que le Vatican n'est pas exactement enthousiaste à l'idée que ses affaires internes fuitent hors de ses murs. Le linge sale se lave en famille, place Saint-Pierre.

Woodstock remercia avec sarcasme Michele pour l'aide fournie et balança son téléphone sur son lit, frustré.

Comment je fais pour entrer au Vatican, moi, maintenant ?

Petit à petit, la seule solution plausible commençait à s'imposer dans son esprit.

Je suis tombé bien bas...

34

Il lui fallut un long moment pour convaincre Clara de le rejoindre vers 13 heures pour manger un bout ensemble et parler de ce qui s'était passé la veille. Chiesa avait méticuleusement programmé sa journée et s'était libéré de tous ses engagements. Il avait délégué une partie de l'enquête à Montaldo et Iafrate, Bottai l'avait déjà appelé et il avait donc presque quatre heures de libres devant lui. Il ne voulait pas rester les bras croisés, seul avec ses pensées. *Pas aujourd'hui, putain.* Il passa le reste de la matinée à ranger et classer des documents dans son bureau. Toutes les demi-heures, il descendait vérifier l'avancement de ses subordonnés. Il téléphona à sa mère, puis à son frère pour avoir un avis extérieur sur la situation avec Clara. Sa mère était convaincue que tout allait s'arranger, d'autant plus qu'il n'y avait pas eu d'adultère, la seule raison qui justifiait un éventuel divorce d'après sa morale. Son frère se contenta de lui répéter des idées reçues et des banalités : "C'est la crise de la quarantaine… avec un peu d'avance… Elle n'aurait pas quelqu'un d'autre dans sa vie par hasard… Ou alors c'est la ménopause… avec un peu d'avance."

Il consacra du temps à une recherche sur les tueurs en série et sur les remords qui, selon certains, les poussaient à se trahir pour être démasqués. Il découvrit que cette éventualité était beaucoup plus fréquente au cinéma et dans les séries télévisées que dans la vraie vie. Le rapport sur les serial killers rédigé par la célèbre unité d'analyse comportementale du FBI était clair à ce sujet : les assassins récidivistes développent un complexe de supériorité et pensent, plus le temps passe, qu'ils ne seront jamais découverts. Toutefois, Chiesa était sûr de son intuition. Il attendait maintenant, nerveux, que l'horloge indique midi et demi pour rejoindre Clara dans un restaurant près de chez eux. Quand la grande aiguille se déplaça du 29 au 30, il bondit sur ses pieds, enfila sa veste et descendit quatre à quatre les escaliers. Il vérifia une dernière fois, à l'étage du dessous, que Montaldo et Iafrate étaient toujours au travail et sortit du commissariat. Chiesa se répétait mentalement le discours qu'il avait préparé quand des coups de klaxon insistants l'obligèrent à se retourner. Il resta bouche bée en voyant l'homme sur la selle du vieux scooter.

— Scala, qu'est-ce que vous faites là ?

Woodstock était en train de se garer sur un passage piéton. Chiesa ressentit une légère irritation pour cette infraction grossière commise sous ses yeux.

— Il faut que je te parle, lui dit Woodstock en retirant son casque.

— Mais me parler de quoi, Scala ? Je suis très occupé, je n'ai pas le temps de discuter.

Le vice-questeur tourna les talons et reprit sa route.

— Je sais qui c'est.

Chiesa s'arrêta à nouveau, puis revint, sceptique, vers Woodstock.

— Alors, vas-y, lâche le morceau, dit-il.

— OK, je ne sais pas qui c'est… Mais je sais comment le trouver. Tu dois me faire entrer dans la Banque du Vatican.

Le policier le regarda, impassible, pendant quelques secondes avant de lui tourner le dos :

— Bonne journée, Scala.

— Mais tu es vraiment le dernier des lâches… Je te sers le coupable sur un plateau et tu n'as même pas les couilles de faire ce qu'il faut. Mais regarde-moi ça.

Chiesa se retourna brusquement et rejoignit Woodstock en deux enjambées. Ce dernier se retrouva les yeux dans les yeux avec le policier, un doigt menaçant pointé sur son nez :

— Ne t'avise plus jamais de me parler de cette façon, abruti. N'oublie pas à qui tu parles ou je te jure que je t'arrête.

— Chiesa, l'implora Woodstock, le nom de ce psychopathe se trouve sur les registres de la Banque du Vatican… J'en suis sûr.

Le policier se demanda encore une fois s'il devait faire confiance à cet individu si différent de lui, à l'opposé de tout ce en quoi il croyait.

— Tu as trente secondes.

Woodstock expliqua rapidement l'illumination qu'il avait eue, en omettant de préciser le rôle de l'ecstasy. Il raconta comment il avait trouvé le lien entre les quatre victimes. Comment ce point commun reposait sur un ordre monastique féminin aux règles très strictes. Comment son professeur lui avait fait comprendre que l'assassin portait un masque de bienfaiteur pour pouvoir s'approcher de ses victimes.

Quand Woodstock se tut, Chiesa fut dévoré par un doute immense. *Ce type est-il un imbécile ou un génie ?* Woodstock lui-même, en exposant sa théorie, se rendit compte que cela pouvait sonner comme la pure imagination d'un schizophrène paranoïaque. Le vice-questeur évalua en son for intérieur la probabilité d'arriver à entrer dans l'Institut des œuvres de religion.

L'IOR, aussi connu comme la Banque du Vatican, était probablement l'un des lieux les plus impénétrables de la déjà inaccessible Ville-État du Vatican. Accéder à ses archives sans l'autorisation du pape, ou a minima d'un grand ponte, était inimaginable. Par chance, Chiesa en connaissait un, de grand ponte.

Aucune autre option qui respecterait un cadre légal ne venait à son esprit. Et même en faisant ainsi, il n'était pas loin d'une violation des traités internationaux. Il pensa à Clara, puis aux deux enfants morts et aux deux autres qui pouvaient encore être en vie.

— D'accord, prononça-t-il finalement. On y va.

Chiesa fit signe à un véhicule de police garé devant le commissariat.

Woodstock soupira, soulagé et commença à se diriger vers la voiture quand Chiesa le freina dans sa course :

— Tu vas où, là ? Ton scooter, allez… Enlève-le du passage piéton.

Woodstock l'observa en se demandant s'il était vraiment sérieux. Il connaissait déjà la réponse et, après un instant d'incrédulité, il enfila son casque et monta sur son vieux Scarabeo.

Heureusement, il réussit à trouver un stationnement rapidement. Des places réservées aux deux-roues. Chiesa ne pouvait plus se plaindre, maintenant.

La voiture bleue aux fenêtres teintées s'approcha et Woodstock s'installa sur la banquette arrière. Chiesa était assis sur le siège passager. Au volant, il y avait un agent dans la trentaine à l'air affable. Woodstock fut surpris en remarquant ce détail : il n'avait jamais rencontré un policier qui lui inspirait autant de sympathie de prime abord.

Le véhicule partit vers le Tibre.

— Scala, j'espère que tu es sûr de ce que tu avances, car tu me demandes de faire quelque chose qui me donne la nausée.

— J'en suis certain. Mais comment on va faire pour entrer ?

— Il va falloir que je lèche les bottes d'un connard de cardinal. D'ailleurs, tu ne vas pas pouvoir te présenter comme ça. S'il te voit avec tes guenilles, il ne nous laissera même pas entrer place Saint-Pierre. (Le vice-questeur s'interrompit un instant et s'adressa à l'agent au volant :) Restivo, arrête-toi un peu avant la rue de la Conciliazione. Tu vas prêter ton uniforme à Scala.

L'homme acquiesça. Dans le rétroviseur, il vit Woodstock écarquiller les yeux et poser une main sur son front. À sa droite, le vice-questeur ricanait dans sa barbe.

35

Woodstock se sentait mal à l'aise dans l'uniforme. Et ce n'était pas seulement pour des raisons idéologiques. Restivo était un homme plutôt petit et fluet, tandis que lui, même s'il n'était pas immense, était assez grand et de corpulence moyenne. Par conséquent, la veste et la chemise lui comprimaient la cage thoracique et lui ceignaient les bras, lui interdisant presque de plier les coudes. En outre, le pantalon le moulait affreusement et s'arrêtait un peu au-dessus des chevilles. De l'extérieur, il était presque impossible de percevoir son état de tension, mais en son for intérieur, Woodstock insultait Dieu et tous ses saints, tout en s'interrogeant si le fait de se trouver place Saint-Pierre rendait l'injure encore plus blasphématoire ou non.

Tout en arpentant la rue de la Conciliazione, Chiesa expliqua à Woodstock comment se comporter devant les gardes suisses et quelle attitude adopter au Vatican et surtout auprès du cardinal. Ces enseignements pouvaient plus ou moins se résumer en quelques mots : "Tu la fermes ! Tu me laisses parler."

Comme d'habitude, son insigne lui fut réclamé à l'entrée de la Cité du Vatican. Le vice-questeur mentionna immédiatement le cardinal Sabatini. Après avoir vérifié sur le registre que Giacomo Chiesa avait rendu la veille une visite au cardinal, ils le laissèrent passer sans poser de problème.

Woodstock, qui n'avait jamais franchi cette frontière, observait autour de lui avec circonspection. Sa philosophie anticléricale le faisait se sentir en territoire ennemi, ce qui augmentait d'autant le mal-être lié à son uniforme. Il aurait tellement voulu un joint. Pas pour le travail, non, juste pour le plaisir, une fois de temps en temps. Il le nota dans son agenda mental comme la première chose à faire dès que cette histoire se terminerait. *Une agréable soirée en solo… ou peut-être avec Flavia, pourquoi pas ? Un petit film, une pizza et des joints.* Il goûta à cette scène dans sa tête. Chiesa le guidait par gestes et Woodstock le suivait sans un mot, en respectant le comportement attendu par le vice-questeur.

Après un énième tournant, ils se trouvèrent en face d'un portail flanqué de deux gardes suisses avec leurs grandes hallebardes. Le policier tenta son approche usuelle, en exhibant son insigne qu'un des gardes vint vérifier :

— Vice-questeur Giacomo Chiesa. Nous venons voir le cardinal Sabatini, merci.

Le jeune garde répondit avec un accent allemand presque comique :

— Cartinal Sabatini très occupé. Essayez de passer autre chour.

Woodstock aurait ri de bon cœur en temps normal. Mais à cet instant précis, il voyait leur unique possibilité d'entrer voler en éclats. Chiesa, lui, semblait parvenir à garder son calme :

— Je connais les obligations du cardinal. Je suis déjà venu hier parler à son Éminence, il y a eu de nouveaux rebondissements dont il voudra être informé au plus vite.

— Cartinal. Très. Occupé, scanda le garde sur un ton de défi.

Les poings de Woodstock se serrèrent. Il se demanda si frapper un garde suisse équivalait à une agression aux forces de l'ordre. Dans ce cas, pourrait-il demander l'extradition en Italie ou finirait-il directement dans les geôles du Château Saint-Ange ?

Chiesa, cette fois, parut lui aussi accuser le coup. Woodstock, derrière lui, vit clairement le dos du policier se contracter et, comme l'échine d'un animal, augmenter de volume pour intimider son rival. Par chance, avant que la situation ne dégénère, ils entendirent une voix :

— Giacomo, mon très cher enfant.

En reconnaissant la voix du cardinal Sabatini, le visage du garde suisse changea aussitôt de couleur, passant de son naturel blanc pâle à un blanc immaculé préoccupant. La tête basse, il adressa un signe à son collègue et tous deux se mirent au garde-à-vous, faisant en même temps un pas de côté pour libérer le passage vers les escaliers menant aux appartements du cardinal. Sabatini vint vers eux presque en courant, il attrapa les mains du vice-questeur et l'embrassa sur la joue. *Qu'est-ce qu'il me veut ?* fut la première chose que pensa Chiesa devant tant de cordialité. *À quoi vais-je lui servir ?*

— Giacomo, mon enfant. Je sais tout. Une autre pauvre créature. Je sais tout. Tu dois arrêter cet homme, Giacomo. Coûte que coûte. Ici, on commence déjà à recevoir des appels.

C'est donc ça, songea Chiesa. *Pas de mise en scène aujourd'hui, droit au but.*

— Des vautours, affirma Sabatini avec dégoût. Des journalistes, des journaleux… Des hyènes. Tous prêts à rouvrir de vieux scandales, à nous traîner dans la boue. Ils ont déjà prévu d'en parler à la télévision ce soir, et demain tout le monde jasera. (Il regarda Chiesa droit dans les yeux.) Tu dois le trouver, je t'en supplie.

— Je suis heureux que vous soyez de cet avis, votre Éminence. Mon collègue et moi sommes justement ici parce que nous avons besoin de votre aide.

— Demande-moi, mon enfant.

Le cardinal ouvrit les bras.

— Nous avons besoin d'accéder aux registres de la Banque du Vatican.

À ces mots, le cardinal referma les bras et recula d'un pas.

— Je ne savais pas qu'on t'avait muté à la Direction des Finances, Giacomo.

Chiesa sourit et expliqua la situation au cardinal. Les instituts d'où venaient les deux victimes confirmées et les deux potentielles étaient tous liés aux sœurs carmélites. Les seules personnes qui pouvaient avoir accès aux structures des religieuses étaient des hauts prélats ou des bienfaiteurs laïques. Ils devaient vérifier cette hypothèse, mais ils avaient besoin de consulter la liste des donateurs les plus généreux liés aux sœurs carmélites.

En écoutant Chiesa résumer ses découvertes, Woodstock reprit confiance. Il sentait que son raisonnement était censé et ne provenait pas de la seule imagination d'un drogué.

Les yeux du cardinal s'illuminèrent. Dans sa tête, les mots *laïques… bienfaiteurs LAÏQUES* résonnaient. Il évalua en un instant la possibilité d'autoriser deux policiers à consulter les registres de l'Institut des œuvres de religion. Il ne voulait pas désamorcer un possible scandale pour en créer un deuxième juste derrière.

— Très bien, Giacomo, accepta-t-il finalement. Mais vous devrez le faire en ma présence et vous n'aurez accès qu'à certaines informations.

Chiesa hocha la tête. Woodstock et lui descendirent les escaliers, guidés par Sabatini.

Pendant le trajet, Adriano, qui n'avait pas dit un mot jusqu'à présent, murmura à Chiesa :

— Bon sang, il n'a pas honte, ton ami.

Woodstock savait que le Vatican ne différait en rien des autres pays étrangers. C'était une monarchie avec ses propres lois, sa propre économie, ses propres politiciens et sa propre corruption. Mais le voir de ses propres yeux le marquait profondément.

Le cardinal les conduisit quelques mètres plus loin, jusqu'à un imposant bâtiment, semblable à une grande tour fortifiée.

Chiesa nota la présence de plusieurs membres de la gendarmerie du Vatican aussi bien à l'entrée que dans les sombres couloirs. Woodstock se demanda pourquoi ils les regardaient de travers, puis il se rappela qu'il portait toujours l'uniforme de Restivo. *Ce doit être une question de juridiction. J'ai bien l'impression qu'ils n'aiment pas que la police italienne empiète sur leur territoire.*

Sabatini s'arrêta devant une porte où des lettres en laiton formaient le nom de J. Ten Haag.

— Le grand garant de la Banque du Vatican, expliqua Sabatini à mi-voix. C'est lui qui tient tous les comptes de l'IOR.

Le cardinal frappa et, sans attendre de réponse, ouvrit la porte. Jürgen Ten Haag se leva de son bureau. Cela ne fit pas une différence notable. Il s'agissait d'un homme vraiment petit, avec des lunettes de vue et quelques rares cheveux blonds coiffés sur le côté. Ten Haag était depuis dix ans l'un des plus hauts fonctionnaires d'une des banques les plus riches du monde, mais rien dans son attitude ne le laissait transparaître. Il défroissa rapidement sa veste en s'avançant vers le cardinal et s'inclina pour embrasser sa bague.

— Votre Éminence, que me vaut l'honneur de votre présence ?

Woodstock remarqua que le grand garant, contrairement au garde suisse, s'exprimait dans un italien parfait, presque sans accent.

— Mon cher Jürgen, commença Sabatini, j'aimerais te demander une faveur.

Ten Haag s'inclina de nouveau de façon servile. Ce n'est qu'en se redressant qu'il nota pour la première fois la présence des deux hommes derrière le cardinal. L'un des deux portait même un uniforme de la police nationale. Ten Haag regarda Sabatini, d'un air interrogateur.

— Ces messieurs sont avec moi, Jürgen le rassura le cardinal. C'est justement pour cela que je suis ici. Le vice-questeur Chiesa est un ami très cher, et il aurait besoin de consulter nos archives.

Ten Haag sembla sur le point de s'évanouir. Il se porta une main à la poitrine et recula de quelques pas.

— Les… Les archives, Éminence ? Non, je… Je ne peux pas. C'est absolument contraire au règlement, je suis désolé.

— Il s'agit seulement de quelques documents, Jürgen. C'est pour une enquête très importante.

— Je suis mortifié, votre Éminence, mais je maintiens ma position. Ce que vous me demandez est tout bonnement impossible.

Le cardinal poussa un soupir de déception et, se tournant vers Chiesa et Woodstock, les pria de sortir.

La porte se referma derrière eux et les deux hommes se dirigèrent vers la cour, à quelques pas.

— Tu penses que je peux fumer, ici ? interrogea Woodstock.

Le vice-questeur haussa les épaules et extirpa une cigarette du paquet qu'il avait acheté le matin même. Il l'offrit à Woodstock puis en prit une autre pour lui. Il vérifia son téléphone : trois appels manqués de Clara.

— Alors, c'est qui, ce type ? demanda Adriano en le détournant de ses pensées.

— Le cardinal Sabatini ? répondit Chiesa. Le Vatican, en plus d'être un lieu spirituel et un lieu géographique, est un État en bonne et due forme. Tu crois que les papes s'occupent des services secrets ? Non, c'est évident. Ils engagent quelqu'un pour le faire à leur place. Cette personne est, depuis des décennies, Sabatini. Imagine une grande puissance... Les États-Unis... Le pape est le président et Sabatini est le chef de la CIA.

Waouh, sembla répondre l'expression de Woodstock. C'est à ce moment précis que la porte se rouvrit et le cardinal fit signe aux deux hommes de revenir.

Comment Sabatini avait réussi à le persuader, c'était un mystère ; toujours est-il que l'attitude de Ten Haag avait complètement changé quand ils rejoignirent son bureau. L'être servile avait laissé place à un homme blessé dans son orgueil. Froid, peu accueillant, le visage marqué par la rancœur. Il était clair que le grand garant supportait mal cette intrusion et, plus encore, détestait devoir céder aux pressions ou aux chantages du cardinal. Cependant, sans prononcer un mot, il s'assit à son bureau puis, après avoir pianoté quelques minutes sur son ordinateur, fit signe à Chiesa et Woodstock de s'approcher.

Le dossier ouvert à l'écran avait un titre long et compliqué dans cette langue étrange que seuls les comptables et les économistes semblent parler. Chiesa regarda d'un air interrogateur d'abord l'écran, où un ensemble de lettres et de chiffres s'entremêlaient de façon incompréhensible, puis Ten Haag.

— Excusez-moi, de quoi s'agit-il ? demanda le policier

— C'est ce que vous m'avez demandé, répondit Ten Haag avec rudesse.

— Non, nous vous avons demandé une liste des donateurs réguliers de l'ordre du Carmel, précisa le vice-questeur en s'adressant au cardinal, qui acquiesça, solennel, et lança un regard de reproche au grand garant de la Banque du Vatican.

Ten Haag souffla et fit glisser sa souris sur les dernières pages du document.

Chiesa et Woodstock s'approchèrent de l'écran sur lequel s'affichait maintenant une liste de noms suivis de dates et de chiffres.

— On ne garde la trace que des donations qui dépassent un certain montant, expliqua Ten Haag. Ici, ce sont les noms des bienfaiteurs qui ont souhaité aider les ordres religieux. Nous n'avons pas un fichier spécifique dédié aux sœurs carmélites, mais si vous cherchez une personne charitable, vous la trouverez dans cette liste.

Woodstock s'assit à la place du grand garant qui l'observait avec mépris et commença à lire la liste, dictant les noms à Chiesa qui les reportait progressivement sur un calepin. Il y avait des milliers de noms, il faudrait des heures pour tous les vérifier. Parmi les personnes charitables mentionnées par Ten Haag, des noms inconnus s'associaient à des célébrités : des présentateurs télévisés, des politiciens suspectés de liens avec la mafia, des P-DG d'industries connus pour exploiter leurs employés, et même un footballeur brésilien célèbre pour ses excès hors des stades. Dans tous les cas, les sommes étaient astronomiques.

On est revenus à l'époque des indulgences, pensa Woodstock. Toujours sous le regard vigilant du cardinal, l'épluchage se poursuivit sans interruption durant tout l'après-midi. Ils s'arrêtèrent uniquement pour une courte pause-café et une autre cigarette. Woodstock sentait sur ses épaules la responsabilité de son intuition. Il avait convaincu Chiesa de s'adresser à Sabatini et il avait créé de la discorde entre le cardinal et la Banque du Vatican, mais jusqu'à présent, aucun des noms ne lui sautait particulièrement aux yeux. Du moins à première vue. Arrivé quasiment au milieu de la liste, Woodstock s'interrompit brusquement.

— Que se passe-t-il ? lui demanda le vice-questeur.

Il ne pouvait pas en croire ses yeux.

— Je le connais celui-là.

Chiesa s'approcha de l'écran.

— Moi aussi.

36

GATTO sortit revigoré du poste de la rue Tiburtina. Avoir un lieutenant des carabiniers de son côté, ou tout du moins disposé à ouvrir une enquête, était un rebondissement auquel il peinait à croire. Le vent semblait enfin tourner en sa faveur. Avec la visite à l'avocat Rinaldi et la plainte contre Chiesa, Claudio avait réalisé les premiers pas d'un changement de vie qu'il refoulait depuis trop longtemps. Le moment était maintenant venu de franchir le dernier obstacle.

Il prit son téléphone et pensa appeler Woodstock. Pour le remercier et peut-être lui offrir une rétribution plus généreuse. Ses réserves de drogue étaient maigres, mais il voulait au moins faire un geste. Il savait de toute façon que Woodstock refuserait. Le téléphone sonna dans le vide. Gatto haussa les épaules et poursuivit sa route.

Il arriva sur le mont Aventin vers 5 heures de l'après-midi. Le jardin des orangers, qui serait inondé de couples et de jeunes mariés au coucher du soleil, était pour l'instant désert. Il n'y avait que quelques jeunes qui s'aventuraient à jouer au ballon malgré la touffeur et le soleil de plomb.

À l'inverse, sur la place des Chevaliers de Malte, une longue file de personnes attendait patiemment de coller son œil sur le fameux trou de serrure d'où l'on pouvait admirer un panorama unique, dominé par la coupole de la basilique Saint-Pierre.

Gatto avait trouvé l'adresse grâce à Rinaldi, qui la lui avait envoyée par message quelques heures auparavant. Entre Parioli et l'Aventin, le style des bâtiments changeait progressivement. Ici, sur la colline la plus chère de Rome, les villas avaient un air encore plus exclusif. Il s'arrêta devant un portail qui donnait sur un beau jardin et patienta une bonne minute. Aucune réponse à l'interphone jusqu'à ce qu'un Philippin s'approche en personne.

— Oui ? dit-il à travers la grille.

— Bonjour, je cherche Mme Rizzuti, elle est ici ?

— Madame chez elle. Un instant, je vais appeler, OK ?

Claudio acquiesça et s'alluma une cigarette en regardant le Philippin s'éloigner vers la porte d'entrée, puis revenir vers lui en courant.

— Qui la demande ?

— Dites-lui que je suis un vieil ami.

Sa cigarette était finie depuis un moment quand le portail s'ouvrit enfin et que le Philippin, apparu à la porte, lui fit signe de le rejoindre. Il le précéda dans un long couloir éclairé jusqu'à une véranda qui donnait sur un jardin avec piscine. Là, étendue sur une chaise longue, se tenait Mme Rizzuti. Cela faisait vingt-cinq ans que Gatto n'avait pas revu celle qui avait décidé, par vanité, de gâcher sa vie. Une profonde angoisse à laquelle il ne s'était pas préparé l'assaillit. La femme devant lui était une élégante septuagénaire, déjà bronzée en juin, avec un physique tout à fait respectable pour son âge. Elle se leva pour l'accueillir et l'observa, intriguée.

— Jordan m'a dit qu'il y avait un vieil ami à la porte, mais je ne suis pas sûre de vous reconnaître, pardonnez-moi.

Gatto éprouva une vague de terreur en entendant sa voix. Quand il parvint enfin à prononcer son nom, il remarqua que cela n'eut aucun effet sur Mme Rizzuti. La femme n'avait pas encore compris qui était l'homme qui s'était présenté chez elle.

— J'enseignais le piano à votre fils, tenta timidement Gatto.

Elle eut un petit sursaut qu'elle essaya de masquer à grand-peine. Elle commençait peut-être à se souvenir.

Ragaillardi par cette réaction, Claudio poursuivit :

— J'avais un peu plus de cheveux à l'époque… et quelques kilos en moins. Je n'étais pas non plus un apollon autrefois, mais vous sembliez tout de même m'apprécier.

— Je ne suis pas sûre de comprendre, balbutia Rizzuti d'une manière peu convaincante.

Arrivé à ce stade dans la discussion, Gatto explosa tel un volcan en éruption.

— Vous n'êtes pas sûre de comprendre ? fulmina Gatto. Alors on va essayer autrement. Vous m'avez accusé d'être un pédophile, vous vous rappelez ? Sans la moindre preuve, sans la moindre raison. Seulement parce que j'ai refusé de coucher avec vous. Vous m'avez discrédité et vous m'avez chassé du conservatoire. J'ai passé vingt-cinq ans avec l'étiquette d'un maniaque sexuel. Pour résumer, madame, vous avez gâché ma vie.

Cette dernière, dans un geste feint, porta une main à sa poitrine et s'assit sur sa chaise longue. Elle couvrit son visage de ses mains, et après deux ou trois minutes de silence et de profondes inspirations, elle releva la tête avec une vigueur renouvelée.

— Qu'est-ce que vous attendez de moi ? De l'argent ? Vous vous présentez chez moi après tout ce temps, vous m'accusez, et pour quoi ? Une malheureuse compensation ? Appelez Jordan et faites-moi apporter mon chéquier, puis vous partirez, s'il vous plaît.

Gatto resta ébahi. Il était très probable que toute sa vie, cette femme ait été entourée de gens qui en avaient après son argent, pensa-t-il. Mais pas lui, plus maintenant. Il ne savait pas vraiment ce qu'il voulait.

— Non, lui dit-il. Je suis venu vous dire que j'ai l'intention de faire rouvrir, ou plutôt d'*ouvrir* une enquête officielle à ce sujet. Je ne veux pas votre argent, je veux la vérité.

Il quitta la villa sur l'Aventin satisfait. Rizzuti était restée là, perplexe, assise au bord de sa piscine. Cette dernière phrase avait peut-être été trop théâtrale, réfléchit Gatto, mais elle allait droit au but. Fini les mensonges, il voulait la vérité. La vérité et la justice. Des concepts trop abstraits ? Qu'à cela ne tienne. Il voulait clore une bonne fois pour toutes ce chapitre de sa vie et peut-être en commencer un nouveau dont il serait fier.

En revenant sur ses pas, il s'arrêta sur un banc du Circus Maximus. Le soleil ne se coucherait pas tout de suite, mais la vue sur le mont Palatin et sur le forum romain était à couper le souffle. Il avait déménagé à Rome quand il était encore jeune. Il regarda les ruines illuminées. Le moment était peut-être venu de s'en aller.

37

11-12 juillet 1998

Adriano avait rendez-vous avec Martina dans sa tente à elle. Il attendit allongé sur son fin tapis de sol, les yeux grand ouverts pour combattre le sommeil, pendant trois quarts d'heure. Il voulait s'assurer que tout le monde dormait. Il posa un pied hors de sa tente, attentif à ne pas faire de bruit. Malgré la saison estivale, la température avait chuté avec l'arrivée de la nuit et Adriano dut revenir prendre une veste. Il sortit de nouveau et respira l'air frais de la montagne. C'était une nuit dégagée et la lune illuminait le campement. Il se rendit compte subitement qu'il avait envie de faire pipi. Il s'éloigna un peu des tentes et s'enfonça dans la végétation dense. Il se soulagea dans un espace dégagé entre deux arbres et sursauta quand il perçut des bruissements en provenance du bois. Au début, il crut que c'était un animal et l'image d'un ours brun prêt à le dévorer prit forme dans son esprit. Petit à petit, toutefois, les bruits se firent de plus en plus nets. Il entendit quelqu'un sangloter, puis une voix d'homme. C'était une voix d'adulte. Il eut d'abord du mal à la reconnaître, puis il s'aperçut qu'il s'agissait de celle d'Emanuele, le jeune assistant de Giovanni. Il fut pris de panique, il ne voulait pas être surpris hors de sa tente. Il pensa fuir, mais il se dit qu'il serait immédiatement découvert. Il choisit donc de se cacher derrière le buisson le plus proche. Maintenant, la voix de l'accompagnateur était parfaitement audible.

— Qu'est-ce qu'il y a ? Ton copain t'a pardonné donc tu ne m'aimes plus ?

En plus de la voix d'Emanuele, Adriano entendait des pleurs étouffés, et il comprit que l'autre personne était Tommaso.

— Viens, donne-moi du plaisir comme tu le fais si bien dit la voix d'Emanuele, tandis qu'un frisson parcourait le dos d'Adriano.

Son corps était paralysé, mais la curiosité était trop forte et il regarda furtivement la scène derrière le buisson. Illuminées par la lune, il aperçut les deux silhouettes et vit l'adulte retirer son pantalon et pousser la tête de son ami vers le bas. Il ferma les yeux et, sans plus se soucier du bruit qu'il pouvait faire, se précipita vers sa tente. Il se pelotonna sous les couvertures et se laissa aller à des sanglots libérateurs. Quelques minutes plus tard, il entendit des pas et des tentes s'ouvrir et la peur s'empara encore de lui. Il ne ferma pas l'œil de toute la nuit. Il attendit, vigilant, que les premières lueurs de l'aube apparaissent à travers le fin tissu de la toile canadienne et tomba enfin dans un sommeil agité.

Quand il rouvrit les yeux, Adriano se sentait complètement anéanti. Il n'avait pas assez dormi, mais surtout, l'idée de sortir de la tente et d'affronter la journée après ce qu'il avait vu l'horrifiait. Il resta quelques minutes allongé, à l'écoute des cris et des rires à l'extérieur. La plus grande partie du groupe était déjà debout. Il supposa que l'heure du réveil était passée depuis quelque temps. En effet, quand il eut assez de courage et qu'il sortit enfin, il se rendit compte qu'ils étaient tous dehors.

Un petit déjeuner sommaire était prévu dans leur ration quotidienne. Un croissant industriel et une brique de chocolat au lait. Les adultes préparaient du café sur le feu. Il s'approcha lentement de ses amis. Dès qu'elle le vit arriver, Martina s'en alla sans cacher son mécontentement. Il avait complètement oublié leur rendez-vous, mais cela avait peu d'importance à cet instant. Il n'allait pas bien, il avait le teint blême et l'estomac retourné.

Giulio le regarda, inquiet.

— Ça va, Adriano ?

— Hmm… Oui, oui, j'ai mal dormi, balbutia-t-il en récupérant l'un des derniers paniers restants.

Il mangea son croissant et but son lait à contrecœur. Il gardait la tête basse pour éviter de croiser le regard de Tommaso, ou, pire encore, celui d'Emanuele. Il ne savait pas s'ils l'avaient vu pendant sa fuite nocturne, en revanche, ils avaient sans aucun doute entendu les bruits de pas frénétiques qui craquaient sur le sol jonché de branchages et de feuilles sèches.

Le voyage du retour fut un cauchemar. Il n'ouvrit presque pas la bouche et faillit s'évanouir à plusieurs reprises. Tommaso s'isola de nouveau. Adriano ne croisa le regard d'Emanuele que pendant l'appel avant le départ et, conditionné comme il l'était, il eut l'impression qu'il le fixait avec une attention particulière. Une fois au campement, Adriano prit une douche chaude, mangea un bout et, sans attendre le couvre-feu, alla se coucher et s'abandonna à un sommeil sans rêves.

Les jours qui suivirent, il fut tourmenté par de nombreux doutes et peurs. Il ne savait pas comment se comporter, la situation le dégoûtait et le terrorisait en même temps. Il voulait tout raconter à Giovanni, mais il avait peur des conséquences. Ce serait sa parole contre celle d'Emanuele. Il évita avec soin de croiser Tommaso (ce qui n'était pas difficile, puisqu'il s'était réfugié avec constance dans son mutisme) et à chaque fois qu'Emanuele lui adressait la parole, il prenait garde à ne pas frissonner de manière trop visible. Il envisagea de se confier à Giulio, mais il ne voulait pas le plomber avec son fardeau. Martina continuait à l'ignorer et à lui faire la tête chaque fois qu'il s'approchait à moins de cinq mètres de distance. Il décida qu'il attendrait patiemment que les vacances se terminent et qu'il en parlerait avec sa mère à la maison. Elle saurait quoi faire, elle.

Tout bascula le soir du 14 au 15 juillet. L'organisatrice le rejoignit avant le dîner, alors qu'Adriano se défoulait sur le terrain de foot. Elle avait les yeux humides et le prit à part. Elle chuchota :

— Adriano, mon petit, il y a ta mère au téléphone. Elle a besoin de te parler.

Il comprit aussitôt. C'était le moment qu'il redoutait tant et auquel il se préparait depuis des mois. Son père était mort. Elle n'eut même pas besoin de le lui dire. Il attrapa le combiné, les larmes ruisselaient déjà sur ses joues.

— Maman ?

— Mon chéri… Tu dois rentrer à la maison.

Septembre 1998

Adriano et Giulio étaient assis l'un à côté de l'autre dans l'amphithéâtre du lycée Newton. Le principal, comme chaque année, faisait un bref discours de bienvenue aux nouveaux arrivants. Après quoi, les professeurs accompagneraient leurs élèves dans les salles de classe. Les deux amis poussèrent un soupir de soulagement quand la professeure Poretti, un petit bout de femme à l'air rassurant, lut leurs noms à un bref intervalle l'un de l'autre. Ils seraient camarades de classe pour les cinq années à venir, ou c'est du moins ce qu'ils croyaient. À la fin de la deuxième année, Giulio décida qu'il ne suivrait pas une filière scientifique et convainquit ses parents de l'inscrire dans un lycée artistique. Adriano, lui, commença à fréquenter des groupes proches de l'extrême gauche et à expérimenter les drogues. Ils s'éloignèrent inexorablement et, au moment des examens de fin d'études, cela faisait des mois qu'ils ne s'étaient pas parlé.

Ils n'eurent plus de nouvelles de Tommaso. Déjà, avant l'été au camp, son père l'avait inscrit dans un lycée privé, et après leur retour à Rome, ils se perdirent de vue. Adriano ne révéla jamais à Giulio ce qu'il avait vu cette nuit de juillet, et l'avoua encore moins à sa mère. Veuve depuis peu, Rita avait d'autres préoccupations et Adriano aussi cessa de ressasser ce souvenir, tenaillé par la douleur liée à la mort de son père. De temps en temps, dans ses rêves, il revivait ce moment et se réveillait chargé d'une rage indomptable. Son adolescence fut une bombe à retardement, toujours prête à exploser. Il garda pour lui ce secret qui commença petit à petit à creuser d'affreux sentiments de culpabilité dans son esprit. Il se demandait combien d'autres enfants avaient subi ce qui était arrivé à Tommaso, simplement parce qu'il n'avait pas eu le courage de parler.

38

Pour la première fois de sa vie, Woodstock était assis sur le siège passager d'une voiture de police. À côté de lui, Chiesa restait concentré sur la route. Ils roulaient toutes sirènes hurlantes et Woodstock ne pouvait s'empêcher de ressentir une certaine satisfaction en remontant la file interminable de voitures qui, comme chaque jour, bloquait la circulation aux environs des thermes de Caracalla.

Ils avaient quitté la Banque du Vatican vers 20 heures.

Scala avait raison, pensa Giacomo, tandis que les roues du véhicule quittaient l'asphalte pour emprunter un chemin couvert de pavés. Il y avait une personne parmi les donateurs aux carmélites qui était à coup sûr informée de l'avancement de l'enquête.

Woodstock connaissait bien le nom de cette personne. Il tournait dans sa tête depuis qu'il avait commencé à travailler sur cette affaire. Un fantôme qui continuait à le persécuter des tréfonds les plus obscurs de son passé. Il n'avait pas encore révélé à Chiesa son lien avec cet homme qui était devenu le principal suspect, mais il savait qu'il devrait vider son sac avant la fin de la journée et revivre ce traumatisme qu'il avait plus que tout autre refoulé. Cet épisode l'avait mené en thérapie, lui causait des attaques de panique et lui avait, selon toute vraisemblance, conféré ce pouvoir extraordinaire comparable à un complexe mécanisme de défense.

La voiture tourna dans une allée arborée et le vice-questeur éteignit les sirènes. L'accès à la villa était fermé par un portail en fonte. Chiesa se pencha par la fenêtre et appuya sur la sonnette. Une voix presque spectrale à l'accent sarde répondit à l'interphone :

— Oui, qui est-ce ?

— Vice-questeur Giacomo Chiesa, ouvrez.

Le portail s'ouvrit et tandis que le policier garait sa voiture, le petit Sarde qui l'avait accueilli la veille le rejoignit.

— Vous souhaitez ?

— Je dois voir le juge Gregna.

— Il ne me semble pas que le juge vous attendait aujourd'hui.

— C'est urgent… Dites-lui que c'est à propos d'une affaire dont on a discuté.

— Veuillez patienter.

Le Sarde se dirigea de nouveau à l'intérieur de l'habitation. Il en ressortit une minute plus tard et se positionna à côté de la porte.

— Je vous en prie, dit-il en laissant la voie libre.

L'entrée de la villa était semblable à une salle d'attente. Woodstock regarda autour de lui, son cœur battant de plus en plus fort. Il y avait un long couloir avec de petites tables transparentes devant des divans rouges. Le majordome ferma la porte derrière eux, puis précéda Chiesa et Woodstock jusqu'à un vaste bureau. Le juge était assis sur un fauteuil près de la cheminée éteinte. C'était un homme au physique imposant, son crâne dégarni et sa silhouette puissante rappelaient Marlon Brando dans *Apocalypse Now*. Woodstock remarqua la ressemblance et prononça à voix basse la célèbre réplique : "L'horreur... L'horreur..."

Chiesa le regarda de travers. Woodstock n'avait plus revu le juge Gregna depuis son enfance. Il se souvint que le nom était prononcé avec respect et révérence à la maison, quand il s'était profondément lié d'amitié avec le fils du juge et que les deux familles se rencontraient de temps en temps au cours de dîners. Alfredo et Rita n'avaient pas l'habitude de recevoir des hôtes aussi distingués et chaque fois, ils tançaient leurs enfants : "Rangez votre chambre, le juge Gregna vient ce soir. Comportez-vous correctement devant le juge, s'il vous plaît... Adriano, pourquoi tu ne dis pas au juge la note que tu as eue aujourd'hui ?"

Woodstock et son frère Valerio avaient rapidement appris à redouter l'arrivée imminente du juge Gregna comme s'il s'agissait d'un examen des bonnes manières. Et maintenant, il se tenait devant lui, plus de vingt ans après. Il n'avait pas l'air de l'avoir reconnu, mais comment aurait-il pu de toute façon ? Il les scrutait d'un œil froid et sévère. Enfin, il prit la parole et sa voix résonna dans les tympans de Woodstock. Elle n'avait pas changé et l'intimidait toujours autant. Il s'adressa à Chiesa, d'un ton qui n'était plus du tout amical.

— Vice-questeur, je n'aime pas recevoir des visites à cette heure, surtout des visites impromptues. Je vous prie de rappeler demain et nous verrons pour fixer un rendez-vous... (Puis il s'adressa au Sarde :) Franco, raccompagne s'il te plaît ces messieurs dehors.

Le Sarde posa une main sur le bras de Chiesa. Le vice-questeur se dégagea et Franco le fixa avec mépris, ses yeux noirs réduits à deux fentes.

— Monsieur le Juge, j'ai des nouvelles importantes sur l'affaire que nous avons évoquée. Voyez-vous, mon… collègue… (Il indiqua Woodstock, qui sortit du flash-back où la voix du juge l'avait envoyé.) Mon collègue est venu me voir avec des informations cruciales. La vie de deux enfants est en jeu, vous comprenez que nous ne puissions attendre.

Le juge ne bougea pas, il regarda Woodstock sans paraître le reconnaître.

— Peu m'importent vos raisons, vice-questeur. Le fait est que je ne reçois pas de visiteurs à l'heure du dîner. Si vous voulez bien…

Il ne termina pas sa phrase, prit le journal le plus proche et se mit à le feuilleter. Le majordome tenta une nouvelle fois d'attraper le bras du vice-questeur, avec plus de véhémence cette fois. Chiesa le repoussa de nouveau.

— J'essaierai d'être le plus bref possible. Samedi matin, nous avons trouvé le corps d'un enfant de onze ans abandonné dans une poubelle à San Lorenzo, vous êtes déjà au courant. Il s'appelait Sebastiano Del Grande. Hier après-midi, après notre entretien, nous avons découvert un second cadavre. C'était le corps d'une enfant de treize ans, l'assassin l'a accrochée comme un animal à un crochet de bétail à l'abattoir de Testaccio. Elle s'appelait Elena Constantinescu.

Le juge feignait de ne pas prêter attention au policier, mais il semblait serrer de plus en plus fermement son journal.

— Maintenant, les deux autres enfants, Andrea Ventura et… Giosuè Casagrande ?

Chiesa se tourna vers Woodstock qui opina pour confirmer ses dires. Le vice-questeur poursuivit :

— Andrea Ventura et Giosuè Casagrande pourraient se trouver en ce moment dans les mains du même psychopathe qui a déjà tué les deux autres. Vous comprenez que chaque minute compte.

Le juge jeta le journal et vociféra :

— Et qu'attendez-vous de moi ?

— Comme je vous le disais, mon collègue m'a communiqué des informations importantes concernant cette enquête, ce matin même.

Chiesa résuma pour le juge les événements de la journée.

Le visage de Gregna rougissait de plus en plus tandis que le vice-questeur parlait de l'intuition de Woodstock à propos de l'ordre des sœurs carmélites, de leur petite intrusion dans un État étranger et des bienfaiteurs des orphelinats. Il semblait retenir son souffle quand Chiesa lui expliqua comment, avant de partir, il avait donné l'ordre à deux agents de rédiger une liste de toutes les personnes qui avaient eu accès à l'enquête. Enfin, il expira bruyamment quand il lui révéla ce qu'il savait déjà : son nom apparaissait sur les deux listes.

— Dehors..., rugit Gregna.

Mais rien ne se passa.

— Dehors ! hurla-t-il à nouveau.

— Nous pouvons partir, mais j'ai déjà informé le magistrat. Il ne devrait pas tarder.

— ... papa ?

À ce moment, une voix résonna dans la villa, sans que les deux enquêteurs ne sachent vraiment d'où elle provenait. Le juge pâlit. Quelques secondes plus tard, la porte s'ouvrit et un homme entra dans la pièce. Il était blond, mince, avec des muscles bien dessinés. Son visage doux inspirait la sérénité et la confiance. Woodstock blêmit en voyant son ami après tant d'années.

— Tommaso, dit le juge. Ne t'inquiète pas, ce n'est rien.

— Tommaso, répéta Woodstock à voix basse.

Son ami d'enfance avait peu changé par rapport à ses souvenirs. Il avait le même air effrayé qu'à l'époque.

— Adriano !

Tommaso le remarqua et un grand sourire éclaira son visage. Il s'approcha les bras grands ouverts et le serra avec force. Woodstock ne répondit pas à cet élan d'affection et resta prisonnier de sa poigne.

— Tu as réussi à venir, c'est super !

— Tommaso, s'il te plaît. Retourne dans ta chambre, je t'en supplie, essaya de le convaincre le juge d'une voix implorante.

— Je savais que tu déchiffrerais mon message, poursuivit Tommaso en ignorant son père et en continuant à sourire. Ça fait longtemps qu'on ne s'est pas vus, hein ? Quoi de neuf ?

Woodstock se libéra de son étreinte et le regarda avec compassion, puis il se tourna vers le fauteuil où le juge sanglotait. Woodstock posa une main sur l'épaule de Tommaso.

— On y va, allez.

Le vice-questeur observa la scène avec une curiosité sincère. Ils étaient là pour arrêter le juge, n'est-ce pas ? Qu'est-ce que le fils avait à voir là-dedans et comment connaissait-il Scala ?

— Pas encore, Adriano. J'ai presque fini, répondit Tommaso. Il quitta ensuite la pièce dans le silence général.

Woodstock le suivit, hypnotisé.

Le vice-questeur Chiesa resta un instant immobile, fixant le juge qui continuait à pleurer en se cachant le visage. Il ne vit pas le Sarde qui lui tomba dessus et le jeta au sol. Chiesa eut à peine le temps de se tourner, Franco était déjà sur lui et le rouait de coups de poing. Quand il s'arrêta pour reprendre son souffle, Giacomo, qui avait jusqu'à alors gardé les yeux fermés et les coudes levés pour se protéger le visage, tenta d'attraper son arme, mais ne réussit qu'à l'extraire de son étui tandis qu'un coup de poing l'atteignait à la tempe gauche. Il se couvrit à nouveau le visage et le deuxième coup de poing du Sarde se brisa sur la crosse du pistolet. Franco s'éloigna en jurant et en serrant sa main fracturée. Chiesa eut le temps de se relever et tituba en arrière. Le Sarde le regarda avec mépris et chargea tête la première. Le vice-questeur était encore trop étourdi par le coup reçu à la tête pour viser et tira à l'aveugle. Il resta un instant surpris par l'explosion, puis vit le majordome à terre qui gesticulait. Un flot de sang giclait de sa jambe droite. Chiesa s'avança vers lui, mais il se sentit partir et tomba à genoux. Tout fut très rapide. Le juge avait observé la scène, perdu dans un état semi-catatonique. Quand il se reprit, Giacomo remarqua le contraste entre la pâleur de la peau de Gregna et ses yeux encore rouges et gonflés de larmes. Il rassembla ses dernières forces et se dirigea d'un pas incertain vers la porte par où Woodstock et le fils du juge étaient sortis.

39

Woodstock et Tommaso traversèrent le jardin de la villa. Des statues grecques et romaines décoraient la cour extérieure. Comme dans un rêve, Adriano suivait son ami d'enfance qu'il avait eu du mal à oublier. Pourtant, il était parfaitement conscient et totalement lucide sur le fait qu'il s'agissait d'un homme dangereux.

Tommaso s'arrêta devant une cabane à outils.

C'est là que tu les retiens prisonniers, pensa Woodstock en s'approchant prudemment.

Tommaso semblait l'attendre et il n'ouvrit la petite porte en bois que quand il fut assez près. À première vue, la pièce était vide, mais dès que ses yeux s'habituèrent à l'obscurité, Woodstock se rendit compte que le sol s'interrompait au milieu et laissait place à des marches en tuf dont on ne voyait pas le bout.

— Viens, dit Tommaso d'une voix calme. Ils sont ici.

Il appuya sur un interrupteur et des lampes illuminèrent le chemin vers l'abysse. Woodstock se précipita dans l'escalier. Il atterrit dans une vaste grotte en calcaire, éclairée elle aussi par deux faibles lumières. L'air humide lui donna la chair de poule et un froid glacé pénétra ses os.

— Des catacombes…, murmura-t-il, surpris.

— Techniquement, c'est un hypogée, répondit Tommaso en entrant dans la pièce à pas lents. Ils l'ont trouvé en creusant les fondations de la maison. Ils auraient dû arrêter le chantier et nous retirer le permis de construire. Mais maman adorait cette villa et papa savait à qui parler. N'est-ce pas magnifique ? Regarde ! (Tommaso courut tout excité vers un coin de la pièce.) Cette mosaïque remonte à l'époque de Néron.

Woodstock regarda autour de lui et vit quelque chose dans la semi-obscurité. Le corps d'un enfant. Il remarqua qu'une cheville était accrochée par une chaîne à un gros anneau qui dépassait de la paroi. Le mouvement de son abdomen lui permit de comprendre qu'il respirait encore. Un peu plus loin, il y avait un autre corps, enchaîné lui aussi. Celui-là ne bougeait plus. Woodstock s'approcha. C'était Andrea Ventura. Il n'eut pas besoin de tâter son pouls pour savoir qu'il n'y avait plus rien à faire.

Un gros hématome violacé couvrait presque entièrement le cou du petit. Woodstock essaya en vain de le réanimer sous le regard éberlué de son assassin. Il ne nourrissait aucun espoir, mais cela lui semblait être un geste de désespoir comme un autre. Il frappa le sol d'un coup de poing et se laissa aller à des pleurs déchirants.

— Qu'est-ce que t'as fait, Tommaso ? Qu'est-ce que t'as fait ?

Celui qui avait été son ami d'enfance le fixait d'un air perplexe, comme si la logique derrière ce geste était évidente.

— Je les ai sauvés, Adriano, lui expliqua-t-il d'un ton calme, presque paternel.

Woodstock le regarda, les larmes aux yeux. Il se rendit compte qu'il n'éprouvait ni colère ni haine. Le jeune homme était tellement perdu dans son traumatisme et dans son délire que Woodstock n'éprouvait pour lui qu'une peine infinie.

Tommaso dut percevoir ce sentiment dans les yeux de son ami parce qu'il se fit soudain sombre.

— J'ai fait ce que toi, tu aurais dû faire pour moi.

40

Chiesa chancelait encore à cause du coup reçu à la tête. Sa vision était brouillée. Alors qu'il avançait à tâtons le long d'un étroit couloir, il se maudit d'avoir sous-évalué la situation. Il aurait dû attendre des renforts avant d'entrer dans la villa. Il ouvrit une porte et se retrouva dans ce qui devait être la cuisine. Il essaya de voir quelque chose dans l'obscurité de la pièce. Chiesa s'appuya contre un meuble et se frotta les yeux. Par la fenêtre, il réussit à apercevoir une lumière qui provenait sans doute d'un abri de jardin. Il prit son courage à deux mains et se dirigea à petits pas vers une porte qui s'ouvrait sur l'extérieur. Il se retrouva dans le jardin où il avait discuté avec le juge la veille. Une brise légère soufflait, rafraîchissant à peine la chaleur estivale. Le vent eut tout de même un effet bénéfique sur Chiesa, qui récupéra un peu de sa lucidité. D'un pas un peu moins incertain, il se dirigea vers la seule lumière qui se découpait dans l'obscurité. Comme Woodstock avant lui, le vice-questeur resta muet en ouvrant la porte et en découvrant la pièce vide et le vieil escalier qui descendait dans les profondeurs de la terre. Il porta instinctivement la main à son holster et une terreur profonde s'empara de lui quand il réalisa que son pistolet n'était plus là. Il devait être tombé lorsqu'il avait failli s'évanouir dans le salon après avoir tiré sur le Sarde.

Tout se passa très vite.

D'abord, les sirènes d'au moins trois véhicules de police au loin rompirent le silence. Puis un coup sourd d'arme à feu retentit. Chiesa resta pétrifié à l'entrée de la cabane, se demandant s'il devait récupérer son arme dans la maison ou poursuivre sa route.

Au même instant, un cri résonna au bas des escaliers, ce qui rendit son choix bien plus simple. Chiesa reconnut la voix de Woodstock et les sirènes qui se rapprochaient achevèrent de le persuader. Il descendit les marches quatre à quatre.

Il n'eut pas le temps d'être surpris quand il découvrit une crypte souterraine devant lui. Adriano Scala était à genoux, les larmes aux yeux, il tenait une main sur sa gorge et essayait de reprendre son souffle en émettant des sons rauques. Un peu plus loin, le fils du juge Gregna avait les mains autour du cou d'un enfant inerte qui paraissait dormir. Le vice-questeur rassembla ses dernières forces et plaqua au sol l'assassin qui dut lâcher sa victime et tomba en arrière. Tommaso se redressa, curieux de voir qui l'avait frappé. Maintenant qu'il le regardait de près, Chiesa s'aperçut que son adversaire était bien plus imposant qu'il en avait l'air. Il devait mesurer pas loin d'un mètre quatre-vingt-cinq et son T-shirt moulant laissait entrevoir un physique athlétique. En outre, il vit que Tommaso, en se relevant, avait attrapé un long couteau.

C'est certainement celui qu'il a utilisé sur Elena Constantinescu, pensa Chiesa. Il revit mentalement le petit corps recroquevillé sur le sol de l'abattoir et laissa partir un direct du bras droit. Il était encore probablement sonné par son précédent combat et il bougeait trop lentement. Tommaso esquiva son poing d'un pas de côté et, d'un même mouvement, envoya un coup du plat de la main sur l'estomac du vice-questeur. Ce dernier se plia en deux et recula de plusieurs pas. Tommaso semblait désormais en transe, il se fichait des deux hommes et se concentra de nouveau sur l'enfant qui gisait inconscient sur un petit matelas. Chiesa le vit s'agenouiller et, ignorant la douleur, il repartit à l'attaque. Il essaya de le frapper à la tête et rata son coup, mais le bracelet de sa montre lui lacéra l'oreille. Tommaso se leva et toucha, déconcerté, le côté gauche de sa tête, où coulait un filet de sang. Il resta figé un instant, puis se tourna, menaçant, vers Chiesa en serrant son long couteau et fendit l'air devant lui. Le vice-questeur réussit à éviter l'attaque de son adversaire, mais, déséquilibré, il tomba en arrière et sa tête cogna sur le sol froid de l'hypogée.

Dehors, les sirènes hurlaient frénétiquement. Le bruit constant laissait entendre que les voitures s'étaient arrêtées et qu'au moins une demi-douzaine de policiers faisait irruption dans la villa au moment même.

Tommaso n'était plus qu'à quelques pas de Chiesa, qui gisait à terre, étourdi. Woodstock le vit lever son couteau, prêt à frapper. Il n'avait jamais été un grand bagarreur, mais devant cette scène, il fit la seule chose qui lui vint à l'esprit : il sauta sur le dos de l'agresseur. Tommaso se démena comme un forcené pour se débarrasser de Woodstock, accroché à son cou. En frappant à l'aveugle, il réussit à se libérer et le blessa avec le couteau qu'il tenait fermement dans la main droite.

Chiesa regarda impuissant Adriano s'effondrer à nouveau par terre, une main plaquée sur sa hanche sanguinolente. Quand Tommaso se tourna vers lui, il entendit des pas au-dessus d'eux et eut juste le temps de crier de tout son souffle : "En baaaaaaas !" Puis un coup à la tête brouilla sa vue et l'envoya dans les ténèbres.

41

WOODSTOCK avait une blessure à la hanche droite et un infirmier le soignait. Il avait eu de la chance. Le couteau n'avait pas pénétré profondément sa peau, la coupure était superficielle. Il aperçut Chiesa sur une civière en train d'être chargé dans une ambulance.

— Comment va-t-il ? demanda-t-il à l'infirmier.

— Plutôt bien vu la situation. Ils le laisseront sûrement sortir demain.

— Et l'enfant ?

— Il est vivant. Il a été mis sous sédatifs pendant des jours, il va avoir besoin d'examens approfondis, mais il respire encore.

Woodstock poussa un soupir de soulagement. À ce moment, des ambulanciers sortirent de la villa en portant deux civières avec des corps recouverts de draps. L'un était petit, l'autre beaucoup plus robuste.

Il savait que, pour Andrea Ventura, ils étaient arrivés trop tard.

— Qui est l'autre ? demanda-t-il d'un geste de la tête en montrant le corps le plus imposant.

— Le maître de la maison. Il s'est tiré une balle dans la tête.

Woodstock acquiesça, confus. Après son agression au couteau, il n'avait que des souvenirs déconnectés les uns des autres qui se chevauchaient pêle-mêle. Il y avait le cri de Chiesa puis des pas lourds et la terre qui tremblait au-dessus d'eux. Et encore des cris, Tommaso recroquevillé dans un coin avec plusieurs pistolets braqués sur lui. Ils l'avaient ensuite emmené pendant qu'il criait à Adriano que lui aussi aurait dû le sauver à l'époque. Woodstock n'avait véritablement repris ses esprits que lorsque les infirmiers étaient descendus, lui avaient pointé une petite lumière dans les yeux et l'avaient secouru.

Il fallut presque une heure pour recoudre son entaille, puis il attendit que l'ambulance soit prête à repartir tandis que la police et l'équipe scientifique se préparaient à une longue nuit de travail. Il fut transféré à l'hôpital San Giovanni. En sortant par l'allée de la villa, il réussit à apercevoir un petit groupe de journalistes et de curieux rassemblés devant.

L'ambulance le laissa aux urgences. Woodstock n'avait aucune intention d'attendre des heures pour qu'un médecin vérifie ses points. Il sortit de l'hôpital et alluma une cigarette. Il était presque minuit quand il regarda l'horloge murale derrière les portes automatiques. Son scooter était encore garé devant le commissariat, à une centaine de mètres de là. Plutôt que d'aller le récupérer, il entra dans la grande salle d'attente, s'approcha du comptoir d'accueil et demanda au médecin de garde :

— Bonsoir, le vice-questeur Chiesa… Il est encore sur la table d'opération ? J'aimerais lui parler.

— Vous êtes de la famille ? répondit le docteur sans même lever les yeux de la pile de dossiers posée devant lui.

— Non, mais on est arrivés ensemble, ce soir... Je voulais juste savoir comment il allait.

Le médecin le regarda et soupira, ennuyé.

— Si vous n'êtes pas de la famille, je ne peux vous transmettre aucune information, je suis désolé, dit-il d'un ton automatique comme s'il récitait un script.

Woodstock s'apprêtait à abandonner et à rentrer chez lui quand une voix le retint.

— Scala ? Adriano Scala ?

Un policier se pencha derrière le comptoir et lui fit signe de venir.

Woodstock ne le reconnut pas, mais l'agent le connaissait grâce au dossier que Chiesa lui avait demandé de monter quelques jours plus tôt. Adriano le suivit, en remarquant l'air agacé du docteur quand il franchit l'accès réservé. Le policier lui indiqua une pièce sur la gauche et retourna surveiller l'entrée du couloir.

La porte était fermée. Woodstock toqua avec délicatesse et entra. À l'intérieur allongé sur un lit incliné gisait le vice-questeur. À part un gros bandage sur le front et une minerve qui immobilisait sa tête, il avait l'air d'aller bien. Il était réveillé et mangeait un dessert.

— Scala ! s'exclama-t-il, surpris de le voir. Comment ça va ?

— Rien de grave. Vous, plutôt...

— Oh, c'est rien. Ils vérifient que je n'ai pas de commotion cérébrale, mais je ne crois pas. Ils veulent me garder en observation pour la nuit, mais je serai de nouveau debout demain.

Un lourd silence s'ensuivit, rompu quelques secondes plus tard par le vice-questeur.

— Scala ? Qu'est-ce qu'il s'est passé, en bas ? Comment connaissiez-vous cet homme ?

Woodstock sortit le nécessaire pour rouler une cigarette avant de commencer son récit. Il se rappela alors où ils étaient, qu'il était probablement interdit de fumer, et il rangea son tabac.

Chiesa approuva en silence ce choix d'un signe de tête.

— Cet homme est Tommaso Gregna, le fils du juge.

— Jusque-là, j'avais suivi. C'est donc lui qui a tué les enfants…

— Oui. Gregna s'est suicidé, on vous l'a dit ?

Chiesa acquiesça. Il revint au tutoiement sans même s'en apercevoir, tant il était pris par l'histoire.

— Mais comment tu le connaissais ?

— Son fils et moi étions amis par le passé. Meilleurs amis. Donc je connaissais le juge. Dès que j'ai lu son nom, j'ai compris que ce devait être Tommaso.

— Je ne comprends toujours pas.

— Quand on était enfants, Tommaso a été agressé sexuellement. Je l'ai vu et je n'ai rien dit. J'étais jeune, je ne savais pas comment réagir et peu de temps après, mon père est mort. C'est principalement à cause de tout ça que j'ai commencé à développer ce pouvoir étrange. Je me sentais coupable de ne pas m'en être aperçu avant et de ne pas avoir réussi à l'aider. C'est pour ça qu'il parlait de… *sauver les enfants*. Comme j'aurais dû le faire moi aussi, c'est ce qu'il a dit. Je crois que, dans sa folie, il pensait vraiment qu'il leur évitait une vie de souffrance comme la sienne. Tous les enfants kidnappés avaient été victimes de violences et d'abus sexuels. Il voulait briser le cercle.

Chiesa était incrédule. *Quelqu'un peut-il être dérangé à ce point ?* Mais il y avait encore un détail qu'il ne saisissait pas.

— Je suppose que son père était au courant de tout. C'était l'un des juges les plus sévères en matière de pédophilie.

— Bien sûr qu'il était au courant. Tommaso avait accès aux orphelinats et à l'avancement de l'enquête grâce à son père, justement. C'est comme ça qu'il a su pour l'arrestation de Gatto, et pour moi. Il voulait me montrer jusqu'où mon silence l'avait poussé. Il voulait me montrer ce que j'aurais dû faire pour le sauver. En ce qui concerne l'engagement de son père contre la pédophilie, il est très probable que ce qui est arrivé à son fils en soit la cause. Je pense qu'ils partageaient la même folie, d'une certaine façon. C'est peut-être même lui qui a convaincu Tommaso. Ils imaginaient faire une fleur à ces enfants.

Ils restèrent encore une minute en silence. Woodstock reprit le tabac de sa poche et cette fois, se roula pour de bon une cigarette. Il la mit dans sa bouche et souhaita bonne chance au vice-questeur, lui adressa le signe *peace* et sortit.

Par la suite, Franco Mella, le Sarde, confirma presque entièrement les conclusions auxquelles était parvenu Woodstock. Il ajouta que lui n'était pas au courant de toute l'affaire, mais qu'il avait joué un rôle actif dans les enlèvements en tant que chauffeur du juge et de son fils. Son avocat essaya inutilement de le convaincre de plaider la folie. Il refusa, il voulait rester fidèle aux Gregna, persuadé qu'ils avaient agi avec de nobles intentions.

42

— Ce qui s'est passé hier soir à Rome est incroyable. Deux enfants ont été retrouvés dans des catacombes dans les environs de la voie Appienne, l'un malheureusement sans vie et l'autre dans un état grave. Nous rejoignons tout de suite Vito Rapone, qui se trouve sur place. Vito ?

— Oui, Cristina. La nuit dernière, vers 21 heures, la sérénité de ce coin de paradis dans la capitale a été perturbée par l'arrivée d'au moins trois véhicules de police, toutes sirènes hurlantes. Peu après, des coups de feu ont retenti, puis des ambulances sont arrivées. Le cadavre d'un enfant dont on ne connaît pas l'âge a été découvert dans une pièce souterraine. L'autre enfant se trouve actuellement à l'hôpital San Giovanni, son état semblerait stable. Les catacombes étaient situées sur une parcelle de la propriété du juge Gregna où se trouve également leur villa. Le juge, une personnalité connue des tribunaux romains, se serait ôté la vie hier soir au moment de l'arrivée des forces de l'ordre. On ne connaît pas encore son rôle dans les événements. Il semblerait que la police ait placé en garde à vue deux suspects pour homicide et enlèvement de mineurs. Puis il y a eu une découverte macabre, celle d'une tête conservée dans du formol. Ce n'est pas encore confirmé, mais il s'agirait de la tête de l'enfant qui avait été retrouvé décapité quelques jours plus tôt.

— Merci, Vito. À plus tard pour de nouvelles informations. Et maintenant, passons à la politique. De nouveaux investissements dans l'économie verte et des peines plus sévères pour ceux qui violeront les traités internationaux. Voici ce qu'il faut retenir du G7 qui s'est tenu hier à Krün…

Flavia éteignit le journal télévisé et continua à fixer l'écran, bouleversée. Elle jeta un coup d'œil à la chambre à coucher où Woodstock dormait profondément. Il s'était présenté chez elle à deux heures du matin. Elle avait essayé, à demi assoupie, de l'insulter, mais, avant qu'elle ne puisse passer à l'attaque, il l'avait prise dans ses bras et elle avait compris à son expression qu'elle devrait attendre le lendemain pour obtenir une explication. Elle l'avait donc aidé à se déshabiller et l'avait accompagné au lit où il s'était immédiatement endormi, les bras enroulés autour d'elle.

La principale nouvelle du journal télévisé de huit heures avait éclairé certains aspects de l'affaire. Flavia avait remarqué la blessure à la hanche de Woodstock et mourait d'envie de savoir ce qui s'était passé dans la villa, mais elle décida d'attendre et de le laisser dormir. D'ailleurs, elle devait embaucher dans moins de vingt minutes. Elle finit de se préparer à toute vitesse, déposa un baiser sur le front de son apollon et sortit.

Woodstock reprit conscience vers 11 heures. Il se sentait encore étourdi et sa blessure lui faisait mal au moindre mouvement. Il resta au lit encore une heure en repensant à la nuit dernière. Une profonde tristesse l'enveloppait. Dans sa carrière peu commune de détective, il avait vu des choses qui le poussaient à ne pas nourrir une grande confiance en l'humanité, mais rien ne l'avait jamais autant déstabilisé que cette histoire. Sans doute parce qu'elle le touchait personnellement. Tommaso avait été son ami, et son passé était un traumatisme qui avait contribué à le faire devenir ce qu'il était aujourd'hui. Il continua à penser à Tommaso, à Emanuele, à son père.

Il se leva lentement, en faisant attention à ne pas faire de mouvements brusques qui pourraient rouvrir la plaie fraîchement recousue. Flavia n'était pas là. Elle devait déjà être au travail. Elle lui avait laissé la moitié de la cafetière moka à réchauffer sur le feu. Un amour de femme, songea Woodstock, qui, dans sa vie de fils couvé par sa mère, se plaignait continuellement des rares fois où Rita n'avait pas eu la délicatesse de lui laisser un café déjà prêt à son réveil. Il réchauffa le liquide noir dans une petite casserole et se roula une cigarette. Il se versa une tasse généreuse et récupéra un cendrier avant de s'installer sur le rebord de la fenêtre du séjour. Il but une petite gorgée et se souvint qu'il avait autre chose à faire. Il attrapa son téléphone et fit défiler l'historique des appels. Le nom de Gatto apparaissait en haut de la liste, avec un appel manqué. Claudio avait essayé de le joindre la veille. Woodstock regarda à quelle heure il avait appelé. À ce moment, il était encore au Saint-Siège. Il pensa avec nostalgie aux moments qui avaient précédé sa rencontre avec Tommaso. Il savait que son vieil ami était mort durant ces deux semaines en colonie de vacances. Il avait espéré jusqu'au dernier moment que ce ne soit pas l'assassin. Il essuya une larme et composa le numéro.

— Woodstock! dit la voix à l'autre bout du fil, un brin agitée.

— Claudio. Désolé de ne pas t'avoir appelé avant. Je voulais te prévenir que tout est réglé. Tu es blanchi de toute accusation.

— Je sais. Ça tourne en boucle sur toutes les chaînes d'infos. Je ne comprends pas comment tu as réussi, mais je te remercie vraiment du fond du cœur.

— Pas de problème. Tu es innocent et Chiesa le sait aussi maintenant, c'est le plus important.

Claudio remarqua une pointe de tristesse dans la voix de Woodstock.

— Tu vas bien ? lui demanda-t-il.

— Oui, oui, ne t'en fais pas. Ils n'ont pas condamné un innocent, c'est ce qui compte.

— Eh bien, merci, Woodstock.

Adriano sourit et raccrocha. Gatto n'avait pas eu l'air plus heureux que cela en apprenant la nouvelle, il semblait tendu et absent. Woodstock était fatigué d'enquêter, il décida de ne pas y prêter attention. Il alla prendre une douche. En se déshabillant, il jeta un coup d'œil à sa blessure. L'eau tiède commença à couler sur lui et, pour la première fois depuis le début de cette histoire, il se sentit totalement détendu.

43

Chiesa se réveilla plusieurs fois durant la nuit à cause des douleurs à son cou. Chaque fois, il lui fallait presque une demi-heure pour trouver une position confortable qui devenait rapidement insoutenable, ce qui le réveillait à nouveau. Le lendemain, il était plus irritable qu'à l'ordinaire. Ce matin-là, Clara était venue le voir de bonne heure, prévenue par le commissariat. Malgré son inquiétude et ses sourires forcés, Chiesa avait remarqué une froideur en elle qui ne laissait rien présager de bon. Encore une fois, il avait fait passer le travail en premier. Clara se retira après vingt minutes à peine à ses côtés en lui disant qu'ils parleraient quand il se sentirait mieux. Comme si cela ne suffisait pas, une armée de jeunes docteurs dirigés par le médecin qui le suivait arriva. Les étudiants examinèrent son dossier clinique pendant un bon quart d'heure, faisant des hypothèses sur des diagnostics et des traitements comme s'il s'agissait d'un interrogatoire. Chiesa, quant à lui, attendait impatient des indications sur son état de santé, il voulait savoir s'il pouvait se lever de ce maudit lit. Le médecin-chef, quand il s'adressa enfin à lui, l'informa que, même s'il n'y avait aucun signe de traumatisme crânien, il devait le garder encore quelques jours pour des examens approfondis.

Tout bien considéré, quand le questeur Giraudo frappa à la porte vers midi, l'humeur de Giacomo était déjà au plus bas. Le questeur ne débordait pas non plus d'enthousiasme, à la surprise de Chiesa. Pourtant, en à peine quatre jours, il avait réussi à résoudre l'un des cas les plus complexes et délicats de ces dernières années, terminant même à l'hôpital pour cette raison. Il imaginait un Giraudo festif, prêt à le couvrir d'honneur et à le traiter en héros. Au contraire, le questeur avait un regard triste et sa voix était dénuée de toute expression.

— Giacomo… Félicitations. Bravo pour l'enquête.

— Merci, monsieur.

— Et alors, comment vas-tu ?

— Bien, bien. Ce n'est rien de grave. Ils doivent me garder en observation deux jours encore pour d'autres examens, mais je serai de nouveau disponible très bientôt.

Le questeur afficha un sourire affligé.

— À propos, Giacomo… Je voulais aborder un sujet avec toi…

Chiesa fronça les sourcils, étonné.

— Claudio Gatto… Je ne sais pas ce qui s'est passé, Giacomo, mais il a porté plainte contre toi. Pour agression et abus de pouvoir. Et un lieutenant des carabiniers le soutient, un certain Natalini. Je le connais de nom, il a la réputation d'être un homme intransigeant, honnête. Il s'est aussi adressé à un avocat qui nous a déjà donné du fil à retordre par le passé. C'est une situation délicate. Tu comprends ?

Toute la frustration que le vice-questeur avait accumulée ces dernières heures explosa violemment.

— Non. Je ne comprends pas, monsieur. Excusez-moi, mais je viens de mettre derrière les barreaux un putain de tueur en série et j'ai sauvé la vie d'un enfant et maintenant, je suis dans la merde parce que j'ai un peu secoué un pauvre type ? Non, sincèrement, je ne comprends pas.

Le questeur lui posa une main sur l'épaule.

— Je suis de ton côté, Giacomo. Mais je ne sais pas combien de temps je vais pouvoir te couvrir. Par les temps qui courent, je dois faire preuve de fermeté. Mon poste aussi est en jeu.

Chiesa le fixa, incrédule, sans prononcer un mot. Le questeur s'empressa de combler le silence.

— Écoute, peut-être que je peux réussir à obtenir simplement une suspension, mais j'ai besoin d'une faveur. (Giraudo fit une pause pour s'assurer qu'il avait toute l'attention de Chiesa. Puis il poursuivit :) L'affaire Gregna va être au centre de l'attention de tout le monde pendant des mois. Je n'ai pas besoin de t'expliquer à quel point le juge et moi étions amis. Cette histoire va déjà être assez difficile pour sa famille. J'apprécierais vraiment si tu pouvais garder secret le rôle qu'il a eu dans cette affaire.

— Mais… Il a tué trois enfants…

— Non. Son fils a tué trois enfants. Tu es un père toi aussi, Giacomo. Tu sais ce que tu es disposé à faire pour tes propres enfants.

Pas ça, pensa Giacomo.

— Alors, peux-tu me rendre ce service ?

— Monsieur… Peut-être que c'est le coup sur la tête, mais je ne suis pas sûr d'avoir bien compris. Vous me demandez de protéger le nom de votre ami et en échange, vous faites en sorte que je ne sois pas viré ?

— Non, Giacomo, non. Ce n'est pas ça du tout. J'ai simplement besoin de comprendre si tu es de mon côté ou non, c'est tout. Réfléchis-y.

Sur ce, il lui donna une tape sur l'épaule et le laissa de nouveau seul.

La journée touchait à son terme et Chiesa n'avait pas reçu d'autres visites après celle de Giraudo. C'était au moins ça de gagné. Il n'avait envie de voir personne. Sa confiance envers les institutions vacillait. Si même le questeur, qu'il estimait énormément, était prêt à étouffer la participation d'un ami dans une affaire d'une telle ampleur… et qu'il osait même le faire chanter !

Iafrate était resté toute la journée dans la salle d'attente et il passait de temps en temps la tête pour voir si le vice-questeur avait besoin de quoi que ce soit. Il était venu à dix-huit heures avec deux Campari et une cigarette et il l'avait accompagné tout doucement jusqu'à la terrasse au bout du couloir. Chiesa ne l'avait jamais autant apprécié qu'à cet instant-là. Sans trop y réfléchir, il se confia à lui. Il lui raconta son histoire avec Clara et son entrevue avec Giraudo.

— Monsieur, ce n'est peut-être pas lui qui a tué les enfants de ses propres mains, mais c'est tout comme. Pour moi, quelqu'un qui fait une chose pareille ne mérite pas un traitement de faveur, permettez-moi de vous le dire.

Chiesa acquiesça d'un air triste en sirotant son apéritif.

44

Woodstock eut besoin de quelques jours pour se reprendre complètement. Aussi bien physiquement que mentalement. Il apprit la nouvelle par Chiesa. Le vice-questeur l'appela un matin pour lui communiquer que Giosuè Casagrande était sorti de l'hôpital et que les services sociaux s'occupaient de son transfert dans une famille d'accueil. Ce qui accélérera grandement le processus de guérison. Chiesa aussi allait bien, il était sorti de l'hôpital et serait bientôt l'invité d'une émission télévisée en prime time pour une édition spéciale sur l'affaire Gregna. Il lui dit qu'il mentionnerait son nom et qu'il reconnaîtrait ses mérites en direct. Woodstock ne savait pas s'il devait être flatté ou terrorisé. Il le remercia tout de même et lui souhaita une bonne journée.

Deux autres facteurs contribuèrent à sa guérison. Les soins de Flavia, qui, quand il lui raconta ce qui s'était passé à la villa, lui sauta au cou, en larmes. Dans un mélange d'inquiétude et d'orgueil, elle le choya pendant toute une semaine. Enfin, le retour de Gaia, rentrée de ses vacances à Fregene. Il n'avait pas encore envie de présenter Flavia à la petite, en partie pour ne pas donner à Rita la satisfaction d'avoir vu juste sur leur relation avant lui. Il passa donc ses journées à se faire chouchouter par ses trois femmes (sa fille, sa mère et sa petite amie).

Il apprit par les journaux les confessions de Franco Mella et éprouva une grande satisfaction en remarquant que toutes ses suppositions étaient correctes, à la virgule près. Mella était déjà au service de la famille Gregna quand Woodstock et Tommaso étaient ensemble au collège. Il avait assisté à toute l'affaire dans les coulisses. Il avait vu le juge découvrir ce qui était arrivé à son fils et transformer sa lutte contre la pédophilie en raison de vivre. Il était là quand Tommaso avait manifesté ses premiers signes d'instabilité mentale et quand ses pulsions étaient devenues trop envahissantes pour être contrôlées.

Un jour, en se promenant avec Gaia à San Lorenzo, une glace à la main, Woodstock et sa fille tombèrent nez à nez avec Truffaut. Le vieux clochard l'embrassa avec force tandis que son chien léchait ses mollets nus sous son short.

— Tu as réussi, Woodstock. Tu es un génie, non ? Je l'ai toujours dit, moi ! Petite, ton père est un génie.

Gaia lui demanda des explications quand Truffaut les laissa de nouveau seuls. Woodstock dut inventer une histoire à laquelle la fillette fit semblant de croire. Mais le stratagème fonctionna, puisqu'elle arrêta de poser des questions.

Il n'eut plus de nouvelles de Gatto jusqu'au jour où il trouva un courrier dans sa boîte aux lettres. L'enveloppe n'avait pas de timbre, il n'y avait pas de nom ni l'adresse de l'envoyeur, juste deux mots : "Pour Woodstock".

Woodstock ne l'ouvrit pas tout de suite. Il attendit d'être dans son endroit préféré.

Le bar de Massimo était vide en été. L'interview que Chiesa avait donnée l'avait rendu presque célèbre et, une fois au courant des événements, Massimo avait décidé d'effacer son ardoise. La directrice de l'école élémentaire où Woodstock enseignait l'avait contacté peu après l'émission télévisée pour s'assurer que son "activité secondaire", dont elle n'était pas au courant, n'interférerait pas avec son travail principal et l'instituteur l'avait tranquillisée.

Assis à l'ombre, à dix-huit heures, Woodstock sirotait un cocktail élaboré que Marta lui avait préparé et, en regardant autour de lui, circonspect, il sortit un joint déjà roulé de son paquet de tabac. Il l'alluma et commença à lire la lettre.

> Cher Woodstock,
>
> Je suis désolé de ne pas être venu en personne après ce que tu as fait pour moi, mais les dernières semaines ont été très intenses. Je ne suis pas doué avec les mots, mais je voulais te dire que je ne remercierai jamais assez ce génie de Poda de m'avoir parlé de toi. Je n'aurais pas pu rencontrer quelqu'un de mieux.
>
> Comme tu le sais, je mène une bataille juridique assez complexe.

(Woodstock fronça les sourcils. Il n'avait pas la moindre idée de ce à quoi Gatto faisait allusion.)

> Je suis désolé pour Chiesa, dans le fond, mais je ne pouvais plus permettre de me faire piétiner.

(Woodstock n'avait plus eu de nouvelles du vice-questeur après l'interview. Il se promit de creuser.)

Dans tous les cas, j'essaye de remettre ma vie sur pied et de repartir de zéro. Je quitte Rome. Une vieille connaissance qui avait une dette envers moi m'a trouvé un poste à Pérouse. Je vais enseigner. Dans une vraie école de musique! D'ailleurs, je m'occuperai de l'organisation de l'Umbria Jazz festival, donc si tu viens dans le coin l'année prochaine, tu seras mon invité.

Je ne pourrai jamais assez te remercier. Grâce à toi, je suis non seulement sorti de la période la plus sombre de ma vie, mais j'ai aussi trouvé la force de me relever et de donner un sens à tout ça. Je sais que je ne pourrai jamais te rendre la pareille, mais si jamais tu passes au'54, demande à voir Vincenzo, je lui ai laissé un petit cadeau pour toi.

Avec toute mon estime et ma profonde amitié,
Claudio Gatto

Woodstock sourit. Il plia la lettre avec soin, la rangea dans la poche de son irremplaçable veste en laine et s'adressa à Marta, en train de débarrasser une table près de la sienne. Il indiqua le verre vide devant lui.

— "Une Vodka Martini. Au shaker, pas à la cuillère."

45

Le vice-questeur Chiesa se promenait, nostalgique, le long du Tibre. Il regardait autour de lui comme s'il était perdu ou à la recherche de quelque chose. Il passa devant la villa Farnesina. *Ah! La voilà.* Il tourna à droite et emprunta une rue piétonne. Après quelques mètres, il fit demi-tour, découragé. *Elles sont toutes identiques.* La rue suivante fut pourtant la bonne. Soulagé, il reconnut le petit bar couvert par le lierre. Le portail qu'il cherchait était à côté. Chiesa regarda l'interphone, s'approcha puis perdit courage. Il ne voulait pas paraître envahissant. En plus, il ne savait pas vraiment quoi dire. Il décida de s'asseoir sur un banc non loin et attendit presque une heure. Finalement, il se convainquit que, s'il devait vraiment perdre son temps, autant que ce soit avec le réconfort d'une bonne bière glacée. Il s'approcha du bar et s'installa à la table la plus proche de la place, pour avoir un bon point de vue sur les passants. Il resta là toute la journée, dîna de focaccia farcies et d'un verre de vin, en fumant une cigarette après l'autre. De toute façon, personne ne l'attendait.

Un mois auparavant, il avait pris une décision importante et il en payait maintenant les conséquences. Entre une morale profondément catholique et son dévouement aux institutions, son choix s'était porté sur la première option. Il revivait souvent ce moment. La présentatrice télé qui lui demandait quel rôle avait joué le juge Gregna dans les crimes de son fils ; la Terre qui cessa de tourner un instant. Un arrêt sur image d'une dizaine de secondes, mais qui lui avait semblé durer des années. Il se vit, comme dans une expérience extracorporelle, raconter en long et en large la façon dont le juge avait usé de son influence et de son argent pour trouver des enfants qui, selon lui, avaient besoin d'être… *sauvés*. Il admit que l'enquête était encore en cours, mais qu'il n'excluait pas le fait que ce soit justement le père qui ait manipulé son fils et qui l'ait convaincu d'exécuter ces trois homicides.

La présentatrice le regardait bouche bée. Juste après la diffusion, il reçut un appel du questeur :

— Tu as pris la mauvaise décision, Giacomo. Maintenant, c'est ton problème.

Il s'était rapidement fait suspendre en attente du procès et il ne doutait pas que l'affaire se conclurait par sa démission. Il se demandait encore ce qui lui était passé par la tête. Il aurait suffi de dire "l'enquête est en cours" ou encore "Je suis désolé, mais je ne peux pas divulguer cette information".

Au contraire, les mots avaient afflué dans sa bouche sans qu'il ne s'en rende compte. Presque contre sa volonté.

À vingt-trois heures précisément, il décida de rentrer chez lui. Il paya l'addition et, légèrement soûl, marcha les mains dans les poches. Son appartement n'était pas loin. Il avait trouvé un deux-pièces en location près de Monteverde, au bout de l'avenue de Trastevere. Une vingtaine de minutes en marchant d'un bon pas. Clara avait eu beaucoup d'estime à son égard en apprenant qu'il allait perdre son travail à cause de son honnêteté. Mais elle n'avait pas eu pitié de lui pour autant, et le vice-questeur ne voulait pas non plus susciter sa compassion.

Sa femme lui dit qu'il n'était plus l'homme qu'elle avait épousé depuis longtemps et le fait qu'il ait agressé un pauvre innocent le prouvait. Clara se sentait seule et prisonnière d'une vie sans but. Chiesa ne put lui donner tort et commença dès le lendemain à feuilleter les annonces immobilières. Il se dit qu'il valait mieux économiser, puisqu'il n'aurait plus de salaire sous peu. L'appartement à Monteverde était parfait. Il ne coûtait pas très cher et… c'était tout, il ne coûtait pas très cher.

Le lendemain, il retourna au bar. Et le suivant également. Le troisième jour, il s'arrêta sur le chemin pour acheter un livre : *Mastermind. Penser comme Sherlock Holmes* de Maria Konnikova. Puis il s'assit à sa place habituelle et commença sa lecture.

Un matin de la mi-août, alors qu'il était plongé dans la relecture des *Visages du mensonge* de Paul Ekman, il vit une Jeep défoncée se garer au milieu de la place. De la musique cubaine sortait de la radio à plein volume. Chiesa retint sa respiration quand il vit Vincenzo sortir du côté conducteur, suivi peu après par sa cousine. Ils étaient presque noirs de peau tant ils étaient bronzés et ils portaient encore leur maillot de bain et leurs tongs. Marisa était splendide dans son paréo multicolore qui couvrait à peine ses jambes hâlées par le soleil. Giacomo se rendit compte qu'il la fixait et se replongea dans sa lecture dès que le regard de la jeune femme croisa le sien.

— Mais regarde un peu ce grand fils de pute.

Chiesa leva les yeux, surpris, juste à temps pour voir la jeune Sicilienne avancer vers lui, furieuse. Il réussit à lui attraper les poignets et à l'arrêter avant qu'elle ne le frappe au visage. Elle était endiablée et hurlait à pleins poumons. Chiesa ne réussit à comprendre qu'une partie de ce que Marisa lui criait au visage.

— Et on critique les fascistes ? Connard... Traître... Enculé !

Vincenzo intervint, retenant sa cousine par-derrière. Il l'éloigna ainsi, tandis qu'elle se déchaînait toujours. Il la fit entrer dans l'immeuble, puis s'approcha de Chiesa avec un regard de mépris.

— Je ne vais pas gaspiller ma salive pour toi, t'en vaux pas la peine.

À ces mots, il lui tourna le dos et rentra chez lui.

Chiesa resta muet. Atterré. Il sentait sur lui les regards curieux d'un couple d'Autrichiens assis derrière lui. Il se leva, prit son livre et se dirigea vers son appartement.

Le lendemain, il revint au bar. Il vit Marisa sortir vers 11 heures, sans un regard pour lui. Elle réapparut presque une heure plus tard, les bras chargés de courses. Giacomo se leva d'un bond et lui courut après.

— Laisse-moi t'aider.

— Je me débrouille très bien toute seule, merci.

— Marisa, laisse-moi au moins t'expliquer.

La jeune femme posa ses sacs par terre et l'affronta, les mains sur les hanches.

— Mais on peut savoir ce que tu veux ? Hein ? Tu te prends pour qui ? T'attends quoi ?

Chiesa y réfléchit un instant. Il n'avait de réponse à aucune de ces questions.

— Je veux juste goûter les *cannolis* que tu m'avais promis. La première fois que je suis venu, tu te rappelles ?

Marisa l'envoya bouler, récupéra ses sacs et le laissa seul au milieu de la place.

Giacomo retourna à sa place habituelle sous le lierre, découragé. Deux heures plus tard, Marisa descendit avec un sac en plastique. Dedans, emballés dans du papier aluminium, deux *cannolis*. Elle marcha vers le bar et posa le sac sur la table de Chiesa avec véhémence.

— Les voilà, tes *cannolis*. Maintenant, dégage.

— Donne-moi cinq minutes. Juste cinq minutes et je m'en vais.

Elle le regarda d'un air furibond. Puis elle soupira et s'assit, les bras croisés.

Chiesa lui sourit.

— Alors… mon père était dans la police… à Pescara…

DERNIÈRES PARUTIONS

Lea Carpenter, *Troie*
Eowyn Ivey, *Une histoire d'ours*
Kent Wascom, *Le Glorieux État de Floride Occidentale*
Peder Frederik Jensen, *La Volonté de Ran*
Pete Fromm, *Impératrice des airs*
Keith McCafferty, *La Rivière au cœur froid*
Ruby Todd, *Objets célestes*
Piergiorgio Pulixi, *Stella*
Alex Taylor, *Gasping River*
Velma Wallis, *Seules dans le Grand Nord*
Elena Fischer, *Paradise Garden*
Peter Swanson, *Ceux qu'on sauve*
Chris Offutt, *La Loi des collines*
Ellen Gustavsen, *L'Héritage sans nom*
James McBride, *L'Épicerie du Paradis sur Terre*
Lizzie Pook, *La Glorieuse Vengeance de Maude Horton*
Elliot Ackerman, *Halcyon*
Jean Hegland, *Le Temps d'après*
John Gierach, *Nous avons tant pêché*
Peter Benchley, *Les Dents de la mer*
Jake Hinkson, *Ainsi va le monde*
Craig Johnson, *Le Dernier Combat*
Piergiorgio Pulixi, *La Librairie des chats noirs*
Jaap Robben, *Au crépuscule*
Vera Buck, *Les Enfants loups*
Maren Uthaug, *11%*
Ayana Mathis, *Les Égarés*
Mark Haskell Smith, *Mémoires*
Andrew J. Graff, *Plein Nord*
Ferran Guallar, *La Part sauvage*
Peter Swanson, *Ceux qu'on tue*
Lars Elling, *Les Princes de l'étang aux Finnois*
Lily Brooks-Dalton, *Pirate de lumière*

Cet ouvrage a été imprimé sur du papier
dont les fibres de bois proviennent
de forêts durablement gérées

IMPRIM'VERT®

CET OUVRAGE A ÉTÉ COMPOSÉ PAR ATLANT'COMMUNICATION (VENDÉE)

ACHEVÉ D'IMPRIMER SUR ROTO-PAGE
PAR L'IMPRIMERIE FLOCH À MAYENNE
EN JUIN 2025
POUR LE COMPTE DES ÉDITIONS GALLMEISTER
13, RUE DE NESLE
75006 PARIS

DÉPÔT LÉGAL : JUILLET 2025
1re ÉDITION
N° D'IMPRESSION : 107143
IMPRIMÉ EN FRANCE